신데렐라는
내가
아니었다

III

I Wasn't
the Cinderella

신데렐라는
내가
아니었다

과앤 장편소설

I Wasn't
the Cinderella

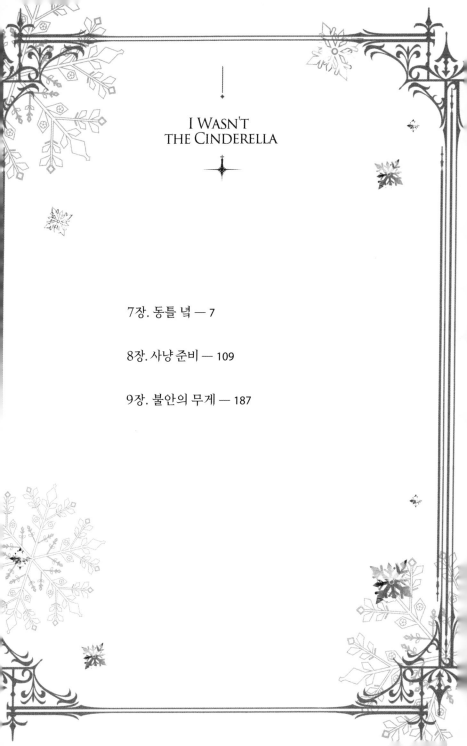

I Wasn't
the Cinderella

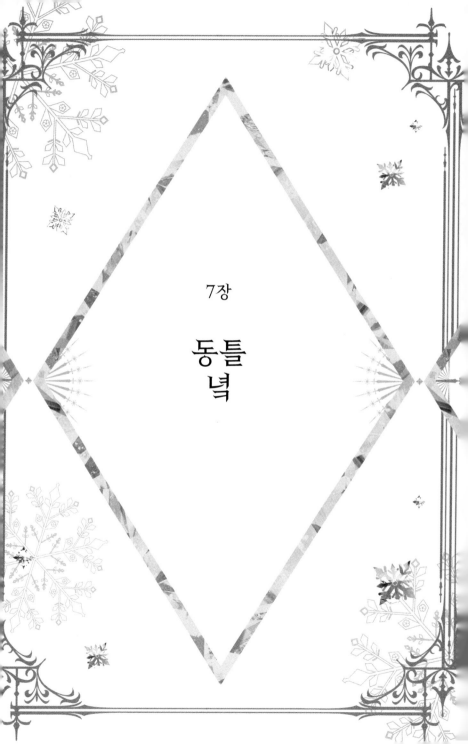

7장

동틀
녘

신관을 돌려보내고, 나는 한숨을 내쉬었다. 새삼 무력감이 들었다.

세시오는 참 여러 번 쓰러졌으나, 그때마다 내가 할 수 있는 일은 없었다. 신관을 불러도, 의사를 불러도 마찬가지이다. 그나마 몸이 크게 상하지 않았다는 말 정도는 들을 수 있었지만, 조금 지치기도 했다.

이번엔, 언제쯤 깨어날까.

생각하며, 나는 세시오의 침실로 들어섰다. 그러자마자 그와 눈이 마주쳤다.

"세시오?"

나를 꿰뚫을 듯 빤한 시선. 언제나 보던 눈빛인데도, 그것이 조금 집요하게 보였다. 그는 얼마간 나를 들여다보다가 내 이름을 불렀다.

"⋯⋯테릴."

막 깨어난 건지, 잔뜩 잠긴 목소리가 바닥을 긁는다. 나는 울컥 차오른 걸 삼키고 한숨을 내쉬었다.

"깼으면 종을 울리지 그랬어."

다가가, 나는 침대의 옆쪽에 걸터앉았다. 다행히도 세시오는 목이 좀 잠긴 것 외에 별다른 이상을 보이진 않았다. 아픈 것 같지도 않았다.

"나도 기억을 찾을 때 좀 어지럽긴 했는데, 당신은 심하네. 이 질문도 매번 하는 것 같지만, 몸은 괜찮아?"

"언제나 그렇듯."

그가 희미하게 웃었다.

"그대가 말한 것처럼, 기억이 돌아온 반동이었을 뿐이야."

그 말에 나는 조금 멈칫했다. 생각해 보면, 그가 정신을 차리는 것 외에도 이 야기가 남았으니까. 그것을 의식하고 나자 내뱉는 숨결마저 어색해져서, 나는 벌떡 몸을 일으켰다.

"기다려 봐, 의사를 불러올─."

한 걸음을 내딛기도 전에 세시오가 내 팔을 잡아당겼다. 반사적으로 뿌리치려다가, 그가 막 깨어났다는 사실을 떠올리고 참았다. 세시오는 그대로 나를 끌어 품에 안고는 어깨에 뺨을 비볐다. 덜컥 어깨가 굳었다.

"세, 세시오?"

도저히 그가 할 거라고는 상상도 못 해 본 행동이다. 이따금 다른 사람이 하면 느끼할 것 같은 언행을 보이곤 했지만, 이런 느낌은 아니었다.

뭐지. 잠이 덜 깼나. 기억을 되찾느라 부작용이라도 생긴 걸까. 당혹감에 나는 그대로 돌이 되었는데, 그는 조금도 당황하지 않고 물었다. 내 어깨에 얼굴을 묻은 채라 목소리가 다소 울렸다.

"왜 물어보지 않나."

"뭘……. 말이야."

"내가 그대를 사랑한다고 말한 게 진짜냐고."

이렇게까지 노골적일 필요가 있을까. 나는 마른침을 삼켰다. 그리고 태연히 말하려 애썼다.

"뭐……. 수년이나 지난 이야기를 물어서 뭐하겠어. 어차피 한때의 감정인
데."

"한때?"

"와. 벌써 그게 몇 년 전이야. 사람이 사람을 좀 잠깐, 아주 잠깐 좋아했을 수
도 있지."

"……."

"그러니 일단 팔 좀 풀어. 의사를 불러서 당신 상태는 좀 확인해야 할 거 아냐."

"싫어."

"싫……. 뭐?"

너무 뻔뻔해서 한순간 잘못 들은 줄 알았다. 어린애가 된 것도 아닌데, 갑자
기 왜 이래.

"나와 맞닿아 있는 게 싫다면, 힘으로 떼어 내면 되지 않나."

"……내가 못 할 거라고 생각해서 하는 말은 아니지?"

"막 깨어난 환자를 배려해 줬으면 해서 하는 말이지."

"괜찮다고 방금 말해 놓고?"

"괜찮다고 한 기억은 없는데. 언제나 그렇듯, 상태가 최악이라는 말이었어."

진심으로 한 말이 아니란 걸 알면서도, 조금 동요했다. 그의 품을 떼어 내려
던 걸 멈추고 나는 다시 세시오를 살폈다.

"아직 두통이 있어?"

"아니."

"그럼 속이 울렁거린다거나."

"그것도 아니."

"……열이 있는 것 같진 않은데."

"없으니까."

"혹시 정신이라도 나갔어?"

"그래 보이나?"

"뭐가 최악이라는 건데."

황당해 그에게 묻자, 세시오가 내 어깨에 묻은 고개를 들어 올렸다. 금방이라도 코끝이 부딪힐 것처럼 가까운 거리에서 눈이 마주쳤다. 지난 두 번의 경험 때문일까, 세시오가 금방이라도 입을 맞춰 올 것 같다는 착각이 들었다.

그 순간, 그의 눈이 가늘어졌다.

"한때의 감정이 아니야."

"뭐……?"

"착각도 아니고, 아파서 헛소릴 하는 것도 아니고."

세시오는 내 등을 감싸던 팔 하나를 풀어내고는, 손끝으로 내 머리칼을 매만졌다. 그러면서.

"나는 지금도 그대를―."

가슴이 덜컥 흔들려서, 나는 그대로 세시오의 입을 틀어막았다. 그는 내 손을 떼어 낼 생각도 안 하고, 가만히 나를 봤다. 웃지도 않았고, 무리하게 말을 이으려 하지도 않았다. 그러나 그 정적과 내 속을 헤집을 듯한 시선이 오히려 더 견디기 힘들었다. 침묵을 깨기 위해 나는 애써 입을 열었다.

"……왜?"

내가 세시오에게 이런 걸 묻는 날이 올 줄이야.

"왜, 날 사……. 좋아한다는 건데."

다행스럽게도 목소리가 떨려 나오지는 않았다. 얼핏 들으면, 조금 동요한 정도라고 생각할 수도 있을 것 같았다. 그에 용기를 얻어, 나는 하고 싶은 말을 꺼냈다.

"솔직히 기억을 찾고 나서 바로 당신을 부른 건, 진짜지 확인하려는 것도 있었어."

너무 생각지도 못한 일이었으니까. 기쁘다기보다는 뭐라고 할지, 현실성이 없었다. 문득 깨닫고 보니, 내가 세시오를 좋아하고 있었다는 사실보다도 더 이상한 일이었다. 되찾은 기억을 곰곰이 짚어 봐도 그랬다.

수년 전에 무슨 일이 있었냐고? 나는 마냥 떠들었고, 세시오는 그저 들었다. 이따금 필담으로 맞장구를 쳐주었을 뿐인데, 그게 어떻게 사랑이 되었단 말인가.

그는 바로 답하는 대신 내 머리칼을 만지작거리던 손으로, 내 손등을 쥐었다. 그러고는 손바닥 안쪽에 입을 맞추었다. 몇 번 당해 본 일이라, 조금 움찔했으나 놀라지는 않았다. 그러나 세시오는 이어, 손목의 안쪽에까지 입을 맞추었다. 예상 밖의 일에 놀라, 나는 뒤늦게 손을 뺐고 그는 나를 보며 웃었다. 웃는 얼굴을 처음 보는 것도 아닌데, 그 분위기는 평소와 달랐다.

완전히 휘말리고 있다.

상황을 인지한 순간, 나는 세시오를 밀어내고 자리에서 일어났다. 그는 나를 붙잡지는 않았다. 그 대신, 미루었던 답을 들려주었다.

"이유를 찾는다고 하면 나도 몰라."

영 마땅치는 않았지만. 말장난 같은 말에 인상을 찡그렸으나, 전에 들은 이야기가 떠올랐다.

"사람의 온기가 그리워서인지, 한순간의 충동인지는 모르겠습니다. 그냥 이야기를 들은 것뿐인데 왜 이렇게 됐을까."

"나도 이유를 모르는 감정이니, 테릴 또한 마찬가지겠지요."

그래, 그때도 그렇게 말하긴 했지. 그럼 정말로 모른다는 건가. 하기야, 너무 갑작스러워 묻긴 했어도 지금 시점에 이유가 중요한 건 아니었다.

"그냥 착각하는 거 아니야? 막 기억을 되찾은 부작용이라든가."

"착각이길 바라나?"

"……."

"내가 잠가 두었던 건 내 기억만이 아니야. 물론 그것도 약간의 차이는 있었지만."

"그럼?"

"내 감정이지. 그대를 사랑하는 내 마음 말이야."

기어이는 그 말을 듣고 말았다.

어떻게 말하면 좋을지 몰라, 나는 입술을 깨물었다.

"알아, 지금은 혼란스러울 테지. 나도 아직 생각이 정리되지 않았으니 당장 답을 들려줄 필요는 없어."

침대에서 일어난 세시오가 내게 손을 뻗었다. 놀라 쳐냈으나, 그는 손등이 붉어진 정도로는 개의치 않았다.

"하지만 역시."

세시오는 내 아랫입술을 눌러, 입술을 깨물지 못하게 하고서야 손을 거두었다. 원래도 그런 편이었지만 그때와는 비교할 수 없게 스스럼없는 손짓이다. 나는 당황하며 물러날 뻔한 다리에 힘을 주어 버텼다.

"그대가 날 사랑하면 좋겠어."

"당신, 그런 장—"

"이번엔 장난이 아니니, 말해도 괜찮잖아."

괜찮긴 뭐가 괜찮아. 더는 참지 못하고 나는 주춤주춤 물러나 문으로 다가갔다. 뭐가 그리 즐거운지, 세시오가 작게 웃음을 터뜨렸다.

"나가는 길에 의사를 불러 주면 좋겠군."

그 말에, 나는 쾅 소리가 나게 문을 닫고 나왔다.

"말도 안 돼."

살면서 겪어 본 일 중 가장 그랬다. 단순히 놀라운 게 아니라, 말이 안 된다. 당장 하루 전까지만 하더라도 아무런 내색하지 않던 사람이 갑자기 봉인해 둔 사랑을 되찾았다니. 어린아이들이 보는 동화에서나 나올 법한 이야기였다.

심지어 기억을 잃어버린 사람은 나였고, 그걸 되찾은 사람도 나였는데. 말 몇 마디를 하다가 쓰러지고는 일어나서 하는 말이, 실은 나를 사랑하고 있다고?

이럴 줄 알았으면 추궁하지 않는 게 나았을지도 모르겠다. 좋아하는 사람에게 고백을 받으면 즐거워야 하는 게 아닌가. 지금은 생각하면 화가 치솟을 뿐이지만, 제몬이 마음을 전해 왔을 때도 이런 기분은 아니었다. 그럼 나는 세시오를 좋아하는 게 아닌 건가.

잠시만, 그럼 파혼은 어떻게 되는 거지. 급변한 태도를 보니, 파혼은 모르쇠로 나올 게 뻔했다. 생각해 보니, 파혼 조항은 마법 계약서에 넣지도 않았다. 대놓고 버티면 어떻게 해야……. 아니지, 파혼은 일방적으로 선언해 버리면 그만이었지. 아버지께도 몇 번이나 못을 박아 두었으니 그걸 물릴 순 없었다.

아니, 그런데 정말로 나를 좋아한다고? 혹시 기억을 되찾다가 미친 게 아닐까. 극심한 두통에 시달리다가 쓰러졌으니, 정말 그런 부작용이 있다고 해도 과언이—.

"테릴!"

얼빠진 생각에 잠겨 있다가, 나를 부르는 소리에 놀라 퍼뜩 어깨를 떨었다. 롭티나가 보였다.

"아, 롭티나."

"무슨 생각을 그렇게 해요, 아까부터."

그래, 나는 지금 그레텔 공작저로 피신을 나온 상태였다. 쓰러졌다 깨어난 세시오는 어딘가, 뭐라고 할지……. 이상해졌으니까. 지금의 마음 상태로는 나는 그를 감당할 수 없었다. 도망칠 곳이 있어 다행이었다.

"혹시 아프신가요? 그렇다면 신관을 부를게요. 공작저에 상주하는 분이 있어요."

"아니요."

"얼굴이 계속 빨간걸요."

"압니다. 근데 아픈 건 아니에요."

차라리 아픈 거라면 좋겠지만. 나는 한숨을 내쉬었다.

그래, 결국 의미 없는 부정이다. 얼굴이 새빨개져서 도망까지 나왔으면서 뭘 희망을 품고 부정하는지. 고백을 받아 놓고 즐거움보다는 수상함이, 행복함보다는 의심이 더 들기는 했지만. 그래도 내가 세시오를 좋아한다는 사실에는 변함이 없었다. 그러니 생각해야 할 문제는, 앞으로 내가 어떻게 해야 하는가 하는—.

"테에리일."

"아, 미안해요. 또 다른 생각을 했습니다."

"정말 무슨 일 있는 거 아니에요?"

그녀의 얼굴이 날 향한 염려로 물들었다. 아무것도 아니라며 부정하려다가, 나는 생각을 바꾸었다. 누구에게라도 좋으니, 내 마음을 쏟아 내고 싶었다.

말을 꺼내기 위해는 진정 효과가 필요해서, 나는 차 몇 모금을 삼켰다. 그러고야 조심스레 입을 열었다.

"하나 물어보고 싶은 게 있습니다."

"뭐를요?"

"롭티나라면……."

그러나 내 입은 본론을 전하기도 전에 아교로 붙인 듯 달라붙었다. 조언을 구하고 싶은데 뭐라고 말해야 하는 거지?

좋아하는 사람한테 고백을 받으면 어떻게 할 거예요? 이런 뻔한 질문을 할 필요가 있나. 좋아하는 사람이 고백했는데 그게 수상합니다. 이 말을 하려면, 세시오의 비밀을 다 드러내야 하고. 세시오는 저를 왜 좋아하는 걸까요? 이건 롭티나가 답할 수 있는 질문이 아니고. 저는 왜 세시오를 좋아하는 걸까요? 이건 내가 찾아내야 할 답이었다.

완전히 얼간이가 됐군. 나는 테이블에 쿵, 머리를 박았다.

"테릴!"

롭티나가 식겁하며 손을 뻗어, 내 이마와 테이블 사이를 가로막았다. 그녀의 손바닥에 머리를 찧을 수는 없어서, 니는 하는 수 없이 상체를 들어 올렸다. 그럼에도 그녀는 나를 경계해서, 한 번만 더 그러면 테이블을 치워 버리겠다고 경고했다. 이 정도로는 아프지도 않은데. 투덜거리고 싶은 걸 참고 고개를 끄덕이자, 그녀가 한숨을 내쉬었다.

"혹시 엔하르트 소백작이 고백했어요?"

"네? 아니요, 네빗이 그럴 리가요."

"그쪽이 아니면, 세시오 공자님이 뭔가 하셨나요?"

그 말에, 나도 모르게 멈칫했다. 원래 이렇게 잘 말려드는 편은 아닌데, 반응을 통제할 수가 없었다. 롭티나는 내 적이라 할 사람은 아니었지만.

그녀는 눈을 동그랗게 뜨며 의아해했다.

"두 분은 이미 약혼하신 관계잖아요. 새삼 얼굴을 붉힐 만한 일이⋯⋯. 아."

그녀는 갑자기 말을 멈추었다. 뭔가 알아차린 사람처럼 눈을 빛내고는 이해한다는 듯 고개를 끄덕였다.

"이제야 알겠네요."

뭐를?

"부끄러우실 수는 있지만, 그래도 약혼까지 하신 사이인걸요. 그렇게 신경 쓰실 일은―."

왠지, 그녀가 무슨 생각을 하는지 알 것 같았다. 나는 정색하고 즉답했다.

"그런 거 아닙니다."

"아, 미안해요. 아직 이런 이야기를 나눌 정도로 가깝지는 않았지요."

"아니요, 그런 것도 아니고⋯⋯."

무어라 말하면 좋을지 고민하다가, 나는 머리를 헝클어뜨렸다.

그래, 말할 수 있는 선만 지키면 되겠지.

"그냥 고백받았을 뿐이에요."

테릴이 그레텔 공작저로 피신 간 사이. 세시오는 거울을 통해, 파넬로를 만나고 있었다. 그의 충실한 수하는 네빗 엔하르트를 조사해 온 뒤였다.

"아무것도 없이 깨끗합니다."

"깨끗하다⋯⋯?"

"몸이 약해서였는지, 세상 물정을 모르긴 하지만 사용인들과도 사이가 좋아 트러블을 일으킨 적이 없다고 합니다. 평판도 상당히 좋습니다."

올곧고 순진한, 정말 보이는 대로의 사람이라는 건가. 들은 사실이 그리 달갑지는 않다. 세시오는 잠시 눈가를 일그렸다.

"그게 전부인가."

"약점을 찾을 수는 없었습니다만, 최근 백작과 리한 소공작을 주제로 자주 대화를 나눈다고 합니다."

그렇게 말하고, 파넬로는 그에게 서류 하나를 건넸다. 두 공간을 연결해 주는 거울 때문에, 세시오는 아무 문제 없이 그걸 받을 수 있었다.

"가장 최근에 나눈 대화입니다."

「요즘 몸이 다시 안 좋아진 것 같습니다.

그게 무슨 말이냐, 네빗. 이리 와 보거라. 혹시 또 숨을 쉬는 게 어려우냐?

아니요, 폐가 아니라 심장입니다.

뭐?

저택에선 괜찮은데 외출할 때면, 자꾸 심장이 터질 것처럼 뛰어서 아무래도 검진을 받아 봐야 할 것 같습니다.

혹시 말이다, 리한 소공작을 만날 때면 일어나는 증상이 아니냐?

할머님께서 그걸 어떻게.

으하하핫, 정말로 내 손주 놈은 제 감정도 모르는 멍청이였구나.」

세시오의 눈이 깊이 가라앉았다.

그리고 그 바로 아래의 한 줄을 더 읽었을 때.

「아가, 그건 첫사랑이란다. 너는 그 아가씨를 좋아하게 된 거야.」

서류가 와락 구겨졌다. 그는 입매를 당겨 웃었다. 하필이면, 왜 이런 자가 걸렸을까.

"곤란하게 됐어, 선한 사람이라니."

언령을 쓰든, 제 세력을 이용하든 건들기 곤란한 인물이었다.

세시오는 느리게 제 입가를 만지작거렸다. 여전히 구겨진 종이를 내려다보는 채, 그는 건너편의 수하에게 말을 건넸다.

"파넬로."

"예, 세시오 님."

"선량하게 사람을 죽이는 방법이란 게 있을까."

답을 바라고 하는 질문은 아니었다. 당황하여, 파넬로가 눈을 끔벅거렸다.

"그럼, 선량하게 사람을 떼어 내는 방법은."

"예?"

"그도 아니면, 선량한 이를 악하게 만드는 방법은."

그는 다시 서류를 펴고 구겨진 부분을 손끝으로 쓸었다. 그럴 리 없었지만, 종이에 적힌 잉크가, 글자의 내용이 고스란히 느껴지는 듯했다. 세시오가 가볍게 숨을 내뱉었다. 제 몸에서 나온 숨결인데도, 허공에 흩어지는 것이 유독 차게 느껴졌다.

"수단이야 만들기 마련이지."

"무슨 뜻인지, 이해하지 못하겠습니다."

"그대가 알아들으라고 한 말은 아니야. 더 할 말이 없다면 돌아가 보도록."

"보고드릴 것이 하나 더 있습니다."

"뭔가."

"데이브릭 측의 상황을 확인했습니다. 타니타르에서도 그쪽의 연락을 받아 주지 않아, 조만간 굴복할 듯합니다."

소후작이 되실 날도 머지않았습니다.

흥분으로 들뜬 파넬로의 목소리에, 세시오가 심드렁하게 고개를 끄덕였다.

"아아, 그래."

답하는 목소리에는 일말의 흥미도 담기지 않았다. 그런 건 정말, 아무래도 상관없었으니까.

그 모습에 파넬로가 의아한 티를 내었으나, 세시오는 손을 내저었다. 대기하라 말하고, 그는 공간의 연결을 끊어 냈다. 다시 평범해진 거울이 세시오의 얼굴을 비추었다.

남들보나 전체적인 색채가 옅은 장신의 사내. 그나마 선명한 건, 황금빛 두 눈과 혈색이 도는 입술뿐이다. 생모와 생부를 적당히 닮았을 뿐인 외관. 그래서 거울을 보는 것도 별로 달갑지 않았으나.

"이 얼굴이 마음에 든다고 했던가."

이제, 조금은 기꺼워할 수 있었다. 거울을 앞에 둔 이와 거울에 비친 이가 동시에 같은 미소를 그렸다.

그는 돌아서, 제 손에 든 서류를 찢기 시작했다. 절반으로. 또 그 절반으로. 글자를 알아볼 수 없는 지경에 이르렀을 때, 세시오는 우아하게 손을 털었다.

서류를 보니 생각이 났다. 그러고 보면.

"신경 써야 할 게 하나 더 있었군."

그가 떠올린 건, 테릴에게 써 준 마법 계약서였다. 리한 공작은 세시오가 그 서약을 무시할 수 있는 게 아닌가 의심했으나, 유감스럽게도 불가능한 일이었다. 세시오의 힘은 마나와 상극이었기에, 마나로 한 맹약을 무시할 수 없었으니까. 불가피하게 그는 서명한 내용을 지켜야 했다.

테릴에게 위해를 가하지 않는다. 거래에 한해, 거짓을 말하지 않는다. 세시오가 약속한 건 그 두 가지였다. 첫째는, 굳이 계약에 얽매이지 않아도 너무 당연한 일이었다. 하나 두 번째는 조금 문제가 될 수 있었다.

그는 테릴에게 거래가 끝나면 파혼해 주겠다고 말했다. 하지만 이제 와 그녀와 파혼할 생각은 조금도 없었다. 당시의 세시오는 진심이었고 거짓을 말하지는 않았다. 지금은 그저 생각이 바뀌었을 뿐이다. 그걸로 충분했다. 거짓을 말하지 않겠다는 맹약이 미래를 보장해 주지는 않는다.

하나 주의는 필요했다. 테릴의 마음을 돌리기 전에 이런 생각을 들킨다면, 일방적으로 파혼을 선언하고 떠나가 버릴지도 몰랐으니까. 그녀와 약혼을 유지하려면, 나아가 혼인으로 맺어지려면 뭘 해야 할까.

"데이브릭 후작을 빼돌려 둘까."

후작이 실종된다면, 세시오가 후계가 된다 한들 당장 작위를 물려받을 방법은 사라질 테니. 그래. 그러니 네빗 엔하르트에게 기회가 돌아가는 일은 없을 것이다.

그는 잘게 조각난 서류 뭉치를 구둣발로 짓밟고 방을 나섰다.

"네?"

내 말을 바로 알아듣지 못하고 롭티나가 두어 번 눈을 깜박거렸다. 그러더니.

"겨우 고백이라고요?"

맥이 빠진 목소리에, 나는 다른 의미로 할 말을 잃었다. '겨우'라니. 그게 날 얼마나 혼란스럽게 만들고 있는데, 겨우라니. 나도 모르게 표정이 배신감으로 물들었다. 그제야 그녀는 기가 막히다는 표정을 지우고 큼큼, 헛기침을 했다.

"미안해요, 저도 모르게. 하지만…… 고백이라니 이상하잖아요."

"뭐가 말입니까."

"이미 약혼하셨는걸요. 그러니까, 결혼을 약속하는 일이잖아요?"

그래, 순서가 바뀌기는 했지. 하지만 그건.

"연애한 것도 아니었는데 지금 고백한 게 그렇게 이상합니까?"

"아니라고요?"

"……저번에 이미 부정했던 것 같은데요, 롭티나."

"물론, 그렇게 말씀하시긴 했지만……."

그녀는 말을 고르려는 듯, 몇 번 입술을 달싹였으나 잘되지 않는 듯했다. 결국 한숨을 내쉰 뒤, 그녀의 말은 훨씬 직설적으로 변했다.

"저는 테릴이 세시오 공자와 결혼한 뒤 죽여 데이브릭을 빼앗으려는, 무도한 계획을 품었다고 생각지는 않아요."

오래간만에 듣는 소문이었다. 발코니에서 키스한 뒤에는, 내가 세시오를 좋아해서 강제로 묶어 둔다고 내용이 바뀌었었지.

"맞지요?"

"굳이 데이브릭을 더하지 않아도, 이미 넘치니까요."

"무도회장에서 입맞춤을 나누셨다는 말도 들었는걸요."

"그랬죠."

"데이브릭을 삼키려 한다는 그 악의적인 소문을 잠재우기 위해, 두 분의 사랑을 티내신 건 줄 알았어요. 아니란 말씀이신가요?"

"사랑하는 사이라 소문이 나길 바란 건 맞습니다. 좋은 소문만 나서, 왈릿에 흘러들길 바랐습니다."

세시오에게 기적이 일어났다는, 그 말만이 온전히 전해졌으면 해서. 악독한 권력자에게 이용당하고 있다는 소문이 들어가면 이미지에 타격이 클 테니까. 다행스럽게도 수도의 소문은 왈릿의 일에 전혀 영향을 미치지는 못했으니, 내 우려가 과했을 뿐이다.

내 말에, 롭티나의 얼굴이 복잡 미묘한 색으로 물들었다. 나는 그녀를 보고 담담히 말했다.

"저는 세시오를 데이브릭 후작으로 만들 생각입니다."

혹 내 말이 롭티나에게 오해를 살까 빠르게 덧붙였다.

"물론, 그 뒤에 세시오를 죽일 생각은 없습니다."

"……작위를 빼앗는 것이 목적이셨군요, 제몬에게서."

결론을 도출해 내고, 롭티나가 가는 숨을 내쉬었다.

"세시오 공자도 거절할 일은 아니네요. 제몬은 그분을 몹시 미워하니까, 본인의 안위를 염려했다면요."

"솔직히 롭티나가 바로 유추하지 못해서 좀 놀랐습니다. 제몬을 향한 악감정은 충분히 드러낸 것 같은데."

"아니라고 생각했는데, 저도 제몬의 말에 영향을 받았나 봐요."

영향을 받았다니? 모호한 말에 눈가를 찡그리자, 그녀가 설명을 덧붙였다.

"약혼하기 전에, 그러니까 제몬이 소공작님을 두고 제게 추파를 던질 때요. 몇 번 떠 본 적이 있어요."

"뭘 말입니까."

"당시 만나던 애인에 대해서요. 저한테 집적거리면서도 헤어질 생각이 없는 것 같아 의아했거든요."

"바보가 아니라면 이야기하지 않았을 텐데요."

"계속 입을 다물다가 한 번은 많이 취한 적이 있는데, 그때는 술술 불더라고요."

"허……."

"술이 깨고 난 뒤에는 제가 무슨 말을 했는지도 까맣게 잊어버렸지만."

정말 바보 아닌가. 롭티나를 꾀어내면서 그 지경이 되도록 술을 마신 것부터 이해할 수 없었지만, 취했다고 나불거린 그 입도 보통의 범주는 아득히 넘어섰다.

"설령 제몬이 저를 유혹하는 걸 들키더라도, 그의 애인은 눈 하나 깜짝하지 않을 거라고, 그렇게 말했어요."

"예?"

"처음에는 죄책감 때문에 자기합리화를 하는 줄 알았지만, 아니었어요. 정말 그리 믿는 눈치던걸요."

"……."

"테릴 윈터글라스는 무슨 일에도 상처받지 않을 거란 듯이 말이에요."

나는 잠시 말문을 잃었다. 생각해 보니, 제몬 데이브릭의 입으로 그런 말을 듣기도 했다. 롭티나가 주최한 티파티, 그녀가 대화를 나누라 그를 불러 주었던 날, 화를 쏟아 내는 내 앞에서.

"넌 신경 쓰지 않았잖아. 괜찮다고 말했잖아."

"사람들이 어떻게 쳐다보든 다 의미 없다고, 네게 중요하지도 않은 사람들이니 상처받지도 않는다고 분명 그렇게ㅡ."

수치스러워 속을 드러내지 않았더니, 정말 괜찮은 줄 알았다고. 그렇다면 나를 감싸 주지 않았던 것도, 무도회장에서 거짓말을 나불거리며 돌아다닌 것도. 전부 다 내가 아무렇지 않은 줄 알아 그랬단 말인가. 아무리 연기를 했어도, 힘든 티가 났을 텐데 그걸 몰랐다니. 성인이라고는 믿기 힘든 눈치였다. 제 감정을 시시각각 드러내는 후작부인 때문에, 남이 숨긴 마음은 조금도 읽어 낼 줄 모르는 건가. 화가 나기보다는 그저 황당하여, 실소가 나왔다.

"그 말이 너무 확고해서, 저도 믿어 버렸어요. 멍청한 실수를 했네요."

"뭐, 롭티나는 바로 옆에서 절 본 것도 아니니까요."

가진 게 없을 때도 사람들 앞에서 당당하더란 말은 그것 때문에 나온 이야기였나 보군. 나는 한숨을 내쉬며 머리를 쓸어 넘겼다.

됐다. 이제 와서 제몬을 더 생각하고 싶지도 않았다.

"그 이야기는 이제 그만합시다."

"아, 네. 그럼…… 그분과는 단지 거래를 한 것뿐인가요?"

"맞습니다. 설마 해서 하는 말이지만 이 이야기는—."

"당연히 비밀로 하겠습니다. 목숨이 위험해도 꺼내 놓지 않을게요."

"아니요, 그런 상황에선 말해도 될 것 같은데요."

어차피 약혼은 곧 끝날 테니 —정말 끝날지는 불확실해졌지만 일단은—, 그때까지만 모르는 척해 주면 되는데 롭티나의 기세가 지나치게 비장했다.

"그럼 곧 파혼하시겠군요. 하필이면 그런 상태에서 고백을 받으신 거고."

이어진 말에, 겨우 덤덤해졌던 내 얼굴이 도로 일그러졌다. 고백이라는 말을 견디기가 힘들었으니까.

반응이 너무 솔직한 탓인지, 롭티나가 묘한 눈으로 나를 바라봤다. 내 얼굴을 가리기 위해, 나는 일단 찻잔이라도 들어 올렸다. 그러나 그런 보람도 없이.

"그분을 좋아하시나요?"

조금만 살살 말해 주면 좋겠다. 찻잔을 그저 들고 있었기에 망정이지, 태연한 척 찻물을 마셨으면 분명 거하게 뿜어냈을 것이다. 부정할까 고민하다가 나는 한숨을 내쉬었다. 여태 내가 드러내 보인 반응을 생각하면, 아니라고 말해 봐야 무슨 의미가 있겠는가.

"비슷…… 합니다."

그래도 직설적으로 말할 수는 없었지만.

"테릴이 그 이야기를 꺼낸 건, 제게 조언을 구하기 위해서인 거죠?"

"……네."

"그 의도가 순수해 보이지는 않아요. 파혼을 앞둔 상태에서 고백이라니, 리한에 미련이 남은 것 같으니까요."

맞는 말이지. 롭티나가 아닌 누구에게 조언을 구하더라도, 저 이야기를 들을 건 분명했다. 애당초 세시오에게 고백을 듣기 전, 내가 고백하지 않은 것도 리한이 이용당할 걸 염려해서였고.

"리한이 휘둘릴 것 때문에 고민이 되시는 건가요?"

"그런 것도 없진 않습니다."

지금도 마찬가지였다.

물론 세시오가 수년 전에 나를 좋아한 건 진짜일 것이다. 그때 난, 리한이 아니었으니까. 하나 그때 이후로 얼추 4년이란 시간이 흘렀다. 지금도 좋아한다는 말이 진심인지, 아니면 나를 속이려는 건지 알 수 없었다.

말하다 보니까, 생각이 조금 정리되는 기분이다. 왜 이리 찝찝한가 했네.

롭티나는 내 말에 잠시 고민하다 물었다.

"세시오 공자가 만 골드를 달라 말씀하면, 주실 건가요?"

이건 또 무슨 소릴까. 뜬금없는 물음이 당혹스러웠지만, 그녀는 퍽 진지해 보였기에 나도 얼떨결에 답했다.

"왈릿에 들인 돈도 그 정도는 넘을걸요."

"지나가던 마수, 아! 대회 때의 만티코어 같은 걸 잡아 달라 하면, 해 주시겠어요?"

"그건 이미 잡아 줬습니다만."

26

"리한의 정수인 검술을 가르쳐 달라고 하면요?"

"……그것도 이미."

"네?"

경악 어린 외침에 어쩐지 고개를 들 수가 없었다. 하룻밤뿐이었지만, 그리고 수도의 검과 체계가 다를 뿐 정수라 할 만큼 대단한 건 아니었으나. 그 짧은 시간 동안 세시오가 많은 걸 빼 간 건 사실이었다. 네빗에게는 그 반의반의 반도 못 가르쳐 줬는데. 어쩐지 호구가 된 기분에 롭티나의 눈을 바로 보기가 힘들었다.

"아니, 그 귀한……. 아니에요. 테릴이 괜찮다고 판단한 이유가 있을 테니까요. 생각하고 하신 일이겠죠."

"……."

아무 생각도 없었다.

롭티나는 애써 다시 본론을 끌어왔다.

"그렇다면, 감당할 수 있는 범위 내에선 이용당해도 괜찮으시단 뜻이고요."

"그걸 이용이라 말하면, 그렇겠네요."

"저는 그렇게 생각해요. 누군가를 이용하려 한다면, 그 사람도 이용당할 각오를 해야 한다고."

"세시오를 이용해서 얻어 내고 싶은 건 없습니다만."

문득 언령이 떠올랐으나, 내게 아쉬운 힘은 아니었다. 어머니가 또 저주에 걸린다면 말이 달라지겠지만, 아버지가 같은 실수를 반복할 사람은 아니니까.

"물질적인 이득이 아니라도요, 심리적인 이점이 있겠지요. 좋아하시니까요."

그 말 안 하면 좋겠는데.

"그러니까 어디까지 괜찮은지, 공자가 선을 지키는지. 전부 확인해 보시면 돼요."

"어떻게요?"

"한 번 만나 보시는 건 어떠세요?"

"예?"

"청혼이 아니라 고백을 받으신 거잖아요."

아. 그녀의 말에, 머릿속에 번쩍 빛이 들어왔다. 잊고 있었는데, 사람을 만나는 데는 중간 단계란 게 있었다. 앞서가는 것도 정도가 있지, 어디까지 설레발을 친 거지.

"감당할 수 없겠다 싶으면, 그때 정리하시면 되고요."

"롭티나는 천재인가요?"

내 말이 바보같이 들릴 텐데도, 그녀는 뺨을 발그레한 빛으로 물들였다.

"도움이 됐나요?"

"정말요."

나는 기뻐서, 덥석 롭티나를 끌어안았다. 그녀도 저번에 그런 적이 있으니 실례는 아닐 것이다. 곧 롭티나의 얼굴이 사과처럼 붉어져서 놓을 수밖에 없었지만.

"그냥 제몬과 제 일을 생각해 봤을 뿐이에요."

"아. 제몬은 롭티나의 배경을 이용하려던 거였죠."

"네. 그 정도 사람이니 이용하더라도 죄책감은 안 들겠더라고요."

제몬의 이름이 나오자, 수줍어하던 얼굴이 언제 그랬냐는 듯 차분하게 돌아갔다. 너무나 맞는 말이라, 나는 크게 고개를 끄덕였다.

그때, 누군가 응접실의 문을 노크했다.

"말씀 중에 죄송합니다, 작은 아가씨. 리한 소공작님을 찾아오신 분이 계십니다."

"그레텔 공작저에, 내가 아니라 테릴을 찾아왔다고?"

"세시오 데이브릭 공자가 밖에서 기다리고 계십니다."

뜻밖의 말에 나와 롭티나는 서로를 보며 눈을 깜박였다.

세시오가 여기에 왜 와?

"그대를 보고 싶어서."

터무니없는 대답이다. 리한 공작저로 돌아가기 위해 마차에 오르자마자, 세시오는 그렇게 말했다.

"내가 그레텔 공작저에서 몇 날 머무는 것도 아니고, 내 집으로 돌아갈 게 뻔한데?"

"그렇게 말하는 이가 막상 저택에서는 날 피해 다니더군."

나는 입을 다물었다. 피해 다닌 건 진짜였으니까.

"적어도 마차에서는 숨을 곳도 없지 않은가."

"그래서 날 데리러 왔다고?"

"안 되나?"

세시오가 천연덕스럽게 눈을 깜박였다. 할 말이 없어서, 나는 마차 등받이에 몸을 기대고 한숨을 내쉬었다.

"……그래, 당신이 하고 싶다는데 안 될 건 없지."

"그대가 없는 동안, 전에 나눈 대화를 많이 곱씹어 봤는데 말이야."

"왜 그런 짓을 해. 앞으론 하지 마."

"이제는 답해 줄 수 있겠더군."

뭘?

"왜 그대를 그랬냐고 묻지 않았나."

아.

세시오가 내 기억의 일부를 지웠다는 사실을 알았을 때 이야기였다. '아름다워서'라는 답을 듣긴 했지만, 그게 진짜 이유가 아니란 티를 풀풀 냈으니까. 하지만, 이제 와서 굳이 그 답을 듣고 싶진 않은데.

그림 이야기에, 나는 세시오의 방에 있는 캔버스를 떠올렸다. 나 혼자만 유독 반짝거리게 그려진, 일레인호에서의 일을 그린 그림. 후작저에서 본 스케치북도 다시 생각났다. 오직 테릴 윈터글라스로만 가득하던 그……. 그 이유가 세시오의 마음과 연관이 있다는 걸 이제는 모를 리 없다.

듣기에 부담스러워서 나는 되도록 태연하게, 고개를 창 쪽으로 틀었다.

"그리고 싶으면 그릴 수도 있지. 굳이 대답할 필요는——."

"아마도 감정을 지운 직후부터였던 듯해."

말해 달라고 할 때는 입을 꾹 다물더니, 하지 말라니까 기어이 여는군. 세시오를 흘겨봤다가 나는 한숨을 내쉬었다. 그래, 말해라. 무슨 말을 하더라도 나를 사랑한다는 고백만큼 충격적이지는 않을 테니.

"그 전에, 하나 설명해야겠군."

"안 해도 되는데."

"언령은 말로 하는 기적이지만, 실은 의사가 그보다 더 중요해."

처음 듣는 이야기였다. 이 와중에도 그게 궁금해 세시오를 쳐다보자, 그는 묘한 표정으로 웃었다. 그러고는 입을 열었다.

"꽃이 있으면 좋겠군."

제 말이 무슨 뜻인지 직접 보여 주려는 건가. 심드렁하게 세시오를 쳐다보다가, 갑자기 일어난 일에 놀라 나는 마차 등받이에 달라붙었다.

"무슨 짓을 한 거야!"

끽해야 몇 송이가 생길 줄 알았으나, 마차 전체에 꽃이 차올랐다. 급작스레 화려해진 공간에 세시오를 노려보자, 그는 여전히 웃는 채로 말했다.

"꽃이 있으면 좋겠어."

"이것도 많아!"

여기서 더 생기면 꽃 때문에 질식하는 게 아닐까. 짧게나마 걱정이 들 정도였으나, 민망하게도 이번에 생긴 꽃은 단 한 송이였다.

세시오의 손에 들린 남빛 꽃. 화술은 은빛이고, 모양새는 꼭 백합처럼 생겼다. 이런 색의 백합도 있던가? 세시오가 당황하는 내게 그 꽃을 건네서, 나는 얼떨결에 받아 들었다. 코끝을 스치는 향기는 영락없이 백합이었다.

그리고 그는 다시.

"꽃이 있어야겠군."

잔뜩 경계하며 그 모습을 지켜봤으나, 이번에는 생긴 게 아니었다. 내 손에 들린 밤하늘 색의 백합을 제외하고 마차에 차올랐던 모든 꽃이 사라졌다. 세시오가 내뱉은 말을 생각하면, 도무지 이해 못 할 일이었다.

"다 같은 말이었지만, 결과는 다르지."

"앞에 두 개는 그렇다 쳐도, 마지막은 뭐야. 오히려 사라졌잖아."

"말은 연상을 도와줄 뿐이고 중요한 건 그 말을 할 때의 마음이니까."

의사가 더 중요하다는 말이 그 뜻이었군. 말로 할 것이지.

"그래서 그게 지금 이야기랑 무슨 상관인데."

"그대의 기억을 지운 뒤, 내 감정을 정리할 때 나는 사실 모든 연정을 지울 생각이었어. 하지만 어느 정도는 실패했지."

"실패했다니, 당신은……."

"입으로는 그렇게 말하면서, 바라지 않는 마음이 간섭해 버렸거든. 그래서 그대를 좋아한다는 자각은 있었어. 정도는 훨씬 미미하지만."

"그럼, 이번 일이 일어나기 전에도 그랬다는 거야? 그러니까 날……."

"사랑했지, 그대가 내 첫사랑인 줄로만 알았어."

"……."

"그래서 이후로도, 조금은 괴로웠어."

덜컹, 길이 고르지 않는지 마차가 한 번 흔들렸다. 세시오는 아무렇지 않게 말했으나, 입가에는 쓴웃음이 걸려 있었다. 그리고 그조차도 곧 사그라졌다.

"용서를 구할 일이 있어."

"……뭔데."

"그대에게 제몬의 기억을 지운 건 내가 한 일이 맞아."

그 말에 반사적으로 눈을 찡그렸으나 놀라진 않았다. 그건 이미 너무 명백했으니까.

"이제는, 그 이유도 알아."

"그게 뭐였냐고."

"다 기억났다고 하니 알겠지만, 그대가 제몬과 헤어지겠다고 말했거든."

"그래서?"

"다시는 후작저에 오지 않겠다고도 했지."

"잠깐, 그 말은……."

"감정을 지울 결심을 했더라도, 나는 단 며칠이라도 더 그대를 보고 싶었어. 그래서 나쁜 짓을 한 거야."

그러니까…… 나를 더 만나고 싶어서. 제몬과 헤어지려는 기억을 지우고, 그 계기들도 다 잊어버리게 했다는…….

목덜미가 뻣뻣해졌다. 나는 등받이에 몸을 기댄 채 팔짱을 끼고 눈을 감았다. 심호흡하자, 세시오가 눈치를 보듯 물었다.

"할 텐가, 화풀이."

"……일단 당신 오른팔은 내 거라고 생각해 둬."

"달콤한 말이긴 한데 왼팔이 낫겠어. 나는 왼손잡이니까."

"그러니까 오른팔 내놓으라고. 현실적으로 고민해서 하는 말이야."

웃으라고 한 말도 아닌데 그의 입매가 늘어졌다. 노려보자, 세시오는 빠르게 무표정으로 돌아왔다. 왜 이렇게 혼나는 강아지처럼 구는 거지.

머리가 지끈거려, 나는 미간을 한 번 문질렀다.

"나, 전부 눈치채고 있었던데."

"뭘."

"제몬이 무슨 짓을 하고 돌아다니는지. 나를 뭐라고 떠들어대는지."

"그랬지."

"……."

"뭘 하면 용서해 주겠나?"

슬쩍 일어난 세시오가 내 옆자리로 옮겨 왔다. 내 마차가 크긴 했으나, 저 체격으로 바로 옆에 앉으니 공간이 비좁게 느껴졌다. 그러고는 몸을 낮춰 고개를 기울이며, 내 얼굴을 가만히 바라보았다. 한 대 때리고 싶었는데 얼굴이 너무 예뻤다. 짜증을 참는 수밖에 없었다.

"그러면, 당신이 그 기억을 건들지만 않았으면 내가 제몬을 찼겠네."

흘러내린 머리칼이 거슬려, 나는 머리를 쓸어 넘겼다.

"시기를 생각해 보니, 그쯤이면 막 롭티나 그레텔에게 집적거리기 시작한 때고."

"그랬…… 지."

"내가 찬 데다가 본격적인 바람도 전이니, 좀 짜증은 나도 복수를 계획하진 않았겠어."

그리고.

"당시 살던 집은 숙부에게 빼앗겼겠네."

"음?"

"숙부는 내가 데이브릭 후작부인이 될 줄 알고 계속 참아 줬던 거니까. 그게 아니란 걸 알면 화풀이를 하러 왔겠지."

숨길 때까진 숨긴다고 하더라도, 금세 들켰을 것이다. 그러면 그 조그만 집도 잃은 채 어머니와 나는 거리에 나앉았을지도 모른다. 귀족이라는 신분 때문에 일을 구하기도 어려우니, 굶어 죽진 않아도 꽤 곤란해졌겠지. 빼앗지 않더라도 집을 인질 삼아 숙부가 협박 같은 걸 했을지도. 리한의 마법 계약서 기한이 만료되기도 전이니 아버지도 도와주지 못했을 터. 그렇게 생각하다 보니, 내가 구차할 만큼이나 세시오를 감싸는 것 같았지만……

그래도 할 수 없지 않은가. 옆자리로 옮겨 온 이후, 그의 눈은 계속 일렁였다. 불안한 기색이 고스란히 드러났다. 이렇게 감정을 잘 드러내던 사람이었나, 당황스러울 정도로. 그를 좋아하기 때문인지, 심한 말이 나오지 않았다. 일단은 넘어가고 이성적으로 천천히 생각해 봐야지.

"그래서 그림은 왜 그린 건데."

나는 조금 노골적으로 주제를 바꿔 주었다. 세시오가 옅은 숨을 내쉬었다.

"마음이 다 지워졌다면 모를까 어중간하게 남은 상태에서, 그대는 하루아침에 남이 됐지."

"친구도 되기 싫다고 철벽 친 건 당신이잖아."

"친구?"

그가 하하, 웃음을 터뜨렸다.

"좋아하는 여자랑 그런 관계가 되고 싶을 리가."

자연스럽게 나온 말에, 나는 조금 움찔했다. 그런 식으로 생각해 보지는 못했다.

"그래도 틀린 말은 아니군. 애당초 남이었으니. 그래도 나는 많이 허전했어."

지난날을 돌아보듯, 그의 눈빛이 흐렸다.

"몰두할 게 필요했는데, 그게 그림이었지."

"그런 이유면, 적어도 다른 걸 그리는 게 좋았을 것 같은데."

"딱히 그대를 그리려고 작정한 건 아니었어. 그런데 온 정신이 거기에 있다 보니……."

어느새 테릴 윈터글라스 시리즈가 완성되어 있더라고. 세시오가 어깨를 으쓱였다.

"스케치북을 들켰을 때 정말 당황했던 것도 맞아. 오죽하면 일어나서는 안 된다는 것도 잊고 일어날 뻔했을까."

지나간 일이 떠올랐다. 그래, 그때의 세시오는 앞으로 몸을 쏟다가 넘어진 모양새였다. 원래 걷지 않는 사람이라면 일어나려는 듯한 동작을 취할 리 없는데 그땐 왜 몰랐을까.

"여기까지, 그대가 궁금해하던 대답이었어. 좀 후련한가?"

"내가 할 말은 아니지만…… 힘들었겠네."

말하고 나니, 그런 스스로가 우스워 실소했다. 내 기억을 지운 걸 위로하고 있다니, 아무래도 제정신은 아니다. 냉정히 보면 피해를 본 사람은 나고, 위로받아야 할 것도 내 쪽인데.

"……이상한 말이로군."

"나도 방금 그렇게 생각했어."

"연민인가?"

"아, 잠시만. 마차에서 그 말 꺼내지 마."

나는 얼굴을 일그러뜨리고 세시오의 말을 가로막았다. 전에 있던 다툼이 생각난 탓이다. 동정이니, 연민이니. 테릴 리한이 저를 지나치게 신경 쓰는 게 어쩌고저쩌고. 아무리 세시오를 좋아하게 된 지금이라도, 그딴 소리를 지껄이면 화가 날 것 같았다. 아니, 좋아하니까 더 그렇겠지. 원래 부정할 수 없는 비난이 더 아픈 법이니까.

내 반응에, 그가 웃음을 터뜨렸다.

"다시는 그런 건방진 소리는 않을 테니, 염려 마."

"안다니 됐어. 그리고 동정은……. 몰라, 나도 왜 당신을 위로하는지 모르겠으니까."

"이유 같은 게 중요하진 않지. 위로해 주고 싶다면, 지금 안아 주겠나."

세시오는 장난기 어린 얼굴로 양팔을 벌렸다. 그 모양새가 얄밉긴 했으나, 나는 순순히 사내를 끌어안았다.

"테릴……?"

예상하지 못했는지, 그가 당황한 목소리로 나를 불렀다. 나는 가만히 남자의 너른 등을 두드려 주었다. 종종 어머니가 해 주셨던 것처럼.

"내가 언제 이렇게 바보가 된 건지."

냉정하게 말하면, 내가 해야 할 일은 세시오를 끌어안고 위로하는 게 아니었다. 왜 내 기억에 마음대로 손을 댔느냐, 화를 내는 게 옳다. 그럼에도 머리 어딘가가 이상해진 건지, 나는 그냥 그러고 싶었다.

그는 허공에 어설프게 떠 있던 두 팔로 내 등허리를 감았다. 체격 차이가 있다 보니, 그 품에 온전히 갇힌 모양새가 되었다. 기묘한 안정감이 들었다. 세시오는 나를 안은 채 어깨에 뺨을 비비다가, 느리게 한숨을 내쉬었다. 그러고는.

"그대가 날 사랑하면 좋겠어."

"……그 소리 그만하면 안 돼?"

"언령은 쓰지 않았는데."

그래, 마나가 반응하지 않았으니까 거짓말은 아니었다. 하나, 언령이 아니라고 다 괜찮은 건 아니었다. 이미 좋아한다는 걸 인지한 상태에서도, 보통 낯간지러운 말이 아니었으니까.

"입 밖에 내도 이루어지지 않는, 정말 바람 같은 거니까."

그 말에 퍼뜩 정신이 들었다. 그제야, 나는 아직 내 마음도 제대로 전하지 않은 상태임을 깨달았다. 롭티나가 말한 대로 한번 만나 보는 정도라고 해도, 고백을 하긴 해야 했다. 나는 일단, 끌어안은 몸을 놓아 주었다.

"지나간 이야기는 됐고, 그럼 앞으로의 이야기를 좀 해 보자."

"앞?"

"당신, 벌여 놓은 일은 어떡할 건데."

"……."

"솔직히 파혼할 생각은 없지?"

대단한 걸 묻지도 않았는데, 세시오는 사레가 들려 연신 기침을 토했다. 어찌할 바를 모르고 당혹스러운 얼굴이었다.

"왜 그래? 죄지은 사람처럼. 아니, 죄지은 사람이 맞긴 하지만 여태 안 그랬잖아."

"그렇게, 노골적으로 물을 줄은…… 빼돌릴 생각까지 했는데."

"뭘 빼돌려?"

"……아니야."

고개를 저으며 그는 말을 삼켰다.

왜 저렇게 놀란 거야. 심기가 불편해지는 추측이 떠올랐다.

"나를 좋아는 하는데, 당신이 걸을 길은 험난하니 정리하겠다는, 그런 각본인가?"

"터무니없는 소리."

그의 말소리는, 조금 전과 달리 무겁게 늘어졌다. 나와 마주친 눈빛도 그랬다. 탁하게 가라앉은 시선.

"파혼할 생각은 없어, 테릴. 그렇게 계약서를 써 준 것도 아니잖나."

사람을 옭아매듯 쳐다보며, 그가 느리게 내뱉었다. 그래서 나는 인상을 찡그렸다. 갑자기 왜 이래.

"평범하게 말해, 갑자기 왜 분위기를 잡아."

"……화내지 않는 건가?"

"일단 앞으로의 일을 이야기해 보자고. 파혼 얘기는 그럼 됐고, 당신 예정은 어떻게 할 건데."

"모르겠군. 언령을 지키려면, 이제 와 내려놓을 수는 없는데 말이야."

저번과 같은 이야기였으나, 우선순위가 달라진 듯한 느낌이 들었다. 저번에는 선량한 의지를 배신할 수 없다는 데 초점을 뒀던 것 같으나 지금은 언령이 더 먼저란 듯이 들렸다.

의아함에 눈가를 찡그리자, 세시오가 내 눈을 바라보았다. 제 속을 훤히 드러내 보일 때는 언제고, 이번에는 평소처럼 알기 힘든 표정이었다. 금색 물감을 겹겹이 발라, 조금의 투명함도 남기지 않은 것처럼. 그늘진 눈동자에선 무엇도 읽어 낼 수 없었다.

"내가 좋은 사람이길 바라나."

"……바라지 않으면, 다 내 버리겠단 말로 들리는데."

긍정도 부정도 하지 않고, 그가 입매를 당겨 웃었다.

"내게도 생각할 시간이 필요해. 조금쯤 여유를 주지 않겠나."

"이미 계획은 다 정해진 게 아니었어?"

"그랬지. 하지만 내가 좋은 사람이면, 그대는 날 버릴 거잖아."

"버리다니……. 무슨 소릴 하는 거야?"

"그대는 북부의 왕이니, 내가 황제가 된다면 떠나 버리겠지."

"……."

"좋은 사람인 채로, 그대의 마음을 얻으려면 어떻게 해야 할까."

고민해 봐야겠어. 나른하게 웃으며 하는 말을 마지막으로, 마차가 멈추어 섰다. 창밖으로 리한 공작저가 보였다.

"……저녁쯤에 제대로 이야기해."

세시오는 고개를 끄덕이고 먼저 마차에서 내렸다. 그러고는 나를 에스코트하려는 듯 손을 뻗었다. 이제는 아주 익숙해진 모양새였다. 그런 게 없이도 혼자 잘 내린다는 걸 알면서. 나는 한숨을 내쉬면서도, 어울려 주기로 했다. 그렇게 땅에 발을 내디디는 순간.

"소공작님?"

뒤쪽에서 익숙한 목소리가 들려왔다. 네빗 엔하르트였다. 우리와 마찬가지로 막 마차에서 내린 모양이었다.

"오늘은 수련을 봐주기로 한 날이 아닌 것 같은데."

"아, 드리고 싶은 게 있어 찾아왔습니다. 잠깐 선물만 전하고 가려 했는데……."

"또 꽃은 아니겠죠?"

네빗의 선물이라 하니 나도 모르게 질린 표정이 되었다. 이제 꽃이라면 지긋지긋했으니까. 내 말에 그의 눈이 내 손으로 향했다. 무의식중에 네빗을 따라 시선을 내리자, 내 손에 들린 남빛 백합이 보였다. 아까 세시오가 만들어 건넨 꽃이다. 이걸 언제 들고 내린 거지. 무의식에 벌인 일이 당황스러워 나는 눈을 깜박였고, 네빗은 쓰게 웃었다.

"……예, 아닙니다."

꽃을 든 채, 꽃이 지긋지긋하다는 표정을 지었으니 무어라 할 말이 없다. 민망해서 입을 다물자, 그는 일부러 쾌활한 투로 말했다.

"이왕 마주친 거 괜찮다면 잠시 어울려 주시겠습니까?"

물론 세시오 공자님도 함께요. 덧붙인 말에 나는 세시오를 쳐다봤고, 그는
느리게 고개를 끄덕였다.

테릴은 보고받을 일이 있어 잠시 자리를 비웠다. 그 때문에, 두 남자만 먼저
응접실로 들어왔다. 세시오에게는 잘된 일이었다. 한 번은 테릴이 없는 자리에
서, 네빗과 이야기를 하고 싶었으니까. 그리고 그건, 네빗 엔하르트도 마찬가
지인 눈치였다.

"소공작님께서 들고 계시던 꽃은, 처음 보는 종류였습니다."

그야 언령으로 색을 바꿨으니까. 세상에 없는 걸 만들어내진 못하더라도 그
흉내는 낼 수 있었다.

"혹, 세시오 공자님께서 주신 겁니까?"

「그걸 왜 물으시는지 모르겠군요.」

세시오가 적어 내린 글을 읽고, 네빗이 입을 달싹였다. 그러더니 곧 그의 눈
에 결심이 섰다.

"역시 돌려 말하는 건 못 하겠습니다. 소공작님을 좋아하십니까?"

"……."

"세상 경험이 적다고 눈치가 아예 없는 건 아닙니다."

세시오의 눈이 가늘어졌다.

"그분께 검을 배울 때면 언제나 저희를 보고 계시더군요. 저번에 파혼하신다
는 게 진짜냐 여쭀을 때도 좀 민감하게 반응하셨고."

「그런 질문을 왜 하시는지, 이해가 되지 않는군요.」

"공자님이―."

「잊으셨습니까? 저는 테릴과 약혼한 사이입니다.」

명백한 사실에, 네빗 엔하르트의 얼굴이 굳었다. 세시오는 손을 멈추지 않았다.

「제 쪽에서도 묻겠습니다, 소백작께서는 테릴을 마음에 두신 겁니까?」

"그…… 건."

「그렇다면 접으십시오.」

"아무리 은인이라 한들, 지나치십니다!"

그 말에 울컥했는지, 네빗이 벌떡 자리에서 일어났다. 차가운 시선이 그를 뒤따랐다.

"저도 약혼자가 있는 분께 마음을 품는 것이 얼마나 당찮은 일인지 알고 있습니다."

「아신다니 의외로군요.」

"하지만 두 분은 어차피 헤어지기로 하신 게 아닙니까? 할머님께서 분명, 그분의 의중을 들었다고 말씀해 주셨습니다."

바람을 단단히 넣었군. 짜증이 치솟아 세시오는 제 입가를 매만졌다. 할머님, 할머님. 아직 보호자의 품에서 독립하지도 않은 풋내기가.

「정 궁금하시다니 말해 드리겠습니다. 파혼할 생각은 없습니다.」

"예……?"

「공교롭게도 조금 전, 마차에서 그에 관한 대화를 했습니다.」

물론 세시오는 테릴에게 그러겠다는 의사를 밝혔을 뿐이고, 그녀도 동조한 건 아니었지만. 어쨌거나 그의 입장에서 거짓말은 아니었다.

네빗 엔하르트의 얼굴이 처참하게 일그러졌다.

"데이브릭을 받는 것으로 끝나는 거래였잖습니까."

「당사자도 아닌데, 잘도 확신하시는군요. 그것도 할머님이 말씀해 주신 겁니까?」

뼈가 섞인 비아냥에, 네빗의 얼굴이 붉어졌다. 그는 화를 참는 얼굴로 말했다.

"할머님께 들은 말은 맞습니다만, 그 또한 소공작님의 입에서 나온 이야기입니다."

"후……."

"이토록 짧은 시간 내에 그분이 말을 번복하셨을 것 같진 않습니다. 정말 협의하신 일이 맞습니까?"

"……."

"혹, 그분이 리한이라 놓아 주기 싫어지신 겁니까?"

"단단히 착각하고 있군."

세시오는 만년필을 테이블에 내던지듯 내려 두고 말했다. 더는 존댓말을 하고 싶지도 않아, 말도 짧아졌다. 생각지 못한 일에, 네빗의 두 눈이 경악으로 물들었다.

"말을……! 어, 떻게……."

"개인적인 사정이니 묻지 말아 줬으면 해. 내가 소백작의 몸을 낮게 했다는 인식이 있으면, 그 입도 다물고."

말로는 은인이라 하면서 태도는 건방지기 짝이 없었지만.

"알…… 겠습니다, 어떻게 된 일인지는 모르겠지만."

"물론 소백작의 '할머님'께도 입을 다물어야 할 거야."

"……그 또한 알겠습니다."

저 말을 믿을 수는 없었지만, 그는 비밀을 지켜야 할 것이다. 입을 다물라고 말할 때, 세시오는 언령을 썼으니까. 제가 뭐에 당했는지도 모르고 네빗은 제 당혹감을 수습하기 바빴다. 그래, 언령을 쓰면 이렇게 간단해지는데 말이야.

세시오가 차게 웃었다.

"나는 테릴이 리한이 아니길 바라는 사람이야."

그녀에게는 그 기적이 통하지 않는다. 그 특별함은 좋았으나, 가문 자체의 힘이 문제였다. 테릴 리한은 가진 게 너무 많았다. 어떤 걸로도 유혹하기 어려울 만큼. 이따금, 세시오는 그 점이 아쉬워졌다.

"외려 소백작이야말로, 리한을 이용하려고 달라붙는 게 아니라 말할 수 있는가?"

"전—!"

"테릴에게 리한의 검까지 받아먹고 있으면서 말이야."

"……."

"애초에 왜 내 약혼자를 좋아하는 거지?"

네빗 엔하르트의 입이 찰싹 달라붙었다. 그걸 보고 세시오가 부드럽게 웃었다.

"그대를 구해 줘서라고 말하진 않겠지."

그건 테릴이 베푼 은혜가 아니니까.

"입 아프게 물었지만, 사실 이유는 알고 있어. 외모에 홀린 거잖나."

"그러면 안 됩니까?"

정곡을 찔리고, 네빗의 얼굴이 새빨갛게 달아올랐다. 숨소리까지 당혹감으로 거칠어져 제법 추한 몰골이라고, 세시오는 생각했다.

"안 되지. 그러면 제몬 데이브릭과 다를 게 하나도 없거든."

"감정이 어디서 시작되든, 세시오 공자께서 간섭하실 일은 아닙니다."

"겉가죽이 그럴싸한 사람이라면 다른 이라도 많으니, 그들을 찾아보는 건 어떤가."

"제 마음을 모욕하지 마십시오!"

"하지만 소백작도 가망이 없다는 건 알잖아."

네빗이 멈칫하는 걸 보고, 세시오는 만족스러운 표정을 지었다.

"그대의 말대로 계속 지켜봤으나, 테릴의 표정은 늘 같더군. 소백작에게 조금도 정을 붙이지 않더라고."

"……말을 나눈 지 얼마 되지도 않았으니 당연한 일입니다."

"그뿐이라 믿고 싶은 거겠지."

그렇게 말하고, 여유가 생긴 세시오는 차 한 모금을 삼켰다. 그러고는 다시 차를 내려놓을 때까지 네빗은 한 마디도 하지 않았다. 한풀 기가 꺾인 모양새였다.

"뒷조사를 좀 했어. 소백작은 좋은 사람이더군."

"예?"

너무 뻔뻔하게 말해서, 네빗은 잠시 혼란을 느꼈다. 뒷조사를 한 일에 화를 내야 하는지, 좋은 사람이라는 칭찬에 어리둥절해야 하는지. 그가 정신을 차릴 틈을 기다려 주지 않고, 세시오는 말을 이었다. 그에게는 이게 본론이었다.

"그러니 자비를 한 번 베풀까 해."

"무슨 말을…… 하시는 겁니까."

"보답받지 못할 걸 알면서 누군가를 좋아하는 건 괴로운 일이지."

그건 익히 세시오도 경험해 본 바였기에, 분명히 말할 수 있었다.

"그러니 그 마음이 버겁다면, 잊어버리면 될 일이야."

"지금 무슨―."

"그걸 원한다면, 언제든 찾아와도 좋아."

거기까지 말하고, 세시오는 아쉬움에 눈가를 찡그렸다. 발걸음 소리가 가깝다. 테릴이 돌아온 모양이었다. 그는 이제 입을 다물고, 내던진 만년필을 들고 수첩에 적어 내렸다.

「생각해 보도록.」

그 뒤, 응접실의 문이 열리는 것과 동시에 세시오는 수첩에 찻물을 부어 버렸다. 누구도 그 글자를 알아볼 수 없게끔.

수하에게 보고를 듣고 응접실로 들어서자마자 내가 본 것은, 엎질러진 찻물이었다.

"엎었어?"

달그락거리는 소리에 놀라 나는 서둘러 세시오에게 다가갔다. 찻물이 아직 뜨거운 탓에 그의 손등이 벌겋게 익어 있었다. 수도에 온 이후 손수건을 상당히 자주 쓰는 것 같다고 생각하며, 나는 그의 손을 닦아 주었다. 세시오가 고개를 끄덕여 감사를 표했다.

"조심 좀 해, 차 마시는 게 뭐 어렵다고."

투덜거리며 손수건을 내려 두는데, 흠뻑 젖은 수첩이 눈에 들어왔다. 제대로 젖었군.

"일은 잘 보고 오셨습니까, 소공작님."

그 물음에 뒤늦게, 나는 이 자리에 네빗도 있다는 사실을 떠올렸다. 고개를 돌리자 그가 다소 초조해 보이는 얼굴로 나를 쳐다봤다.

"늦어서 미안합니다. 상단 쪽에 뭐가 엉키는 바람에."

"예고도 없이 찾아온 제 잘못입니다."

"선물만 주고 가시려던 걸요."

애초에 그것도 좀 이상하긴 했지만. 전에, 생일을 확인한 적이 있으니 아마 네빗이 가져온 건 내 생일 선물일 것이다. 예상이 맞았는지, 그는 응접실 한편에 쌓아 놓은 것들을 하나하나 설명했다.

"셰프 뒤에트페르의 케이크, 록산나의 모자, 저건 엘리엇이 손수 제작한 장갑입니다. 이 목걸이는 에틀레아가……."

종류별로 참 여러 가지가 있었으나, 공교롭게도 내 취향에 맞는 건 하나도 없었다. 이렇게 한 무더기를 가져와서 각각의 임팩트를 덜어 내는 게 별로 좋아 보이진 않았으나, 물품 자체엔 별문제가 없었다. 네빗이 가져온 건 전부 유명하고 인기 있는 물건이었으니까. 다만 어려서부터 부자로 자라지 못한 탓에, 내 취향이 그리 고상하지 않은 게 문제였다. 설사 좋아할 만한 걸 가져와도 곤란했겠지만.

"그날, 함께 식사할 수 없는 건 아쉽지만, 소공작님의 생일을 축하드리고 싶었습니다."

선물 설명을 마치고, 네빗이 뺨을 물들이며 말했다. 수줍음을 타는 것처럼 보였다. 이쯤 되면, 바보라도 알 거다. 검을 가르쳐 달라는 말에 아니라고 단정 지은 내가 멍청했지. 돌고 돌아 다시, 네빗 엔하르트는 나를 좋아한다는 결론에 이르렀다. 그리고 이번에는 틀리지 않을 것이다.

"미안합니다, 네빗. 받을 수 없습니다."

"예? 어째서……."

사슴 같은 그의 눈동자가 당혹감에 흔들렸다. 그러나 이제 와서 말하자면, 나는 별로 사슴을 좋아하진 않았다.

"저와 제 약혼자를 뭐라고 생각하시는 겁니까."

목소리가 절로 차가워졌다.

"선물을 주시는 것 자체가 문제 된다는 말은 아닙니다. 하지만 사심 없이 줄 때의 이야기지요."

그의 마음이 너무나 노골적으로 담겨 있었으니까.

"저, 저는……."

"솔직히 말해 제가 좋아하는 것들도 아닙니다. 네빗은 저를 잘 모르는 것 같군요."

무언가 말하려는 듯, 그가 입을 달싹였으나 별로 듣고 싶지 않았다.

"오늘은 이만 돌아가 주시면 좋겠습니다."

"무…… 례를 범하려던 건 아니었습니다. 실례했습니다."

네빗 엔하르트는 허리를 깊이 숙인 뒤, 응접실을 나섰다. 그는 상처받은 얼굴이었다.

"배웅은 안 해도 괜찮겠나."

"오히려 독이 될걸."

말하자면, 네빗은 내게 고백하기도 전에 차인 셈이니까. 약간은 찝찝했으나 할 수 없는 일이었다. 무례를 저지른 건 그쪽이 먼저이기도 했고. 다만, 그가 두고 간 선물을 어찌해야 하나 고민이 들긴 했다.

"그래서."

나는 세시오와 눈을 마주쳤다가 그대로 시선을 내렸다. 흠뻑 젖은 수첩이 눈에 들어왔다.

"이 수첩에 적었던 말은 뭘까?"

"지워져 버려서 모르겠군. 상투적인 인사말이 아니었을까."

"내가 바본 줄 알아, 세시오?"

아무 일도 없는데, 갑자기 찻잔을 엎을 리가 없다. 그렇다고 정말 실수일 리도 없고.

"잠깐, 생각해 보니까 저번에도 당신, 찻잔을 깨뜨리지 않았어? 엔하르트 백작저에서."

"내 약혼자는 기억력이 좋군."

세시오가 난감한 표정을 지었다. 그러나 그의 입가에는 웃음이 걸려 있어서, 별로 진정성이 느껴지지는 않았다.

"화를 낼 것 같은데."

"그러니 묻는 거잖아."

"그대도 이제 알겠지만, 네빗 엔하르트는 그대를 좋아해."

"자꾸 왔다 갔다 해서 헷갈리긴 하지만 그런 것 같네."

"보답받을 수 없는 마음이란 괴롭지. 그래서 제안 하나를 했어."

"뭘……. 뭐, 설마 언령으로 감정이라도 지워 주겠다고 한 거야?"

"언령 이야기를 구체적으로 꺼내진 않았지만."

"그걸 믿어?"

"글쎄. 그보다는 내가 입을 열었다는 사실에 놀란 모양이더군."

"……세시오."

"물론 입은 다물려 놨어."

내가 세시오의 행동에 간섭할 권리는 없더라도, 이해할 수 없었다. 나는 되도록 말을 골라 말했다.

"불필요한 상황에 자꾸 입을 여는 이유를 모르겠어."

"인정하지, 충동이었어."

"무슨 충동?"

"당당히 묻더군. 그대와 내가 파혼한다는 게 진짠지, 그대가 리한이라 내가 매달리는 게 아닌지."

"……자기 몸을 고쳐 준 게 당신이란 거 알잖아. 그런데 그렇게 무례했다고?"

"은혜보다도 사랑이 앞서는 모양이야. 듣고 나니 속이 꼬이더군."

나라도 화가 날 이야기긴 했다. 하지만…….

나는 좀 무거운 물음을 던졌다.

"진심으로, 할 생각이야?"

"동의를 받고 진행할 셈이었어."

"동의하지 않으면, 기억을 지우려고?"

"비윤리적이라는 것 또한 인정해."

그렇게 말하면서도, 그의 목소리는 담담하기만 했다. 새삼스러운 일도 아니지만, 이해할 수 없는 사내를, 나는 다시금 쳐다보았다.

"그럴 가치가 있는 일인가?"

"적어도 내 마음은 좋아지겠지."

"……네빗 앞에서 당신이 화가 난 것처럼 보이진 않았는데."

"내 마음을 증명해야 할까? 어떻게?"

조금도 웃지 않으며, 세시오가 내게 손을 뻗었다. 그러더니 내 손을 잡고 제 가슴께로 가져갔다. 옷 너머, 피부 아래에서 거센 심장 박동이 느껴졌다. 심지어는 내 심장이 뛰는 감각보다 더 생생하게. 그 상태로, 그는 내 눈을 물끄러미 바라보다가 가만히 눈을 감았다.

"질투 나게 하지 말아 줘."

"……."

"그대가 선물을 받지 않은 건, 소백작의 마음을 거절하겠다는 뜻이겠지?"

"……굳이 답해야 알아?"

"말로 해야 알겠군."

세시오는 내 손을 놓아주며 천연덕스럽게 웃었다. 나는 눈썹을 한번 까딱이고는 한숨을 내쉬었다. 그의 맞은편에 풀썩 앉자, 사내의 시선이 따라왔다.

"내 취향 아니야."

"취향?"

"상황이나 조건이나 그런 걸 다 떠나서, 네빗이 전혀 이성으로 보이지 않는다고. 이제 됐어?"

"잔인하기도 하지."

즐거워 죽겠다는 표정이면서 말하는 것하고는. 어처구니가 없어 흘겨보자, 세시오가 한층 유쾌하게 웃었다. 그는 금세, 기분이 좋아진 것 같았다. 네빗은 내 취향이 아니라고 말한, 단 한마디로.

그리고 우습게도, 나는 세시오의 그 변화가 마음에 들었다. 정신이 나간 거지. 나는 의미 없이 소매의 단추를 만지작거렸다. 생각에 여유를 둔다고, 마음이 차분해지진 않는다. 아무래도 고백을 하긴 해야 될 것 같았다. 번잡한 일을 정리하고, 세시오가 소후작이 된 후쯤에는. 내 마음이 그런 결론을 내렸다.

"그대가 원하는 대로 하지."

"뭘 원한다고 말하진 않은 것 같은데."

"피치 못 할 상황이 아니고는, 타인의 기억과 감정에 손대지 않아. 이걸 바란 게 아닌가?"

그렇게 해 준다면 찜찜함을 덜 수는 있겠으나, 앞에 붙은 사족이 심상치 않았다.

"피치 못 할 상황의 기준이 뭔데."

"그대가 곤란해지거나."

"왜 기준점이 내가—."

"혹은 내가 죽을지도 모르는 상황이라거나."

말허리가 잘렸으나, 나는 잠시 입을 벌린 채 멈춰 있었다. 두 가지 기준의 비중이 너무 다른 게 황당했으나, 비단 그것 때문은 아니었다. 죽을지도 모르는 상황에 언령을 쓰겠다. 생명체에게는 당연히 있는 생존본능인데도, 그 말이 내겐 기쁘게 들렸다. 그는 여태 제 목숨을 욕심낸 적이 없었으니까.

"그 말은, 이제 당신의 목숨이 경각에 달하면, 눈을 감고 가만히 있는 게 아니라 살려고 뭐라도 해 보겠다는 말이지?"

"서운한걸. 그대가 요구한 약속을 잊어버렸나?"

"약속?"

아. 생각해 보니 세시오에게 그런 걸 강요했었다. 후작이 될 때까지 절대로 죽지 말라고. 떠올림과 동시에 김이 샜다. 이제는 좀 삶에 욕심이 생긴 줄 알았는데 아니었다, 나와 약속한 것 때문에 어쩔 수 없이 제 목숨을 챙기겠다는 소리였으니까.

나는 맥없는 숨을 내뱉으며, 등받이에 몸을 기댔다. 그런 모습을 보며, 세시오가 웃었다.

"내가 내 목숨을 안달 냈으면 하나."

"그 당연한 걸, 그렇게까지 부정적으로 표현하는 것도 대단하다."

"대답은?"

"말했잖아, 당연한 거라니까."

좋아하는 사람이 아니라, 그저 얼굴만 아는 사이라고 해도 상대가 죽길 바라진 않을 테니까. 그렇게 생각한 걸 꿰뚫어 보기라도 한 걸까.

"그대는 가진 게 많아서, 남들에게 무언가 나눠 주는 정도는 어렵지 않다고 했지."

"그게 왜?"

"그럼, 다른 이들에게도 똑같은 말을 할까."

"다른 사람들은 대체로 살고 싶어 —."

"아니면, 내가 조금은 특별하다고 생각해도 될까."

낮은 목소리에는 갈증이 배고, 두 눈에는 열기가 들끓는다. 그와 눈을 마주치니, 나 또한 목이 말라서, 무의식중에 마른침이 넘어갔다. 가슴이 조여 오는 감각이 생소했다.

"내게 희망을 줘, 테릴."

"나는……."

"그러면 언령도, 천리안도 내가 가진 모든 능력을 그대에게 줄 테니."

분위기 깨는 데 재주가 있군. 나는 입매를 뒤틀며, 그냥 자리에서 일어났다. 당혹스러운 시선이 내 얼굴을 따라 왔다.

"지금 고백을 하려는 거야, 협상하자는 거야."

"테릴?"

세시오가 놀란 눈을 몇 번 깜박거렸다. 정말로 뭐가 잘못됐는지 모르는 기색이라, 기가 막힐 뿐이다. 이 꼴을 보면, 리한을 이용하려 거짓 고백을 한 건 아니다. 내가 저를 좋아한다는 짐작도, 조금도 못 하는 게 분명했고. 어이가 없어 헛웃음을 내다가, 나는 입을 꾹 다물었다.

그건 나도 할 말이 없긴 하지. 세시오가 한 행동을, 다 그의 의무적인 선행이라 해석했으니 똑같은 논리였다. 그럼 서로 같은 착각을 한 걸까. 왠지 바보 같다는 생각에, 단숨에 차오른 화가 그대로 녹아내렸다.

"화가 났나."

"생각해 보면 그래. 당신이 네빗보다 사회화가 잘되어 있을 리는 없지."

저택에 틀어박혀 지낸 건 그나 네빗이나 마찬가지였으니까. 세시오가 이따금 몰래 나왔다고는 해도, 나와서 제대로 된 사교 활동을 했을 리도 없었다.

"과제야, 내가 왜 화났는지 생각해 봐."

무어라 답하지도 못하는 그 얼굴을 흘금 내려다보고, 나는 고개를 돌렸다. 그리고 문에 대고 말했다.

"그리넬 경, 할 말 있으면 들어와."

기척 하나가 조금 전부터 바로 앞을 서성거리는데 신경 쓰여서 뭔 말을 할 수가 있어야지. 뒤늦은, 그리고 의미 없는 노크를 한 그리넬 경이 안으로 들어섰다. 무표정한 얼굴이었으나, 잠시 세시오를 노려본 것 같기도 했다.

"한 30분 뒤에 다시 들어와도 괜찮습니다."

"당장 3분만 지나도, 나는 응접실에 없을 것 같아."

"그렇다면 보고하겠습니다. 제몬 데이브릭이 소후작에서 강등당했습니다."

그리 놀라운 이야기도 아니었다. 대원로에게 들었던 두 달이 거의 차오르고 있으니까. 자식들이 모두 어리다면 이야기가 다르겠지만, 지금 후작은 후계를 오래 비워 둘 수 없었다. 그는 곧, 세시오를 부를 것이다.

머잖아 데이브릭 후작이 될 사내와 눈을 마주치며, 나는 입꼬리를 말아 올렸다.

"드디어 종장이네."

길고 지루한 기다림이 막 끝을 보이고 있었다.

한 해의 끝인 12월 31일. 내 생일인 동시에, 제몬과 헤어질 결심을 했던 날이 다시 돌아왔다. 우리는 연말 무도회가 열릴 황궁으로 향했다.

초대장을 보낸 이는 황제, 에이빌로스였다. 전에도 꾸준히 황실의 초대장을 받았으나, 황제 개인이 직접 보내는 것과는 느낌이 달랐다. 크게 의미를 두지는 않았으나, 조금 호기심이 일기는 했다. 황제가 나를 부른 이유가 도대체 뭘까. 그가 전부터 리한에 관심이 많은 건 알았지만, 그것 때문만은 아닐 것이다. 어떻게 말해도, 그는 타니타르 공작의 꼭두각시였으니.

약간의 흥미를 품고, 나는 무도회장의 안으로 들어섰다. 수많은 사람이 보였다. 익숙한 얼굴과 그렇지 않은 얼굴이 한데 뒤섞여 눈앞에 펼쳐졌다. 4년 전의 그날, 제몬 데이브릭도 여기에 왔겠지. 그는 무슨 생각을 했을까. 잠시 예전의 추억인지, 미련인지 모를 감정이 머리를 스치고 지나갔다.

다행히 잡념은 오래가지 않았다. 수군덕거리는 소리가 귀에 흘러든 탓이다.

우리가 입장한 직후니, 당연하게도 이야기의 주제는 세시오와 나였다. 떠들어 대는 말은 예전과는 좀 달랐다. '리한 소공작이 사랑에 집착해 세시오 데이브릭을 옭아맨다.'에서. '세시오의 신성력을 알아보고 이용하려는 거다.'로 바뀌었으니. 확실히 세시오의 입지가 올라가기는 했나 보다.

나름대로의 성취감을 누리고 있던 때, 누군가 말을 걸어왔다.

"이게 누구요, 미래의 데이브릭 후작 아니시오."

노년의 무장, 엔하르트 백작이었다. 심상찮은 인사말에 사람들이 웅성거리는 소리가 들렸으나, 나는 그녀의 존재 자체가 마땅치 않았다. 손주에게 이상한 바람을 불어넣어 사람을 바보로 만들었으니, 당연한 감정이었다. 세시오 또한 마찬가지인지, 표정이 좋지 않았다. 그래도 보는 눈을 아예 무시하시는 못하고, 나는 입을 열었다.

"연말 무도회에 오실 줄은 몰랐습니다."

"아예 입을 씻기도 뭐해서."

입을 씻어?

"왈릿에서 여러 일이 있었다지? 영지민에게 성자라 불린다던데, 어쭙잖던 둘째 따위야 금세 제치겠지."

세시오가 후작이 되도록 지지해 달라 요청했던 말이로군. 그녀의 본의를 알아차렸지만, 개운하기보단 어이가 없었다. 소후작이 될 날을 받아 놓은 지금에 와서, 되지도 않는 생색이라니.

"그런 표정 짓지 마시오. 내가 나설 때도 없지 않았소. 아무 일 없는데 대뜸, 엔하르트는 세시오 공자를 지지한다고 말할 수도 없는 노릇이고."

"그저 민망해서 오신 겁니까?"

"뭐, 그것도 있고……."

백작은 말끝을 흐리다가 문득 고개를 돌렸다.

"그런데 2황녀 전하와도 연이 있으셨소?"

그 말에 그녀의 시선이 향한 곳을 바라보자, 백금발의 여성이 눈에 들어왔다. 말할 타이밍을 잡은 것이 기쁜지, 그녀는 서둘러 입을 열었다.

"처음 뵙겠습니다, 리한 소공작님, 그리고 데이브릭 공자."

"제게는 이제 인사도 건네지 않으시는군요."

"이런 자리에 나오실 줄은 몰라서 당황했을 뿐이에요. 오랜만에 뵙습니다, 근위기사단장님."

꽤 낮은 톤의 목소리다. 뺨에 점이 난 것 외에는 인상적인 얼굴이 아니었으나, 엔하르트 백작의 말을 듣고도 모를 리는 없었다.

무리를 이끌고 나타난 이는 황녀, 로잘린느였다. 에이빌로스의 작은딸이며 동시에 타니타르 소공작의 약혼녀던가. 타니타르가 리한을 처리하는 데 성공하든 말든, 그의 손에 죽게 될 사람 중 하나였다. 그런 배경 지식과는 별개로, 그녀가 우리에게 말을 건 이유는 모르겠지만.

"그래서 올 줄도 모르는 이 늙은이를 보러 오신 건 아닐 게고."

"왈릿에서의 일을 듣고, 데이브릭 공자의 이야기가 궁금해 찾아왔습니다. 개인적으로 신성력에 관심이 많아서요."

그렇게 말하며 눈을 빛내는 모양새에, 나도 모르게 손끝을 움찔했다. 무도회장에서 세시오를 찾아온 사람은 처음이었으니까.

"그래서 말인데 공자, 잠깐 시간 좀 내어 주실 수 있을까요?"

그녀는 온화한 목소리로 물었으나, 내가 민망해질 정도로 세시오의 표정은 차가웠다. 후작이 될 날이 머지않았다고, 이제 표정 관리도 하지 않는군. 조금 신경 쓰이려던 마음이 빠르게 편안해졌다.

하나 의외로, 세시오는 그녀의 제안을 거절하지 않았다. 다녀오겠다며 눈짓하고, 그는 로잘린느를 따라 사라졌다. 멀어져 가는 뒷모습을 보며 나는 눈가를 찡그렸으나, 이상한 기분을 곱씹을 여유는 없었다.

"드디어 훼방꾼이 사라졌구려."

엔하르트 백작의 개운한 목소리에, 나는 얼굴을 일그러뜨렸다. 안 그래도 기분이 좋지 않은데.

"그 말씀은 뭡니까. 아직도 미련을 못 버리신 겁니까."

"미련이야 버렸지."

그녀는 잠깐 말을 끊고 주위에 마나를 둘러 소리를 막았다. 수도 유일의 마스터답게, 퍽 정교한 솜씨였다.

"소공작께서 네빗을 아주 잔악무도하게 차 버렸으니까."

"진짜 잔악무도한 게 뭔지 보여드리고 싶네요."

"정말 너무하시오. 그 애가 연정을 품어본 건 정말 태어나 처음인데도."

"그 일로 하소연하러 오신 거라면, 받아드릴 마음은 없습니다."

"화가 단단히 났구려."

그녀는 길게 한숨을 내쉬고는, 씁쓸하게 웃었다.

"미안하오. 늙은이가 주책맞게 들떠서 여러 사람을 곤란하게 했다오."

"그저 사과를 하러 오신 건 아닌 것 같습니다."

"……그래, 한 가지 부탁드리고 싶은 게 있소."

달갑지 않은 말에, 나는 눈썹을 찡그렸다.

"그 아이에게 마음을 정리할 시간을 한 번만 주시오."

"그러고 싶지 않습니다."

"밤새도록 울었다오. 눈이 아주 붕어가 됐지."

"엔하르트 백작님."

"그리만 해 주신다면, 반역을 저지르지 않는 선에서 소공작이 바라는 일을 무엇이든 하나 들어드리겠소. 단 한 번만 부탁하오."

그렇게 말하며, 그녀는 간절한 목소리로 말했다. 데이브릭의 기사를 맡아 준 걸로 생색을 부렸거나 경고 따위를 했다면 고민 없이 거절했겠지만, 저자세를 취하니 마음이 약해졌다. 엔하르트를 한 번 더 쓸 기회라……. 지금 와서 필요한 데가 있을지는 모르겠지만.

노인의 부탁을 외면하기가 힘들어서, 나는 한숨을 내쉬었다.

"잠깐뿐입니다."

백작의 얼굴에 화색이 돌았다. 그녀는 연신 고맙다고 말하고는, 내 등 너머로 손짓했다. 그 불길한 제스처에 설마 하는 찰나.

"리한…… 소공작님."

익숙한 목소리가 들렸다. 등을 돌리자, 네빗 엔하르트가 보였다. 다만 네빗은 평소와는 좀 달랐다. 낯빛이 좋지 않고, 눈이 벌겋다. 누가 봐도 실연당한 듯한 얼굴이었고, 주위 사람들도 그렇게 생각하는 모양이었다. 네빗이 내게 다가옴과 동시에 근처의 소리가 싹 사라졌다. 그래, 나는 창피함이 만든 편견에 사로잡혀 알아차리는 게 늦었지만, 다른 이들은 아닐 테지. 검을 배우겠다고 공작저에 드나드는 네빗을 보며 어떻게 생각했을지는 뻔했다.

잠깐 어울려 주기로 했지만 기분이 좋을 수는 없어서, 나는 구태여 웃지 않았다.

"……안녕하세요, 엔하르트 소백작."

선을 그어 말하자, 네빗의 얼굴이 한층 처연한 빛으로 물들었다. 그러나 그는 곧 제 표정을 갈무리하고 내게 손을 내밀었다.

"한 곡, 함께해 주시겠습니까?"

마음 정리 한번 요란하게도 하는군.

"부탁드립니다. 드릴 말씀이 있습니다."

이미 승낙한 걸 번복하지 못하고, 나는 한숨을 삼켰다.

"이번이 마지막입니다."

그러고는 네빗이 내민 손을 잡았다.

테릴에게서 멀어지자, 로잘린느는 제 사람들로 다른 이들의 눈과 귀를 가렸다. 그녀의 무리가 시끄럽게 떠들어대는 통에, 은밀한 대화를 감추긴 쉬웠다.

세시오는 제 입가를 매만지는 척 입을 가리고 말했다.

"불러낸 이유가 뭐지, 바깥에선 접점을 만들지 말라고 했을 텐데."

"어젯밤부터 돌아가는 분위기가 심상치 않습니다. 희미하게라도 가능하다면, 타니타르 쪽을 한번 봐 주세요, 세시오 님."

그 말에 세시오의 눈이 가늘어졌다.

글자를 읽을 수 있다고 세상 모든 책을 들여다볼 수 없듯, 천리안도 마찬가지였다. 만사를 다 볼 시간은 없다. 더군다나 천리안의 부작용은 언령 이상으로 골치 아팠으니까. 그래서 그는 수하들의 보고를 듣고, 볼 곳을 고르는 편이었다. 최근 정황을 생각하면, 타니타르에서 뭔가 꾸미는 건 당연하다. 이상하게도 그 저택의 마나 밀집도가 갈수록 높아지는 터라, 점점 보기 어려워졌지만 무리하면 조금 정도는 보일 것이다.

"에이빌로스가 테릴을 초대했더군."

"의중을 직접 확인하지는 못했으나, 타니타르에 관한 일 같았습니다."

슬슬 타니타르 공작이 꼭두각시를 처리하려는 걸까.

저택에 돌아가는 즉시 확인해야겠다고 생각을 정리하고는, 세시오가 고개를 들었다.

"타니타르가 움직인다면, 그대 또한 타깃이 될 거야."

"일단 폐하의 다음이겠지만요."

제 아비의 죽음을 입에 담는 목소리가 퍽 차다. 로잘린느는 에이빌로스의 친

딸이었으나, 정은 없었다. 그녀가 태어나기 전부터 에이빌로스는 바깥으로 나돌아 다녔으니까. 황족이라는 이유로 용케 허수아비로라도 황제가 되었으나, 원체 질이 나쁜 사람이었다. 주색을 밝히고 폭력에 능한, 가족마저도 품기 힘든 사람. 로잘린느가 제 아비의 생사에 관심을 잃은 것도 당연했다.

"어차피 제가 황제가 되지 않으면, 타니타르에 황좌가 넘어가진 않아요. 그러니 일단은 안전할 거예요."

"통신구는."

"북부에 닿을 만한 장거리용은 하나뿐이잖아요. 이미 망가뜨렸습니다."

"타니타르에 좋은 일만 해 주는 건 아닌지 모르겠군."

뼈가 섞인 농담에, 로잘린느가 옅게 웃었다. 세시오가 대계를 중단할까 고민한다는 걸 알아도 저리 웃을 수 있을진 모르겠지만.

"이후 연락하지."

"예, 알겠습니다."

이야기는 끝났다. 로잘린느의 눈짓에, 시끄럽던 무리가 도로 소리를 낮추었다. 그녀는 다시 대외적인 가면을 쓰고 말했다.

"신성력이란 정말 신비한 힘이네요. 고견을 나누어 주셔서 감사해요, 공자."

세시오는 간단히 고개 숙여 인사하고는 몸을 돌렸다. 이제 로잘린느에게 볼 일은 없었으니까.

그리고 그러자마자, 그는 네빗의 손을 잡고 나가는 테릴을 발견했다. 세시오의 얼굴이 무섭게 굳었다. 그들이 온 장소는 무도회장이었고, 여기서 춤을 추는 게 이상한 일은 아니었다. 하지만 테릴의 상대는 다름 아닌 네빗 엔하르트다. 다른 남자여도 신경 쓰였을 터지만 하필이면.

세시오의 시선이 집요하게 테릴을 쫓았다. 돌아가지 않고 그대로 멈춰 선 세시오의 모습이 의아했는지, 로잘린느가 눈을 한 번 깜박였다. 그러더니 그의 시선이 향한 곳을 눈치채고 묘한 표정을 지었다.

"소공작님이 신경 쓰이시나요?"

시끄러워. 이유도 없이 머리가 지끈거렸다. 세시오는 고개를 젓고 걸음을 놀렸다. 사람들의 시선이 닿지 않는, 가 쪽으로. 그러면서도 그의 머릿속은 계속 요란했다.

아까 엔하르트 백작이 온 게 저것 때문이었나? 그래도 테릴은 소백작이 제 취향이 아니라고 했으니 괜찮겠지. 단호히 거절해 놓고, 이제 와 마음이 바뀌진 않았을 터. 그러면, 왜 춤을 추기로 한 거지. 둘은 무슨 이야기를 나누고 있을까. 왜, 테릴이 저기에 있지. 집요한 의문이 머릿속을 계속 떠다녔다. 의심이나 호기심이라기보다는 불안이란 이름이 어울리는 감정이다.

새삼스럽지도 않았다. 테릴이 네빗의 검을 봐주는 걸 내려다보는 내내, 느꼈던 마음이니까. 아니, 그보다 먼저. 그녀가 수년 전, 제몬과 함께 있는 걸 보기만 해도 속은 끓어올랐다.

태어나 처음으로 바란 이를 향한 감정은 한계를 모르고 들끓었다. 포기당하고 포기하는 일을, 수없이 반복했기 때문일까. 무르고 유약한 어린 시절을 지나 성인이 된 세시오는, 오래간만에 품은 욕심을 내려놓을 수가 없었다. 그건 사랑인 동시에 집착이고 탐욕이었다. 아무리 그럴싸하게 포장해도 그랬다. 어쩌면 너무 참아 온 탓에 어딘가 고장 나 버린 걸지도 모른다.

그러나 제 마음을 알면서도 그는 아무것도 하지 못했다. 세시오에게는, 테릴에게 뭔가 요구할 만한 자격이 없었다. 약혼 관계라고는 해도 실상은 거래였고, 그것도 이제 막바지에 다다랐으니까.

객관적으로 말하면 그는 그녀에게 고백했고, 그 답을 기다리고 있을 뿐인 약자였다. 그리고 아마도, 테릴은 승낙하지 않을 것이다. 그녀는 세시오의 전부를, 그의 힘을 그리 탐내지 않았으니까. 따지고 보면, 네빗과 그의 입장은 완전히 같았다.

세시오는 힘주어 주먹을 말아 쥐었다. 순간 든 분노와 비참함과 그럼에도 수그러들지 않는 마음 때문에, 황금빛 눈동자는 얼핏 새까맣게 보일 만큼이나 가라앉았다.

그 순간, 네빗 엔하르트와 눈이 마주쳤다. 그는 가볍게 고개를 숙였다가, 다시 얼굴을 돌렸을 뿐이다. 그러나 세시오는 그의 얼굴에서 비웃음을 본 것만 같았다. 머리로는 그럴 리 없다는 걸 알면서도, 제 형제의 피해망상이 옮아오기라도 한 건지.

세시오 데이브릭의 눈이 일순 번뜩였다. 애당초 그의 몸을 고쳐 주지 말았어야 했다. 선행이 필요하다고 해도, 굳이 저이를 도울 필요가 없었다. 그랬다면 지금 이런 기분이 들지도 않았을 텐데. 감히 네빗이 테릴을 욕심내지도 않았을 텐데. 차라리. 차라리…….

"죽어 버리면 좋을 텐데."

저도 모르게 내뱉은 말에는, 눌러 담은 진심이, 바람이 담겨 있다. 제가 말하고도 놀라 세시오는 입가를 가렸다. 다행히, 한 마디 중얼거림을 들은 이는 없었으나 그보다 더한 문제가 있었다.

등골을 타고 서늘한 냉기가 흘러내렸다. 이렇게 네빗 엔하르트를 죽일 생각은 없었는데. 적어도 테릴의 앞에서 할 생각은 없었는데.

그는 일그러지려는 표정을 붙들고 겨우 고개를 돌렸고 안도했다. 다행히, 네빗 엔하르트는 여전히 살아 있었다. 세시오는 한숨을 내쉬었으나, 그의 안도는 가슴께에서 걸려 내려가지 않았다. 문득 의문이 들었다.

왜, 죽지 않은 거지?

그가 죽길 바라는 마음은 진심이었다. 수백 수천 번을 써 온 힘이니, 제가 내뱉고도 그게 그저 말인지 언령인지 구분하지 못할 리도 없다. 그러나 네빗 엔하르트는 살아 있었다. 리한처럼 강대한 마나를 품은 것도 아닌 주제에.

불길처럼, 불안이 치솟았다. 마음이 다급해져서, 세시오는 서둘러 바깥 정원으로 뛰쳐나갔다. 인적이 없는 곳이 필요했으니까. 연인들이 몰래 사랑을 나눌 만큼 은밀한 터에는, 다행히 선객이 없었다. 그는 제 모습이 가려질 만한 커다란 나무 뒤에 서서 입을 열었다.

"바람이 불었으면."

바람은 불지 않았다. 심장 뛰는 소리가 더 요란해져서, 그는 정말 입에 걸리는 대로 아무렇게나 내뱉었다.

"열매가 맺히거나. 꽃이 피거나. 그도 아니라면, 비가 내리길."

하나 무슨 말을 해도, 아무 일도 일어나지 않는다.

안 돼.

낯이 창백해진 사내가 양손으로 제 얼굴을 덮었다. 말을 할 수 있는 걸 보면, 언령의 과도한 사용 때문에 부작용이 온 건 아니다. 언령이 실패한 것도 아니었다. 그랬다면 피를 토했을 테니까. 그러니 세시오는 정말로, 힘을 쓰지 못하게 된 것이다.

어째서……? 네빗 엔하르트가 선인이기 때문에? 선한 자를 해치려고 해서 그 한 번의 실수에 힘을 가져갔단 말인가.

"쓸 수 없다면, 내게 무슨 가치가 있지."

한순간의 실수에, 쓸모없는 버러지로 전락했다는 사실이 믿기지 않았다. 이제는 테릴이 제 고백을 거절했을 때, 협상할 패마저 잃어버렸다.

여태 걸어온 대계는 생각나지도 않았다. 다만 파넬로 앵게스트가 떠올랐다. 제가 일시적으로 언령을 쓰지 못하던 순간, 그 무용한 물건을 내려다보는 듯하던 얼굴이. 급격히 온기를 잃은 그 목소리가. 그리고 그 위로 새로운 얼굴이 덧씌워졌다.

"언령을…… 쓸 수 없게 됐다고? 유감이네, 세시오."

실망한 듯한, 차가운 표정. 약간의 관심마저 잃어버린, 냉랭한 얼굴. 당연히 테릴 리한은 그런 말을 한 적도, 그런 표정을 지은 적도 없다. 그러나 상상 속의 모습은 너무 생생해서, 그는 실제로 들은 것만 같았다.

견디지 못하고, 세시오는 고개를 꺾었다. 그는 새까만 하늘을 바라보며 다시 입을 열었다.

"비가 내렸으면."

"비가."

"비를 내려."

"제발."

계속해서 바라고, 계속해서 내뱉었다. 하나 몇 번을 말해도, 하늘은 조용하다. 비는 한 방울도 내리지 않았다. 마침내는 제게 닥친 비극을 인정하고 세시오가 고개를 푹 수그렸다.

그 순간, 툭, 그의 정수리로 무언가 떨어져 내렸다. 사내가 다급히 얼굴을 쳐들었다. 조금 전까지만 해도 깨끗하던 하늘에 새까맣게 먹구름이 몰려왔다. 빗방울은 그 안쪽에서부터 떨어지고 있었다. 머잖아, 세시오의 뺨에도 몇 방울이 흘러내렸다.

하나, 둘, 그리고. 쏴아아. 하늘이 열린 것처럼 쏟아지는 비를 보고야, 그는 비로소 안도했다. 입가에 희미한 웃음이 번졌다. 덜덜 떨리는 손을 들어 그는 제 얼굴을 몇 번이고 쓸어내렸다.

세시오 데이브릭에겐 아직, 가치가 있었다.

"그래서 하실 말씀이란 게 뭡니까."

춤이 시작되고도 도통 네빗의 입은 열릴 기미가 없었다. 이러다간 마음이 정리되긴커녕, 더 쌓이기만 하겠다.

나는 답답함을 누르지 못하고 먼저 물었다. 그는 조금 머뭇거리는 듯하다가 느리게 말문을 뗐다.

"어쩌면 소공작님께서 이미 알고 계실지도 모릅니다만."

"서론은 됐고 본론이요."

"세시오 공자님의 비밀을 아십니까?"

난 또 뭐라고. 세시오에게 이미 입을 열었노라 자백을 들었기에 나는 심드렁하게 반응했다. 네빗 본인은 아는지 모르겠으나, 어차피 그는 아무것도 말하지 못할 것이다.

"글쎄, 소백작보단 많이 알지 않을까요."

"어째선지 저는 말할 수 없습니다. 하지만 한번 확인해 보십시오. 그분은―."

"백작님이 마음 정리하게 해달라고 부탁하시기에 시간을 내어드렸을 뿐입니다, 중요한 이야기라는 게, 생명의 은인을 고발하는 거였습니까?"

비아냥에 네빗이 입을 다물었다. 그의 얼굴은 조금 전보다 굳었고, 눈은 더 흔들렸다.

"무언가 알고 계시는군요."

"그렇다고 했잖습니까."

"곧 파혼한다는 말씀은, 거짓이었습니까?"

"정확히는, 생각이 바뀌었다고 해야겠지요."

"그런……."

"엔하르트 백작님이 무리하게 추측했을 뿐입니다. 제가 책임을 져야 합니까?"

"……아니요, 리한 소공작님께 그런 의무는 없겠지요."

"할 말이 거기까지라면—."

"세시오 공자님을 좋아하십니까?"

내 말을 자르고 네빗 엔하르트가 단도직입적으로 물었다. 그의 기세는 퍽 진지했으나, 그저 헛웃음이 나왔다.

"제가 대답해야 할 의무는 있는 것 같습니까?"

"……."

"미안하지만, 이만 가 보겠습니다."

"소공작님!"

아직 춤곡이 한창이었으나 나는 네빗의 손을 놓고 움직임을 멈췄다. 그가 당황하며 나를 붙들려 했으나, 잡혀 줄 생각이었으면 애당초 그만두지도 않았을 것이다. 한 걸음을 물러나며 나는 그와 조금 멀어졌다.

"말했지만, 나는 케이크를 좋아하지 않아요. 꽃도 그닥. 옷에도 관심이 없고 보석도 됐어요."

"그럼…… 그럼, 뭘 좋아하십니까. 제가 다 맞추겠습니다."

"그러니까요, 소백작은 날 모르잖아요. 뭘 보고 날 좋아한다고 말한 겁니까?"

그의 맑은빛 눈동자가 크게 흔들렸다. 네빗의 표정은, 제몬에게 왜 나를 좋아하냐고 물었을 때 본 얼굴과 같았다. 외모 때문인가.

"외모를 보고 좋아졌다는 건 자연스러운 일이죠. 그런데 그것만 좋아하는 사람은 내키지 않네."

"그런 게……!"

"파혼 예정이니 어쩌니 해도, 약혼자가 있는 사람한테 소문이 날 정도로 마음을 티 내는 것도."

"……."

"그리고 저를 고쳐 준 사람을 의심하며 수상해하는 것도요."

정말로 세시오에게 고맙기는 한지조차 의심스러울 정도다.

그는 잠깐 말이 없었다. 네빗은 입술을 꽉 깨물고 있다가, 더 기다려 주기 싫을 즘에야 겨우 입을 열었다.

"저는 제가…… 죽을 줄 알았습니다."

"설마 이제 와서, 목숨을 구해 줘 반했다는 말은 아니시겠죠."

"그런 단순한 게 아닙니다. 소공작님께서 저를 고칠 수 있을지 확인해 보겠다고 말씀하신 날, 저는 사실 그 말을 믿지 않았습니다."

말하며, 네빗은 쓰게 웃었다.

"병도 아니고, 누군가 술수를 쓴 것도 아닌데, 약하게 태어났다는 이유로 수십 년간 죽음과 함께했으니까요."

어느 날 갑자기, 좋아질 수 있다는 말을 들어도 희망이 생길 리 없었다고, 그는 말했다.

"그랬는데, 조금도 기대하지 않은 상황에서 몸이 완전히 바뀌었습니다. 금방이라도 죽을 것처럼 추웠는데, 한순간에 몸이 따듯해지고 깃털처럼 가벼워졌어요."

내가 실수로 네빗 엔하르트를 죽일 뻔하고, 세시오가 그를 살려 낸 그 순간의 이야기였다.

"그때 소공작님께 반했다는 사실을 부정하지는 않겠지만, 그게 전부는 아닙니다. 제겐 제 삶이 달라진 시작점이었습니다."

그는 울음을 삼키고 재차 말했다.

"제가, 제 생명을 놓지 않아도 된다고 확신을 주는 얼굴이었어요."

알 것도 같고, 모를 것도 같은 말. 나는 가만히 쏟아지는 감정을 받아 주다가 한숨을 삼켰다.

"왜 소공작님께는 약혼자가 있는 겁니까. 그리고 하필이면 왜, 그분이 제 목숨을 구해 주신 겁니까."

"……."

"저도 이러고 싶지 않았습니다. 이런 부도덕한 감정은, 저도 바라지 않았습니다."

"그래서 접지 않겠다는 겁니까?"

내 말에, 그가 허탈한 듯 웃었다.

"여러 번 만났는데도, 여전히 차가우시군요. 아무리 애를 써 봐도 조금도 가까워지지 않아."

네빗은 양손으로 얼굴을 쓸고 울음이 가득한 표정으로 물었다.

"애당초 왜 여태 받아 주신 겁니까."

그의 목소리는 떨리고 있었다.

"저를 이름으로 불러 주시고, 또 검을 가르쳐 주셨잖습니까."

"오해하게 했다면 미안합니다. 거의 죄책감 때문이었어요."

반면 내 목소리는 건조했다. 네빗이 날 좋아한다고 착각한 게 창피했던 것도 있지만, 그건 진짜로 판명 났으니 이제는 댈 수 없는 이유였다. 그러니 그에게 내준 건 여지가 아니라 죄책감이었다.

"소백작이 반했다고 하니 미안하지만 실은 그날, 나는 잘못한 쪽입니다. 실수로 소백작을 위험하게 했거든요."

"……위험이라고요?"

"여태 은근슬쩍 묻어 둬서 미안합니다. 세시오가 준 도움과는 별개니까, 제대로 배상하겠습니다."

내가 말해 놓고도 참으로 재수 없는 사과였지만, 딱히 고쳐 말하고 싶지는 않았다. 오히려 내 말에 정이 떨어지는 편이 나을 것이다. 그에게나, 나에게나.

"가 보겠습니다."

나는 그대로 돌아 나갔다. 목적지는 무도회장 바깥의 정원이었다. 그와 춤을 추는 도중에, 세시오가 그쪽으로 향하는 걸 봤으니까. 그 기세가 퍽 다급해 보여서, 계속 신경이 쏠린 채였다. 무슨 일이라도 생긴 건가.

밖으로 나오자 느닷없이 비가 내리기 시작해서 옷이 젖었지만, 그걸 신경 쓸 여력은 없었다. 오래지 않아, 나는 큰 나무 뒤에 선 세시오를 찾아냈다. 그는 비가 쏟아지는 하늘을 가만히 올려다보고 있었다. 그 모습이 어쩐지 만티코어를 앞에 두고 눈을 감을 때를 떠올리게 했다.

다급히 찾아다니던 것과 달리, 나는 조금 머뭇거리며 그의 이름을 불렀다.

"세시오?"

세시오가 고개를 돌려 나를 봤다. 멍하니 깜박이는 눈에서 빗방울이 튕겨 나갔다.

"설마 이 비, 당신이 내린 거야? 여기서 왜 그러고 있어."

"끌어안아도 되나."

"뭐?"

조금 전까지만 해도 평소대로더니, 황녀한테 나쁜 소리라도 들었나. 그의 상태가 통 이상해서 눈가를 찡그리자 그는 말없이 다가와 나를 품에 넣었다. 떨쳐 버리려거든 어렵지 않았으나, 나는 그러지 않았다. 가까이서 들리는 그의 심장 소리가 몹시도 요란했다.

"당신 심장 왜 이렇게 빨리 뛰어. 무슨 일이라도 있었어?"

"만약……."

사방에서 빗소리가 울리는 와중에, 그의 목소리는 몹시도 작았다. 알아들으려면 온 신경을 기울여야 했으나, 그게 불쾌하기보다는 불안했다.

"내가 언령을 쓸 수 없게 되면, 어떨 것 같아."

상태가 이상하더라니, 잠시 언령을 쓰지 못했던 건가. 세시오가 전에 말한 걸 떠올려보면, 어쩌면 나쁜 짓을 하려던 걸지도 모른다. 습관적으로 그 원인을 추측해 보는 동안, 세시오가 고개를 들었다. 비에 엉망으로 젖어, 그의 머리칼은 무겁게 늘어져 있었다. 거의 눈 바로 위까지 드리워진 머리 때문인지, 나보다 세 살 많은 사내가 커다란 강아지처럼 보였다. 이런 상황에서 떠올릴 만한 생각은 아닌가.

나는 머릿속을 어지럽히던 생각을 흩뜨리며, 그의 앞머리를 머리 뒤로 쓸어 주었다.

"뭐, 그럼 좀 불편하게 사는 거지."

의무적으로 선행을 베풀어야 했던 걸 떠올리면, 오히려 편해질지도 모르겠지만. 내 말에 무슨 생각을 했는지, 세시오의 눈이 크게 흔들렸다.

"당신한테 언령은 뭐야, 세시오?"

"……내가 태어난 이유이자, 본질이지."

"본질?"

"내 쓸모는, 거기에밖에 없으니까."

한없이 자기 비하에 가까운 말. 눈가를 찡그리자 그가 내 이름을 불러왔다.

"테릴."

오른팔은 나를 끌어안은 그대로 두고, 세시오는 왼손으로 내 뒤통수를 감쌌다. 당황하며 한 걸음 물러나자, 곧바로 그는 거리를 좁혔다. 등 바로 뒤에 나무가 있었기에 어정쩡한 걸음으로는 더 도망칠 수 없었다. 그리고.

"키스해 줘, 아니라면 키스하게 해 줘."

"뭐……?"

"좋아하는 사람한테 위로받고 싶은 기분이거든."

그의 얼굴이 가까이 다가왔다. 내가 아닌 그 누구라도 피할 수 있는 속도로 느리게. 차라리 강압적으로 나오면 한 대 때려 주기라도 하련만, 거절당할까 불안해하는 눈빛으로 이러니 내게도 선택지가 없었다. 왈릿을 떠나오면서 분명 그 밤이 마지막이라고 생각했는데 어쩌다 이렇게 된 건지. 하는 수 없이 눈을 감자, 입술에 다른 감촉이 닿아 왔다.

마냥 부드럽지만은 않은 살이 맞물리고 숨결이 섞였다. 내 것이 아닌 존재감이 입 안을 스쳐 지날 때마다, 그 감각이 온몸으로 퍼졌다. 오싹오싹 소름이 돋았다. 힘이 풀려, 등 뒤를 나무가 받쳐 주고 있는 것이 다행스럽게 느껴졌다. 빗소리는 시끄러웠으나, 그보다 이 남자의 존재가 더 선명했다. 촉각도, 청각도, 지금 느껴지는 모든 감각이 전부. 세시오의 팔을 붙들고, 나는 더 깊어 가는 입맞춤을 받아들였다.

얼마나 지났을까, 마침내 그가 얼굴을 떼어 냈다. 감았던 눈을 뜨자, 빼앗겼던 감각이 천천히 돌아왔다. 그러나 세시오의 눈에는 여전히, 해소되지 않은 갈증이 들끓고 있었다. 하나 재차 입을 맞춰 오는 대신, 사내는 도로 날 끌어안으며 내 어깨에 얼굴을 묻었다. 그곳에서 괴로운 목소리가 흘러나왔다.

"왜, 네빗과 춤을 췄지?"

"갑자기 그걸……."

"그자는 취향이 아니라고 말했잖아."

"춤추는 데 취향이 필요해?"

"그러면 나는."

대화가 이어지지 않고 툭툭 끊어졌다.

"나는 그대의 취향인가."

"좀 알아듣게 말해 봐."

"우리 계약의 끝이 머지않았어. 내 고백에 대한 답은 아직 듣지 못했고."

"그건⋯⋯."

세시오가 얼굴을 들었다. 우리는 여전히 끌어안은 상태였기에, 그의 두 눈이 아주 가까이서 보였다. 쓸어 넘겨 줬던 것이 무색하게도, 그의 머리칼은 다시 이마를 다 덮은 채였다.

"이제 날 버릴 셈인가."

"⋯⋯진짜로 개도 아니고. 버리긴 뭘 버려, 애당초 당신이 내 게 아니었는데."

"버리지 마."

귓등으로도 안 듣는군.

세시오가 다시 입을 맞춰 왔다. 조금 전과 달리, 이번은 그저 맞닿은 정도였지만 한 번에 그치지 않았다. 몇 번이나 닿았다 떨어지는 움직임에 애정과 불안이 동시에 느껴졌다. 그러고는 미처 떼어 낼 틈도 없이, 다시 고개를 수그리고.

"이제는 버림받는 건 지긋지긋해."

지친 목소리로 말하고, 그는 나를 끌어안은 채 무게를 실어 왔다. 두 팔은 더 단단히 등을 휘감았다. 나는 세시오를 밀어내려 그의 어깨에 손을 올렸다가 문득 비가 그쳤다는 사실을 깨달았다. 구름이 돌아간 하늘을 흘금 보고, 다시 현실로 돌아와 나는 한숨을 내쉬었다.

"비켜, 세시오."

"싫어."

"무겁다고."

"미안. 그래도 싫어."

"당신이 어린애야?"

"그런가 봐."

"세시오."

"……."

"이젠 대답도 안 해?"

"……."

"내 호의는 당신한테 독이 된다며."

"그건……!"

그제야 도로, 그의 입이 트였다. 당황한 세시오는 팔을 풀어내려 했으나, 이번에는 내가 그의 등허리를 휘감고 놓아 주지 않았다. 늦었다, 멍청이.

"아무것도 하지 말라며. 착한 아이 역에 매몰되지 말라고, 그렇게 말하지 않았던가?"

"……잠깐, 놓고."

그의 귀가 타오를 듯 붉었다. 조금 전까지의 가라앉은 분위기도 그 기세에 타 버린 듯했다. 웃으며 세시오를 놓아 주자, 마찬가지로 빨갛게 익은 얼굴이 보였다. 당황한 모습을 몇 번 본 적이 있었으나, 이번만큼 격렬한 반응은 처음이다. 웃음을 참아야 할 이유도 없어서, 나는 시원하게 웃었다.

세시오는 무어라 말할지 모르는 표정으로 제 입가를 덮었다. 제 손까지 빨개진 건 모르나 보지.

"생각해 보니 괘씸하네. 그래 놓고 이제 와서 버리지 마? 네빗과 왜 춤을 췄냐고?"

"……그땐 몰랐으니까."

"그러니까. 어차피 한 치 앞도 모르면서, 왜 미리 지레짐작하냐고."

"……."

"이번 일도 마찬가지야. 나, 당신 거절한 적 없잖아."

세시오가 움찔 어깨를 떨었다. 나는 다시 그의 머리를 쓸어 주었다. 이제는 비가 그쳤으니, 도로 헝클어지진 않겠지.

"무슨…… 의미지?"

"솔직히 이런저런 걱정이 많긴 한데, 롭티나에게 조언을 들었거든."

일단 부딪혀 보라고. 만나 보고 아니다 싶으면, 그때 가서 돌아가도 된다고.

하나 그러기로 결정했어도 확실히 해야 하는 부분이 있었다. 차마 이것마저 롭티나에게 상의하지는 못했으나, 세시오에겐 수습해야 할 일이 남았으니까.

"당신은 황제가 돼야 한다며. 난 황후가 되기 싫어. 황위에 부담감을 느끼는 거랑 별개로, 나는 답답하고 꽉 막힌 생활은 싫거든. 아니다 싶을 때 헤어지면 그만이래도, 당신이 더 좋아져 버리면 나만 곤란하잖아."

세시오가 느리게 눈을 깜박였다. 비가 그쳤다고 한들 어둠 속인데, 세시오의 속눈썹이 오르내리는 모양새 하나하나가 지나치게 선명했다.

"그렇다고, 당신이 다 버리고 북부에 오길 바라는 것도 아니야. 그건 너무 무책임하고, 나도 뒤가 찝찝하거든."

"……테릴."

"그러니 방법을 찾아봐."

당신이 황제가 되지 않고도 그 일을 수습할 방법이든. 아니면 내가 모든 걸 팽개칠 만큼 당신을 좋아하게 될 방법이든.

"이만하면, 버렸다고 매도당할 정도는 아니지?"

웃으며 세시오의 눈꺼풀에 입을 맞추어 주자, 그의 눈이 크게 일렁였다. 그는 잠시 입술을 눌러 다물었다가 잠긴 목소리로 물었다.

"그 말은, 그대도 내게—"

그때, 부스럭거리는 인기척이 그의 말을 가로막았다. 정신이 팔려서, 누가 다가오는 것도 몰랐네. 다급히 세시오와 거리를 벌렸으나, 조금 전 요란하게 입을 맞췄다는 사실이 떠올랐다. 하필이면 장소도, 연인들이 숨어 사랑을 나누는 곳이었다.

고개를 들자, 그의 입술에 붉은색이 번진 게 보였다. 내 얼굴도 어떻게 됐을지 뻔하다. 나는 왼쪽 손등으로는 내 입가를, 오른쪽 손으로는 세시오의 입술을 문질러 흔적을 지워 냈다. 세시오가 놀라 움찔하긴 했으나, 다행히 늦진 않았다. 그리고 인기척의 주인이 등장했다.

"여기 계셨군요, 한참을 찾아다녔습니다."

제법 나이가 있는 사내가 헐떡이며 반색했다. 말을 나눠 본 적은 없으나, 얼굴은 안다. 그는 황궁의 시종장인 메켈 프란시스였다.

찾아다녔다니, 누굴. 짧은 의문에 대한 답은 금세 얻을 수 있었다.

"황제 폐하께서, 리한 소공작님을 뵙고자 하십니다."

"폐하가?"

"알현실로 안내하겠습니다."

그렇게 말하며, 시종장은 자연스럽게 황궁을 가리켰다.

테릴은 조금 고민하는 듯했으나, 곧 시종장을 뒤따랐다. 황제는 그녀를 불렀을 뿐 세시오가 함께 가는 것은 달가워하지 않아서, 그는 홀로 정원에 남겨졌다. 마냥 바깥에서 기다릴 수는 없기에, 세시오는 다시 무도회장으로 향했다.

안으로 들어서려는 찰나.

"……세시오 데이브릭 공자."

막 무도회장에 도착한 누군가가 세시오를 불렀다. 표정 관리를 하지 못하고, 그의 얼굴이 굳었다. 오래도록 듣지 못한, 그럼에도 여전히 그의 머릿속에 생생히 남은 목소리.

세시오가 천천히 고개를 돌렸다. 그러자 그 소리만큼이나 익숙한 얼굴의 여인이 보였다.

"잠시 시간을 내주면 좋겠군요."

그녀의 이름은 모나크 아노비스. 아노비스 공작의 부인이며, 17대 황제의 장녀이며 18대 황제의 자매인. 그리고 세시오 데이브릭의 생모인 아노비스 공작부인이었다.

백금을 녹여 낸 듯, 길고 우아하게 구불거리는 머리칼. 깊게 팬 눈매와 곧게 뻗은 목. 세시오의 기억 속 모습과 비교해도, 크게 나이 들지는 않은 외관이었다. 다만 안색은 초췌했고, 눈 밑은 근심으로 그늘이 졌다. 그 이유가 무언지, 세시오는 이미 알고 있었다.

발코니로 자리를 옮기고, 그가 먼저 입을 열었다.

"저를 먼저 찾아오실 거라고는 상상도 못 했습니다."

"나도 마찬가지란다. 내 발로 다시 너를 찾을 날이 올 거라고는."

듣는 귀가 없는 걸 확인하더니, 그녀는 말투를 예전처럼 반말로 바꾸었다. 제 손으로 버린 자식이 장성해 성인이 되었는데 어색하지도 않은 건지. 세시오의 입매가 차게 굳었다.

"이야기를 길게 끌고 싶지 않습니다. 본론만 말씀해 주십시오."

"내가 뭣 때문에 왔는지는 너도 알지 않니."

그녀는 가냘픈 목소리로 말하고, 다가와 세시오의 손을 붙잡았다. 그 불쾌한 감각에 그가 손을 쳐냈다. 놀란 듯 모나크의 두 눈이 커졌으나, 그녀는 그것만으로 포기하지 않았다. 모나크 아노비스가 애원하며 본론을 꺼냈다.

"씨, 제발 네 아버지를 살려 주렴."

레이븐 아노비스를 살려 달라, 그것은 그녀가 말을 건 순간부터 예상했던 말이다. 그럼에도 실제로 듣고 나니, 세시오의 기분은 예상보다 더 나빠졌다. 정원에서의 황홀했던 순간이 조금 망가졌다. 세시오는 불쾌함을 견딜 수 없었다.

"타니타르 공작이 그이에게 독을 썼어. 지독한 독이야, 이젠 숨조차 제대로 쉬지를 못한단다."

"신관을 부르셔야지요."

"불렀어! 하지만 할 수 없다는구나. 레이븐의 마나가 너무 강대해서, 신성력이 제대로 통하지 않는다고."

"아직 마스터가 못 되신 걸로 아는데, 정말로 효율이 떨어지네요."

"레이븐에게 그렇게 말하지 말렴, 부탁이다."

"신관이 못 한다면 본인의 언령으로 치료하시지요. 힘이 부족하십니까?"

그게 가능했으면 그를 찾아올 리 없다는 걸 알면서도, 세시오는 짐짓 말했다. 그에 애가 닳았는지, 모나크의 얼굴에 초조함이 떠올랐다.

"씨, 제발……. 그래도 너를 세상에 나게 해 준 아비가 아니더냐."

"그 애칭을 기억하시는 것만도 사실 놀랍네요."

"차갑게 말하지 마. 제발!"

저도 모르게 소리치고는, 당황한 듯 모나크가 제 입을 틀어막았다. 그녀는 애써 목소리를 부드럽게 하며 세시오를 어르듯 말했다.

"왜 이러는 거니, 넌 착한 아이잖아. 생사를 헤매는 네 아버지가 가엾지도 않아?"

"당신의 입에서 가엾다는 말이 가당키나 합니까."

"아직 원망이 남은 거구나. 미안하다. 하지만 그땐 어쩔 수 없었어, 너도 알잖니."

"긴말은 됐습니다, 아노비스 공작부인."

그는 부드럽게 모나크의 어깨를 짚고 밀어냈다. 그녀의 두 눈에 희망과 불길함이 번갈아 번뜩였다. 그 모습을 보며, 세시오가 웃었다.

"뭐라고 말씀하셔도, 저는 아노비스 공작을 치료하지 않습니다."

"뭐……?"

"저는 그 사람이 조금도 가엾지 않으니까요."

애당초 마법 계약서를 쓰게 해 데이브릭을 옭아맨 것도, 그 덕을 보고 저를 내버린 것도 전부 아노비스의 죄였다. 생부가 아니라 생판 남이었다고 한들, 조금도 가여울 리 없다.

더는 그 얼굴을 마주하고 싶지도 않아, 세시오는 차갑게 돌아섰다. 그러나 채 한 걸음을 내딛기도 전에, 우악스러운 손길이 그의 팔을 잡고 몸을 되돌렸다. 혈안이 되어, 모나크가 그를 노려봤다. 온화한 기색이라고는 찾아볼 수 없는 얼굴에, 세시오는 조금 놀랐다. 이런 표정을 지을 수 있는 사람이던가. 레이븐 아노비스가 그토록 소중하단 말인가. 그런 생각이 드니, 속이 뒤틀렸다.

"할 말이 남으셨습니까?"

"잊어버린 모양이구나. 내 부탁을 거절하지 않는 게 좋을 거야."

"애원은 끝났고, 이제는 협박인가요?"

"네 쪽도 그 힘을 잃어버리고 싶은 건 아니잖나."

'뭔가 했더니.'

고압적으로 돌변한 말투에, 세시오가 입매를 길게 늘였다. 모나크는 바로 알아보지 못했으나, 비웃음이었다.

"레이븐은 착한 사람이야. 더군다나 네 아비이지. 그가 죽게 내버려 둔다면, 신께서 널 가만두시지 않을 거다."

물론, 언령을 잃는 건 세시오에게 두려운 일이었다. 하나 그녀의 협박은 조금도 무섭지 않았다. 그가 아노비스 공작부부에게 복수하기로 계획한 건 10년도 더 전의 일이다. 그 긴 세월 동안 신은 단 한 번도 세시오의 행동을 저지하지 않았다. 그의 분노가 정당하다고 말하는 것처럼.

그러나 모나크의 말은 거기서 끝이 아니었다.

"그러면 네가 요즘 들러붙어 있는 리한 소공작도, 널 가차 없이 내버리겠지."

여전히 반응하지 않는 세시오의 모습에 초조해졌는지, 그녀가 독기 서린 악담을 쏟았다. 세시오의 눈빛이 단번에 변했다. 그는 제 팔을 움켜쥔 손을 세게 떨쳐 냈다. 모나크가 짧게 비명을 지르며 물러났으나, 그는 조금도 개의치 않았다.

"더는 그 사람을 입에 담지 않으시는 게 좋을 겁니다. 제 손으로 공작을 죽이길 바라는 게 아니시면요."

"세시오……!"

"뭐라고 말씀하셔도 마찬가지입니다. 공작부인이 원하시는 건 얻을 수 없을 겁니다."

그렇게 말하고 발코니를 나서려다, 세시오는 문득 걸음을 멈추었다. 그는 뒤를 돌아보며, 얼굴을 일그러뜨린 모나크에게 말했다. 퍽 다정하고 부드러운 소리로.

"차라리 이번에도 버리시는 건 어떻습니까? 공작 또한 당신을 불안하게 하고 있잖아요."

그렇게 하지 않더라도, 삶이 곧 그 사내를 내팽개쳐 버릴 테지만.

이번에야말로 그는 발코니를 나섰다. 기분이 아주 엉망이었다.

시종장은 나를 황궁의 알현실로 안내했다. 영 무도회장에 나오지 않더라니, 여기에 틀어박혀 있었군. 문을 열고 황제에게 인사를 건네기도 전에 나는 양손을 붙들렸다.

"나를 살려 주게, 리한 소공작. 제발 나를 도와줘!"

제대로 된 사전 설명도 하지 않고, 에이빌로스가 애원을 쏟아 냈다. 정말 무슨 일이 있긴 한 모양이었다. 그리고 황제를 이렇게 만들 만한 사람은 아마도.

"타니타르 공작이 나를 죽일 걸세! 난 살해당할 거라고!"

역시. 슬슬 그쪽이 움직일 때가 되긴 했지.

나는 황제에게서 손을 빼내며 한 걸음 물러났다.

"일단 진정하십시오, 폐하."

"어떻게 진정하겠는가. 죽을 걸 뻔히 알면서!"

"정 염려되시거든 근위기사단장을 부르셔야지요."

"엔하르트 백작은 날 상대해 주지도 않네! 무능한 꼭두각시라고 비웃기 바쁘다고!"

보기보다 동요가 극심한 건지, 스스로 굴욕스러운 말을 내뱉으면서도 황제에겐 거리낌도 없었다.

"리한에는 그럴 의무가 있지 않은가, 웅?"

"의무라……."

"나도 황제가 되고서야 알았네만, 자네들은 황제의 안위에 책임이 있잖나!"

"저희가 가진 책임은, 반역을 진압하는 거지 황제를 보호하는 게 아닙니다."

그 맹점을 이용하라고, 다른 반란 종자 —세시오— 에게 일러 주기도 했었지. 그런 사실을 알 리 없는 에이빌로스는 계속해서 내게 매달렸다.

"그 둘이 뭐가 다르단 말인가!"

"애당초, 타니타르 공작 각하께서 왜 폐하를 해친다는 건지 이해할 수가 없군요."

"그, 그건……!"

내 말에 황제가 주춤했으나, 정말로 모르지는 않았다.

에이빌로스는 어차피 시한부였다. 타니타르에서 리한을 쳐내는 데 성공하든 실패하든. 성공한다면 본인이 반역을 일으켜 황제가 될 것이다. 그리고 실패한다면, 로잘린느를 제외한 모든 황족을 죽인 뒤 그녀를 황제로 옹립할 것이다. 이후 그녀마저 죽여 버리면, 작위는 로잘린느의 배우자인 타니타르 소공작에게 돌아갈 테니까. 아직 그 두 사람이 혼인을 치르진 않았으나, 명백한 이야기였다. 예정된 에이빌로스의 죽음이 안타깝지는 않았다.

한낱 꼭두각시에 불과한 터라, 그에 대한 정보를 많이 받지는 못했다. 하나 그 단편만으로도, 현 황제가 좋은 사람이 아닌 건 분명했다. 소설에서 튀어나온 듯한 망나니였던가, 그런 사람에게 나누어 줄 연민은 없었다.

"……처음부터 그럴 생각이었던 걸세. 로잘린느와 제 아들을 약혼시켜서 안심시켜 놓고 내 뒤통수를 치려던 게야."

"그렇게 생각하시게 된 계기가 있을 거 아닙니까."

"내 사람들이 전부 죽었네. 타니타르의 눈을 피해 숨겨 둔 내 기사들이 전부……. 내 시종도 시녀도 누구라 할 것 없이 모두가 살해당했어!"

토끼몰이 한번 제대로군. 효율적인 방식은 아닌데, 즐기고 있는 걸까.

"무엇이든 내어 줌세. 국고의 절반을 털어 달래도 그렇게 할 테니 제발……!"

정말 빈말로도 좋은 황제라고는 못 하겠다. 기가 찬 소리에 실소가 나왔다.

"말씀하시는 바는 이해합니다만, 수도의 일에 함부로 개입하기 곤란합니다."

"어찌 그런!"

"그러니, 반역의 증거를 잡아 주십시오."

"증…… 거 말인가."

물론 타니타르를 상대로, 이 무능한 작자가 성공할 리는 없었지만.

에이빌로스의 눈이 거세게 흔들렸다. 그는 몇 번 더 내게 애걸했으나 계속 같은 답을 내어놓자, 어쩔 수 없다고 생각했는지 힘겹게 고개를 끄덕였다.

"알았네. 내 반드시, 타니타르의 역심을 증명하겠네. 그러면 그때는 꼭―."

"바라시는 대로 될 겁니다."

"조만간 연락하겠네."

"분부하시는 대로. 그럼 저는 이만 물러가 보겠습니다."

깊이 허리를 숙이고, 나는 알현실을 나왔다.

내가 황제에게 불려 간 걸 보고 따라왔는지, 근처에 그리넬 경이 나와 있었다. 마침 그녀가 필요하던 때였다.

"은신에 능숙한 기사들 전부, 에이빌로스에게 몰아 둬."

"타니타르 쪽에 심어 둔 이들도 포함해서입니까?"

"그쪽은 의미 없어. 어차피 잡아낸 것도 없잖아."

에이빌로스의 수족을 자르는 것도 알아내지 못했으니까. 할 수 없는 일이었다. 리한의 정보부는 북부에 근거지를 둔 데다가, 수도 일을 그리 정밀하게 들여다보지도 않았다. 냉정하게 말하면, 타니타르에 비해 정보력이 부족했다.

하나, 마나를 다루는 것만큼은 그들에 비할 바 없이 능했다. 타니타르 공작의 근거지도 아닌 황궁. 들키지 않고 황제의 바로 옆에 사람을 심어 두는 건 어렵지 않았다.

"죄송합니다. 내일 오전 중으로, 인원을 전부 돌려놓겠습니다. 그러면, 황제를 지켜야 합니까?"

"아니, 내버려 둬. 그 대신."

에이빌로스가 살고자 하는 의지는 퍽 간절해 보였으나, 유감이다. 타니타르가 현 황제를 살해한다는 건 내게 좋은 징조였다.

선황제를 암살할 때는 수도에 없어서 그 증거를 잡지 못했으나, 이번은 가능할 것이다. 마침 하나를 잡았으니, 이제는 타니타르를 쳐야 할 때에 잘 움직여

줬다.

"에이빌로스가 살해당하는 순간을 기록해."

하일리 타니타르는 선대에 치르지 못한, 반역의 죗값을 치르게 될 것이다.

우리는 무도회장에서 나와, 공작저로 돌아가는 마차에 올랐다. 예상했던 것보다는 늦은 귀가였다.

알현실에서 황제와 있던 일을 설명한 뒤, 나는 눈가를 가늘게 떴다. 마차에 오르고 내내, 세시오의 표정이 계속 이상했다.

"언령이 또 안 돼?"

"음?"

"표정이 안 좋아서."

손을 뻗어 세시오의 굳은 미간을 문지르자 그가 가볍게 웃었다. 얼굴이 쉽게 풀어지는 걸 보면, 별일 아니었나. 생각하던 차에.

"그대가 황제를 만나러 간 뒤, 아노비스 공작부인이 찾아왔었어."

"아노……. 뭐?"

세시오의 생모잖아! 나는 등받이에 비스듬히 기댄 몸을, 벌떡 일으켰다.

"공작이 당한 독을 내게 치료해 달라고 하더군."

"뭐? ……그 사람, 얼마 만에 보는 건데?"

"아노비스에서 내쳐진 이후로는 처음이지, 아마."

"그래 놓고 대뜸 제 용건만 말했다고."

기가 막힐 정도로 뻔뻔하다. 속이 답답해, 나는 흘러내린 앞머리를 쓸어 넘겼다. 세시오는 다리를 꼬고 그 위에 턱을 괴며 나를 바라보았다.

"혹 화가 났나?"

익숙한 말이다. 눈을 가늘게 뜨고 세시오를 노려보자 그가 눈을 휘어 웃었다.

"기뻐서 그래."

"대답이 전과 다른데."

"상황이 달라졌으니까."

"당신이 너무 그 일을 담담히 여겨서 뭐라고 해야 할지 모르겠어."

"크게 신경 쓸 건 없어. 그저 그대가 걱정해 주길 바라서 한 말이니까."

세시오는 퍽 뻔뻔스럽게도 말했다. 그렇게 넘겨 버려도 될 일인가. 염려로 입을 달싹였으나, 이 상황에서 더 꺼낼 말도 없었다.

"그보다 아까 하던 이야기를 계속하고 싶은데."

"어떤 거?"

"내 고백에 그렇게 말해 준 건 분명, 그대도 조금이나마 내게 마음이 있다는 뜻인가?"

"뭐……. 음……. 그렇지."

좋아한다고 직접 말하는 건 낯부끄러우나 부정할 수도 없어서, 나는 모호하게 말끝을 흐렸다. 그게 마음에 들지 않았는지, 세시오의 질문은 한결 구체적으로 변했다.

"내 얼굴이 객관적인 미적 기준이 아니라 그대의 남자 취향에도 들어맞는단 이야기겠지?"

"그 이야기 당신이 먼저 했잖아. 신경 쓰고 있었어?"

"그렇긴 하지만 사실, 나는 그대의 외관이 썩 마음에 들진 않아."

어쩌면 마차는 세시오가 시비를 거는 공간일지도 모른다.

"자꾸 날파리가 꾀거든."

웃고는 있어도, 영 마땅찮은 목소리였다. 민망한 건 둘째 치고, 그 말에 나 또한 아까의 일이 떠올랐다. 세시오가 먼저 시작했으니, 받아치더라도 나는 무죄였다.

"있잖아, 나도 궁금했는데 아까 당신 언령을 썼던 거지?"

"……맞아."

"그런데 그게 실패했고."

"……."

"뭘 하려고 했는데 실패한 거야?"

호선을 그리던 입매가 천천히 퍼지더니, 세시오는 그대로 입을 다물었다. 이거 봐라.

"공교롭게도 아까, 내가 네빗과 춤을 추러 나갔거든."

"그랬군. 그 답도 듣지 않았어. 그자가 그대를 좋아하는 걸 알면서 왜 따라 준 거지?"

"엔하르트 백작이, 나중에 뭐든 들어준다고 마음 정리할 시간을 한 번만 달라고 해서……. 지금 그게 중요한 게 아니잖아."

"부탁한다고 다 해 줄 셈인가?"

"아니, 나이가 있어서 조금 마음이 편치도 않았고―."

"제몬이 같은 말을 해도 따랐을 건가?"

"내가 미쳤다고 제몬이랑 춤을 춰? 차라리 롭티나랑 추면 모를까."

"……뭐라고 반응해야 할지 모르겠군."

"따지고 보면, 먼저 로잘린느 황녀랑 사라진 건 당신 쪽이거든?"

짜증을 섞어 쏘아붙이자, 그가 느리게 눈을 깜박였다. 뒤늦게 아차 싶어, 나는 표정 관리에 힘썼다.

"질투는 아니겠지."

"……당연히."

"질투면 좋겠군."

"그건 당신이 많이 하고 있으니까, 나는 봐줘."

"너무하기도 하지."

쓰게 웃은 뒤, 세시오는 잠시 말이 없었다. 그러다가.

"그대에게 화를 내려던 건 아니야. 그냥 불안해서. 혹 그대의 생각이 바뀐 게 아닐까 해서."

"상상력도 좋다. 취향이 하루아침에 바뀔 리가 없잖아."

"미안해, 테릴."

"뭐가."

"홧김에 내뱉은 말이었어. 다시는 그런 걸 바라지 않을 거고."

"그러니까 뭐가."

"……그대는 내 죄를 어디까지 용서할 수 있나."

"점점 불안하게 시간 끌래?"

"대답해 줘, 부디."

여기까지 오니, 가벼운 말장난이 아니란 건 분명했다. 세시오의 눈을 물끄러미 바라보다가 나는 한숨을 내쉬었다.

어디까지 용서할 수 있냐고? 내 허용 범위는 간단했다.

"화이트폴은 건들지 마."

"그런 건 감히 상상하지도 않아."

"그럼 뭐야. 네빗의 마음을 없애려고 했어? 아니면…… 죽으라고 했나?"

"……후자."

콜록, 나도 모르게 헛기침이 튀어나왔다. 정말이었군. 최대한 당혹감을 내색하지 않고, 나는 손등으로 입가를 문질렀다.

"변명하자면, 진심으로 한 말은 아니었어. 홧김에 나왔을 뿐."

"그냥 춤만 춘 건데 그런 기분이 들었어?"

"정상은 아니지, 나도 알아."

"세시오."

"왜 그런지는 나도 모르겠지만, 마음이 이상하게 뒤틀렸어. 유년을 엉망으로 치른 대가를 받는지도 모르지."

인간은 누구나 제가 자라온 유년을 감당해야 한다. 내가 여전히 대중적인 사치품을 즐길 수 없는 것처럼. 이따금 어머니를 향한 죄책감과 또 이따금 아버지를 향한 원망이 치솟는 것처럼. 세시오 또한 살아온 모양대로 깎여 나갔다. 나보다 훨씬 요란한 삶이었으니, 어딘가 이상해졌대도 이해할 만했다. 타인에 강요받아서든, 스스로 선택해서든 그는 평생 억압받는 삶을 살았으니까.

세시오가 전에 한 말이 떠올랐다.

"이제는 버림받는 건 지긋지긋해."

그 말이, 이 남자의 삶을 단편적으로나마 보여 주었다.

그는 웃었다. 아니, 웃으려고 노력하는 모양새였다. 그러나 그의 입매는 움찔거리기만 하더니 금방 허물어졌고, 세시오는 제 표정을 감추려는 듯 손으로 입가를 쓸었다. 그러면서도 불안이 피어나는 눈은 내내 나를 향하고 있었다.

그는 입을 달싹이다가 물었다.

"내가 징그러운가?"

"……잠깐 새 생각이 거기까지 갔어? 당신, 너무 극단적이야."

"……."

"표정 풀어, 그런 생각 안 했어."

"……테릴."

86

"홧김에 죽으란 이야기는 누구나 하잖아. 당신에게는 공교롭게도 언령이 있었을 뿐이고."

아니, 이렇게 넘길 일은 아닌가. 살해당할 뻔한 네빗 엔하르트의 입장을 생각하면……. 관두자, 그쪽에 감정 이입은 못 하겠다.

"당신의 행동이 정당하다고 할 생각은 없지만, 나는 결과를 중시하는 사람이라서."

"결과?"

"당신은 아직, 네빗 엔하르트를 죽인 쪽이 아니라 살린 쪽이잖아. 그걸로 어떻게, 자기합리화나 해 보자고."

네빗을 죽일 뻔한 건 나도 마찬가지니까, 사실 비난할 처지도 아니었다. 배상에 좀 더 신경 쓰긴 해야겠군.

"그러나 이번엔 운이 좋아 넘어갔지만, 다음에도 같은 결과가 나란 법은 없겠지?"

"주의할게, 정말로."

힘이 풀린 소리로 답하고, 그는 희게 웃었다. 말 몇 마디에 안도한 것처럼 보였다. 아무렴, 자기 비하보다야 이쪽이 낫겠지만. 자꾸 세시오의 행동을 감싸는 걸 보면, 이러다간 나도 아버지의 지옥 동기가 될 것 같다는 생각이 들었다. 어쩌면 이미 명부에 적혔는지도 모르겠지만.

그때, 그가 품에서 회중시계를 꺼냈다. 자정을 코앞에 둔 시각이었다.

"늦지 않으려면 할 수 없군."

뭘? 눈을 멀뚱히 깜박거리자, 그는 재차 무언가를 꺼내 내게 건넸다.

하얀 상자였다. 그걸 보고서야, 나는 세시오가 말한 게 내 생일이라는 사실을 알아차렸다. 선물을 일찍 받은 터라, 그쪽은 까맣게 잊고 있었네.

내용물을 열어 보자 희고 맑은 색의 구슬이 눈에 들어왔다. 크기는 아기의 주먹 정도. 모양새만 봐선 수수했으나, 분명히 아티팩트였다.

"이건……?"

"장거리용 통신구야. 데이브릭 백작의 통신구를 유심히 보길래."

"그건 또 언제 봤대."

"제국 어디에 있더라도, 북부에 연락이 닿을 테지."

세시오의 말에, 나는 입을 벌렸다. 통신구는 통신이 가능한 거리에 따라 가격이 기하급수적으로 치솟았다. 그나마 저택 규모가 흔했고, 도시 규모는 성한 채 값이다. 그러나 왕국 규모도 아니고 제국 규모의 통신구라니, 0이 몇 개나 붙을지 까마득했다.

"이런 걸 어디서 구했어? 황실에나 있는 줄 알았는데. 돈은 그렇다 쳐도 매물이 있긴 해?"

"기존 통신구를 구한 다음, 언령으로 능력치를 확장했지. 창조는 무리니까."

"언령을 그렇게도 쓸 수 있구나, 당신 돈 벌기 쉽겠다."

"기뻐해 주지 않는군."

"뭐?"

"나도 그대의 취향을 잘못 짚은 건가?"

세시오의 말을 듣고서야, 내가 보고 받는 상급자처럼 굴었다는 사실을 알아챘다. 선물의 규모가 너무 엄청나서 그만. 나는 멋쩍게 웃고는, 내 기쁨을 표현하려 세시오의 옆자리로 옮겨 갔다. 그러고는 그를 힘껏 —뼈가 부러지진 않을 정도로— 끌어안고 말했다.

"고마워, 세시오. 타니타르를 족치는 데 큰 도움이 될 것 같아."

"……."

"웃어."

협박성을 담아 한 말에, 풍선에서 바람 빠진 소리가 났다. 처음에는 좀 참는 듯했으나 곧 세시오가 소리 내어 웃음을 터뜨렸다. 끌어안은 몸에서 그 떨림이 느껴질 정도였다.

어정쩡하게 안겨 있던 세시오도 나를 끌어안았다. 그러더니 비겁하게도 제 큰 키를 이용해, 내 머리에 제 뺨을 비볐다.

"테릴."

"응."

"테릴."

"왜?"

"테릴 윈터글라스, 테릴 리한. 그대의 이름이 세 글자나 줄어 버린 건 아쉽지만."

영, 엉뚱한 소리에 면박을 주려던 차. 세시오가 내 머리에 입을 맞췄다.

"태어나 줘서 고마워, 테릴. 진심이야."

그러고는 다시, 품에서 나를 떼어 내고 내 이마에 입을 맞추었다. 분명 방법을 생각해 보라고 했지, 연인이 되자는 말은 아직인데도 스킨십이 거리낌 없다. 속으로 그렇게 투덜거리면서도, 가슴께가 일렁였다. 새의 깃털로 심장을 간질이는 것처럼, 기묘한 감각에 마음이 들떴다. 깨닫고 보니, 나는 웃고 있었다.

조금 시선을 돌려, 나는 세시오가 꺼내둔 회중시계를 바라보았다. 시곗바늘은 어느새 자정을 넘어갔다. 12월 31일이 아닌 1월 1일. 내 생일이 아닌.

"실은, 나도 똑같은 생각을 했거든. 나는 마차가 아니라 저택에서 할 생각이었는데."

"뭐?"

"생일 축하해, 세시오."

세시오의 생일.

나는 그의 **뺨**을 잡아 내리고, 코끝에 입을 맞추었다.

"미안하지만, 당장 선물은 없어. 나는 저택에 돌아가면 줄 생각이었거든."

자정이 넘어가기만 하면 그뿐이라, 내겐 시간적 여유가 있었으니까. 새삼 놀랍기는 했다. 그의 생일을 챙기려 했으면서, 내 생일이 그 바로 전날이란 데 아무 생각이 없었다는 게. 바보가 된 거지, 그렇게 생각하면서도 자꾸만 웃음이 났다.

"기대하지는 마. 사실, 나도 선물로 네빗을 탓할 처지는 못 되거든."

그가 좋아할 거라는 확신이 없었다. 그건 사실 수년 전, 오르골을 선물했을 때도 마찬가지였지만.

세시오의 기호를 아예 모르지는 않는다. 육식보다는 채식류를 선호하고, 디저트는 그냥저냥. 자연경관을 바라보는 걸 좋아한다. 취미는 그림 그리기나 종이접기, 독서같이 얌전한 종류로. 하나, 물질적으로 뭘 바라는지는 좀체 짐작할 수 없었다. 본인 입으로도 바라는 게 없다고 말하지 않았던가. 그러니 네빗에 비해서, 나는 조금 죄가 가벼웠다. 손에 든 수정구는 무거웠지만.

"뭐라고 해도, 그대가 주는 거라면 기쁠 거야."

"그런 얘기는 선물을 준 다음 들을게."

멋쩍어 고개를 돌리다가, 문득 시야에 무언가 걸렸다.

나는 마차의 창밖을 바라보았다. 비가 내렸던 건, 세시오 때문이긴 했지만.

"저거, 당신이 내린 거 아니지?"

"무슨 말을……."

내 말에 그는 나를 따라 고개를 돌렸다. 새하얀 눈이 하늘에서 펑펑 쏟아지고 있었다. 리한에서야 드문 일도 아니었으나, 수도에서는 오래간만이었다. 올해 겨울은 유독 따뜻한 편이라 첫눈이 늦어진 모양이다.

"사람들 되게 황당하겠다. 아까는 비가 내리더니, 이번엔 눈이 내려."

옛날 같았으면 불길한 징조라 여겼을 텐데.

답을 바라고 한 말은 아니었으나, 세시오는 정말 조용했다. 시선을 돌려보자, 그가 물끄러미 눈을 쳐다보고 있는 게 보였다. 그 순간, 저택에 도착했는지 마차가 멈추었으나 그조차 눈치채지 못한 듯했다.

"눈을 좋아해?"

"……아."

"리한에서는 사시사철 내리는데. 이렇게 포근한 느낌은 아니지만."

사람을 죽일 기세로 눈보라가 몰아치니 아무튼, 낭만은 없는 땅이다. 세시오가 눈을 보는 건 좋았지만, 아무렴 마차의 창문을 통하지 않고 직접 보는 게 나을 것이다. 저택에 도착한 줄도 모르고 눈에 홀린 사내의 턱을 가볍게 눌러 내리고 입을 맞추자, 그의 두 눈이 커졌다.

"도착했어. 직접 보는 게 좋잖아?"

그러고야, 우리는 마차에서 내렸다. 창 너머로 보던 것보다 한결 생동감 넘치는 광경이 우리를 맞아 주었다. 더하여, 귀가가 늦어질 테니 마중은 삼가라고 했음에도 나와 있는 이들이 있었다. 공작저의 집사와 사용인 몇 그리고.

"안녕하십니까, 리한 소공작님. 데이브릭 후작저에서 온 에일라 벤슨이라고 합니다."

다수의 외부인. 개중 선두에 선 여자가 내게 다가와 고개를 수그렸다.

나는 눈썹을 찡그렸다.

"무슨 일이지."

"후작님의 지시로, 세시오 공자님을 모시러 왔습니다."

세시오를 데리러 왔나, 그 말은.

"데이브릭 후작님께서 새 후계를 임명하려 하십니다."

기다리던 소식이다. 그러나 마냥 달갑지는 않았다.

"이 새벽에?"

"아, 오해하실 수도 있겠군요."

스스로를 벤슨이라 칭한 이가 다급히 설명을 덧붙였다.

"데이브릭에서는 새벽에서 아침 사이의 시간대를 신성하게 여깁니다. 그래서 후계 임명이나 작위 계승도 그 시간에 치러지지요."

조금은 납득할 수 있는 설명이었다. 그리고 보면, 기사단 이름도 그랬지. 영지를 지키는 기사단이 새벽, 수도의 후작저를 지키는 기사단이 아침이던가. 세시오가 고개를 끄덕이는 걸로 보아, 없는 이야기는 아닌 모양이었다. 그렇다고는 해도 예고도 없이 급작스럽게 세시오를 데리러 오는 게 좋아 보일 리는 없었지만.

"나도 참관하고 싶은데, 괜찮겠지?"

그래도 더 시간을 끄는 것보다는 나았다.

테릴 리한이 알현실을 나간 직후. 에이빌로스는 황좌에 앉아, 초조하게 제 손톱을 씹어댔다.

"증거, 증거……."

타니타르를 상대로 그런 걸 잡아낼 수 있을까. 허수아비라지만, 아예 얼간이는 아니다. 황제는 그게 현실적으로 불가능하다는 사실을 잘 알았다.

로잘린느를 타니타르 소공작과 맺어 준 것이 뼈저리게 후회가 됐다. 당시에는 두 사람을 결혼시키면 제가 더 안전해질 거라 생각했으나, 크나큰 오산이었다. 타니타르 공작은, 그저 황족의 핏줄이 필요했을 뿐, 허수아비로조차 에이빌로스를 살려 둘 생각이 없었다. 그러나 이대로 죽을 수도 없지 않은가.

그는 피가 날 만큼이나 입술을 세게 짓씹었다.

"없으면…… 만들면 되지."

어차피 그 작은 리한만 속이면 된다. 그러면 그녀는 타니타르를 정리해 줄 것이고, 저는 진정한 제국의 주인으로 거듭날 것이다. 그 증거가 조작되었다는 것이 나중에 밝혀지더라도 뭘 어쩌겠는가. 설마 죽이기라도 하려고. 보상을 좀 쥐여 주면 그러려니 넘어가겠지. 더군다나 타니타르가 역심을 품은 것만큼은 의심할 것 없는 진짜였으니까.

결심을 마치고 황제는 시종장, 프란시스를 부르려 종을 울렸다. 그러나 귀가 따가울 만큼이나 소리를 내도, 그는 오지 않았다. 하는 수 없이 에이빌로스는 바깥에 대고 외쳤다.

"밖에 아무도 없는 게냐! 당장 프란시스를 데려ㅡ."

그때 똑똑, 노크 소리가 황제의 말을 끊어 냈다. 에이빌로스가 바라던 대로, 누군가 바깥에 있다는 증거였으나 그의 안색은 창백하게 질렸다.

"타니타르입니다, 폐하. 알현을 청하러 왔습니다."

그 덤덤한 목소리에 소름이 돋는다. 타니타르가 왜 여기에. 온몸의 털이 쭈뼛 곤두선 채, 에이빌로스가 황좌의 팔걸이를 움켜쥐었다.

"무, 무슨 일인가, 공작. 내 당분간 자네를 만나고 싶지 않다고 말하지 않았나."

공포심에 목소리가 기어 들어갈 듯 작았으나, 상대는 문 너머에서도 용케 그 소리를 듣고 답했다.

"급하게 뵐 일이 있으니, 잠깐만 시간을 내어 주시지요."

"됐네! 난 자네를 만날 생각이 없어, 당장 돌아가게!"

"돌아가라니요, 어찌 그런 섭섭한 말씀을."

"내가 이 나라의 황제야! 황명을 거역하려는 건가! 당장 돌아가지 못하겠나!"

악에 받쳐 소리치고는, 에이빌로스가 덜덜 떨리는 손으로 허리춤을 더듬었다. 그러고는 거금을 들여 구한 검을 뽑았다. 검술에 별로 재능이 있는 편은 아니었으나, 마법이 걸려 있으니 제 한 목숨은 지켜 줄 것이다. 그렇게 믿으며, 그는 문 너머를 노려봤다.

호령이 통한 걸까. 더는 아무런 답도 돌아오지 않고 조용했다. 돌아갔을까, 돌아갔기를. 바람을 되뇌며, 황제가 검의 손잡이를 움켜쥐었다. 그때.

"뵙지 못한 새, 망령이 드신 듯하군요."

뒤쪽에서 익숙한 목소리가 들려왔다. 문을 열지도 않았는데 어느 틈에!

에이빌로스가 놀라 뒤돌아보려 했으나, 그는 손가락조차 까딱할 수 없었다. 어느샌가, 새카만 연기 같은 것이 몸을 옥죄고 있었다. 챙강, 에이빌로스가 부서져라 쥐고 있던 검이 힘없이 바닥으로 떨어졌다.

"이, 이게 무슨……."

"흑마법입니다."

"무어라! 어찌 그런 사특한―."

"리한 소공작은 잘 만나 보셨습니까?"

그 말에 황제가 입술을 떨었다.

"폐하께서 그치에게 초대장을 보내셨다는 걸 알고 얼마나 심장이 뛰었는지."

"난, 나는…… 그저 무도회에 리한이 와줬으면 했을 뿐이야. 다른 생각은―!"

"뭐, 소공작이 순순히 누명을 써 주면 좋겠지만 그게 아니라도 상관없습니다."

에이빌로스의 말은 듣는 척도 않고, 타니타르가 혼자 중얼거렸다. 당장 필요한 건 데이브릭을 잘라 내는 것뿐이다. 쥐고 있던 걸 리한에 빼앗기고 싶진 않은 심경도 있었지만. 그 부녀는 언제라도 직접 죽이면 그만이었다. 그러기 위해 만들어 온 저주였다.

"흑마법으로 나, 날 죽일 셈인가."

"염려하지 마십시오, 폐하. 폐하의 숨을 끊어 내는 건 이 불경한 마법은 아닐 테니까요."

공작이 웃으며 손을 들자, 그의 옆에 서 있던 기사가 검을 뽑아 들었다. 에이빌로스는 여전히 뒤를 돌아볼 수 없었으나, 소리로 제 뒤의 누군가가 검을 들었단 사실을 알아챘다. 죽음이 다가온 걸 직감하고 황제의 낯이 파랗게 질렸다.

"참 신기한 일이지요. 데이브릭은 분명 무가도 아닐 진데 그토록 검술이 특색 있다니."

"후회할 걸세. 난 아직 쓸모가, 살려 주게. 날 죽이지 마. 제발, 제발!"

"마치 누명을 씌우라고 만든 것 같지 않습니까?"

예리한 칼날이 황제의 몸을 베어 냈다. 데이브릭의 검술을 교묘하게 흉내 내면서. 타니타르와 함께 온 마법사는 제 마법을 풀었고, 결박에서 풀려난 에이빌로스가 쓰러졌다. 공작은 느긋하게 걸어, 신음하는 황제의 앞에 멈춰 섰다.

"살, 려……. 커헉!"

"이미 리한 소공작에게 목숨을 구걸해 놓고, 터무니없지."

타니타르 공작은, 황제가 뻗은 손을 무참히 짓밟았다. 그러고는 발을 떼지 않은 채 허리를 숙여 그를 내려다봤다.

"잘 가시게, 에이빌로스. 잠깐이나마 영광을 누렸으니, 그만하면 찬란한 삶이었어."

오래지 않아, 황제의 숨이 끊어졌다. 하일리 타니타르가 미소 지었다.

그때, 문 쪽에서 기척이 났다. 그 자리에 선 사람은 파리한 낯의 시종장이었다. 그를 보면서도, 타니타르 공작의 표정은 온화하기만 했다.

"타, 타니타르 각하."

"폐하께서 괴한의 습격에 당하신 모양이야. 근위기사단은 뭘 하고 있었는지."

근위기사단을 포섭한 건 본인이면서, 그는 천연덕스럽게도 혀를 찼다.

"어찌 됐건 큰일이 일어났으니 어서 사람들을 불러와야겠어."

"……."

"표정이 왜 그런가, 프란시스. 내게 알현실로 통하는 뒷문을 알려 준 건 자네였지 않나."

"아, 아아……."

"이제 와 돌이킬 수는 없어. 아니면, 주인과 같은 꼴이 되고 싶은가?"

"그, 근위기사단을 불러오겠습니다."

"서둘러야 할 걸세. 어쩌면 숨이 끊어진 황족이 폐하 한 분이 아닐 수도 있으니."

타니타르가 느긋하게 말을 덧붙였으나, 시종장은 이미 달려 나간 뒤였다.

하일리 타니타르는 그 상태로 서서 알현실을 가만히 둘러보았다. 참으로 멋지고 화려한 공간이 아닌가. 공작은 느긋하게 걸어, 조금 전까지 에이빌로스가 있었던 황좌에 앉았다. 그 자리에서 보는 알현실은 더 웅장하고 아름답다. 장내를 내려다보며, 그는 만족스럽게 웃었다. 그의 선대가 그토록 바라던 자리에 그가 앉아 있었다. 아직 황제가 된 것은 아니나, 그 또한 머지않은 일이다.

"좋은 밤이야."

즐거이 말하며, 타니타르 공작은 깊숙이 몸을 묻었다. 앉고 나니 더더욱, 그는 이 자리를 갖고 싶었다. 아들이 앉는 것을 지켜보는 게 아니라 본인이 직접. 그리고 그러기 위해서는.

"리한을 어서 쳐내야겠군."

공작의 눈이 새파랗게 빛났다.

한창 새벽이 깊어 가는 때, 우리는 데이브릭 후작저에 도착했다. 올빼미도 아니고 굳이 임명식을 이런 때 해야겠냐 싶었지만, 하는 수 없지.

나와 세시오는 안내인을 따라 저택 내부로 들어갔다. 집사장인, 니콜라스 코르보가 우리를 맞았다.

"각하께서는 임명식을 준비하시는 중입니다. 잠시 기다려 주십시오."

저택에 들어오면, 후작부인부터 마주칠 줄 알았는데 의외로 그녀는 얼굴도 비추지 않았다. 혹시 흥분하여 날뛸까 봐, 그녀에게 소식을 알리지 않은 건 아니겠지. 세시오는 임명식을 준비하러, 코르보 남작을 뒤따랐다. 혹시 몰라, 내 기사 하나를 붙였으니, 신변에 이상이 생기진 않을 것이다.

그 뒤, 나는 홀로 응접실로 가 일이 준비되기를 기다렸다. 그리고.

"……테릴."

제몬이 왔다. 그래, 기어코 올 줄 알았지.

나는 심드렁하게 인사말을 내뱉었다.

"안녕, 제몬."

바로 달려들 줄 알았으나, 그는 창백한 낯으로 나를 잠시 보기만 했다. 충격이 컸던 건지, 이제는 그게 의미가 없다는 걸 알았는지.

잠시 뒤, 제몬이 내게 다가왔다. 멱살을 잡거나 빰을 치려 들거나, 그런 행동을 했더라도 놀라지 않았을 것이다. 그러나 제몬 데이브릭은, 내 앞에 멈춰 서서 털썩 무릎을 꿇었다.

"부탁이야, 지금이라도 멈춰 줘."

조금 놀랐던 마음이 빠르게 제자리로 돌아왔다.

"너는 언제나 참신함이라고는 없구나."

"이만하면 됐잖아. 여기까지만 해도 괜찮잖아."

"내가 멈춘다고 뭐가 달라져? 어차피 너는 다시 데이브릭의 후계가 될 수 없을 텐데."

아니면.

"세시오가 후작이 되느니, 차라리 방계로 작위가 넘어가는 게 나은 것 같아?"

내 말에, 제몬의 얼굴이 와락 일그러졌다.

"네가 나 때문에 상처 입고 많이 힘들었다는 건 이제 알아. 하시만—."

"여전히 세시오를 감싸는 것만은 못 참겠다고?"

어쩌면 이리도 한결같을까. 너무 지겨워서 짜증이 치민다. 나는 비죽, 그를 비웃으며 시선마저 아래로 내려 버렸다. 제몬을 쳐다보지 않으며 나는 바깥을 향해 손을 내저었다.

"그럼 참지 마. 보지 말고, 그냥 내 앞에서 꺼져 버리면 되잖아."

"……."

"네가 얼마나 대단한 존재라고 너를 납득시켜야 해? 네가 받아들이든 못하든 그게 현실인데."

"……그러면 내가 살아온 인생은 뭐가 되는데."

이상한 말에 고개를 들자, 제몬이 보였다. 실핏줄이 터져 붉어진 눈, 와락 일그러진 얼굴로 그는 눈물을 쏟고 있었다. 턱밑으로 뚝뚝 흐르는 걸 보고, 나는 말을 잃었다.

그가 이를 악물고 말했다.

"나라고 그런 생각을 안 한 줄 알아? 나라고 제대로 된 근거 없이 누군갈 미위하는 게 편했겠냐고."

"제몬, 너…….”

"하지만 어쩔 수 없잖아. 내가 그렇게 생각하지 않으면, 어머니를 힘담하는 무리에 동조하게 되는데."

"뭐?"

"나는 그분의 편이 돼야 하잖아, 나밖에 없잖아!"

제몬 데이브릭이 소리쳤으나, 그건 분노라기보다는 절규에 가까웠다.

"아버지가, 사용인들이, 사교계의 귀족들이 다 그렇게 떠들어대. 내 어머니가 미치광이라고, 피해망상에 시달리는 거라고."

계속해서 터지는 눈물이 짜증 났는지, 그는 신경질적으로 눈가를 닦아 냈다. 별로 의미 있어 보이지는 않았지만.

"내가 거기에 대고 뭐라고 해야 해? 당신들이 옳다고? 내게만 의지하는 어머니가 제정신이 아니라고?"

"……."

"내 어머닌 미친 게 아니야. 그러니까…… 세시오가 잘못된 거라고."

그렇게 말하면서도 제몬의 목소리에는 힘이 없었다. 손등으로 아무리 눈가를 훔쳐도 영 나아지는 게 없어 답답해진 걸까. 그는 양손으로 제 얼굴을 마구 문질렀다.

"내가 뭔데. 제몬 데이브릭이 뭔데. 데이브릭을 떼어 버리면 아무것도 아닌 인간이야. 나도 잘 알아."

후작조차 되지 않으면 더더욱 별 볼 일 없겠지.

"어머니의 전적 가문인, 웨거에서는 아직도 그분을 압박해. 그 빌어먹을 가문을 쓸어버리려면, 어머니가 옳다고 증명하기 위해선 힘이 필요해."

"……."

"그러니까 난 후작이 돼야 해."

테릴. 제몬이 내 이름을 부르며, 무릎 꿇은 채 나를 올려다봤다.

"네가…… 상처 입었다는 건 알아. 내가 널 너무 강한 사람이라고 생각해서, 착각했어. 너라면 전부 괜찮을 거라고. 나와는 다르다고."

"……."

"하지만 다른 방식이어도 괜찮잖아."

"후……."

"나를 때리든 뼈를 부러뜨리든 뭘 해도 좋아. 그냥 작위만, 이것만 봐주면 안 돼?"

그는 내 발치에 매달려 애걸했다. 기분이 썩 유쾌하지는 않았다.

"그래도 한때는 좋았잖아, 테릴. 그때의 정을 생각해서 한 번만 봐줄 수 있잖아. 딱 그것만이라도, 용서해 주면 안 되는 거야?"

"세시오가 후작이 되기를 거절했다면 말이야, 나는 데이브릭을 지웠을 거야."

"뭐……?"

"당장 상황을 모면한다고 더 나아질 건 없다는 이야기야."

예상 못 한 말이었는지, 그의 얼굴이 멍하게 변했다.

"그리고 말이야 제몬, 어머니를 위해서였다는 변명이 통할 나이는 지났잖아?"

"무슨…… 말을."

"어린아이가 그랬으면 기특하다고 칭찬을 받았겠지만, 넌 성인이야."

"난……!"

"네가 다른 누군가를 위해 살기로 선택한 건 네 자유지만, 행동의 책임은 네가 져야지."

"……."

"실제로 일을 이 지경이 되게 만든 것도 너고."

애원으로 아무것도 해결할 수 없다는 걸 깨달은 걸까. 그는 표정을 바꾸고 나를 노려봤다. 나는 담담히 그 시선을 마주 보았다.

"물론 부당하다고 생각할 수는 있어. 바람 한 번 피웠다고, 작위를 빼앗겼다고 생각하면."

"……테릴."

"그냥 재수가 없었다고 생각해."

말하자면, 제몬 데이브릭은 철없는 어린아이였다. 나를 좋아했던 게 진심이었는지는 모호했으나, 어머니를 지켜야 한다는 강박은 진심이었다. 후작부인이 막 데이브릭에 들어왔을 때, 사용인들이 어떤 태도를 보였을지는 내게 한 것만 봐도 뻔했다.

조사했던 걸 떠올리면, 후작도 딱히 그녀에게 잘해 주지는 않았다. 힘없는 자작가 출신이라고 내부에서 치이고, 힘이 되어야 할 전적 가문에서도 세시오를 죽이라 쪼아대고. 어린 제몬 데이브릭의 눈에 제 모친이 얼마나 안쓰러웠을지는 분명했다. 자식 된 입장에서 저만이라도 편이 되어야겠다, 그런, 어린아이에게는 기특한 생각을 했을 텐데 그게 일을 그르쳤다.

나는 처음으로 제몬에게 연민을 느꼈지만, 이제는 돌이킬 수 없다. 나는 이미 세시오 데이브릭에게 작위를 돌려주기로 약속했으니까.

제몬은 내 말에 한참을 침묵하다, 느리게 다리를 펴고 일어났다. 그가 갈라지고 탁한 소리로 물었다.

"너라면 달랐을 것 같아?"

"반대로 네 쪽은 어때."

"뭐?"

"네가 나였다면, 세시오였다면, 너는 다르게 행동했을까?"

"……."

"하나 묻고 싶은데 제몬. 네가 후작이 됐다면, 세시오를 어떻게 할 생각이었어?"

세시오의 정체를 모를 때, 내가 그를 설득하려 꺼낸 말엔 그런 게 있었다. 제몬이 후작이 되면, 당신이 무사하지 못할 거라고. 진심으로 그렇게 생각했고, 세시오 또한 그에 동의했다. 그렇다면 진실로, 제몬은 그를 어쩌려 했을까. 제 어머니를 위한답시고 그를 쫓아내거나 죽였을까. 나로서는 답을 알 수 없는 질문이었고, 제몬은 이번에도 답하지 않았다. 다만 그의 눈이 요란하게 일렁이는 걸로 봐서, 내 추측이 틀리지 않았다고 짐작할 뿐이다.

그는 눈을 몇 번 끔벅이다가, 이를 악물고 응접실을 나갔다. 쾅, 문 닫는 소리가 공허했다.

"후계 임명은 약식으로 진행할 것이다."

정식 제복을 입고 나타난 데이브릭 후작은 그리 말했다. 급하게 부를 때부터 예상한 일이었다. 하기야, 그의 입장에서 세시오가 뭐가 예쁘다고 시대에도 안 맞게 절차를 다 따르겠는가. 이쪽도 빠르고 간편한 진행이 훨씬 좋은 터라, 이견은 없었다. 그 때문에 장내에 자리한 이들도 별로 없었다. 죽상이 된 제몬 데이브릭. 차분한 건지, 상황 파악이 안 된 건지 의외로 덤덤해 보이는 후작부인과 아침 기사단 소속의 세 단장 정도.

최소한의 인원을 배경 삼아, 후작이 엄숙히 말했다.

"세시오 데이브릭은 앞으로 나오라."

마찬가지로 제복을 입은 세시오를 제 앞에 무릎 꿇리고, 후작이 그 앞에서 가주의 검을 들었다. 후작은 그를 소후작으로 임명하며, 세시오의 머리 위에 검을 가져다 댔다. 손이 부들부들 떨리는 모양새가, 그대로 내려치고 싶은 게 분명했다. 애석하게도 임명식에 사용되는 검은 날이 서 있지 않았지만.

별수 없이, 그가 검을 거두었다. 비로소 데이브릭 소후작이 된 세시오가 자리에서 일어났다.

"앞으로는 데이브릭의 얼굴이 될 터니, 행동에 각별하게 유의하도록 하라."

말할 수 없는 상황이기에, 그는 그저 고개만 끄덕였다.

"그리고 데이브릭 소후작이 되었으니, 앞으로는 리한 공작저에서 머무르는 건 허하지 않을 것이다."

마냥 시간만 끈 건 아닌가 본데. 도로 저택에 가두고 어떻게든 죽이겠다는 의지가 여실히 느껴지는 말이었다. 번들거리는 눈빛만 봐도 뻔했지만. 훤히 들여다보이는 속에 그저 웃음만 나왔다. 세시오가 당하는 것보다, 데이브릭 후작을 먼저 치워 낼 자신이 있기에 그럴 수 있었다. 그가 소후작을 거쳐 후작이 되기 위해선, 알버트 데이브릭이 없어야 했으니까.

서로 각자의 꿍꿍이를 머릿속에 되새기던 때.

"각하, 큰일 났습니다!"

돌연, 코르보 남작이 튀어나오며 소리쳤다. 사색이 된 얼굴에 몹시도 다급해 보이는 몸짓이었다.

무슨 일이지? 짧게 든 의문은 금세 해소됐다.

"황실 기사들이 쳐들어왔습니다!"

"무어라!"

그 말과 동시에 기사 한 무리가 안으로 들이닥쳤다. 입고 있는 건 황실 기사단의 정복, 검을 뽑아 든 이들의 기세가 퍽 흉흉했다. 심상치 않게 돌아가는 기색을 느끼고, 나는 세시오의 곁으로 위치를 바꾸었다. 데이브릭 후작도 예상하지 못한 일인지, 그의 얼굴도 붉으락푸르락 요란했다.

"감히 이게 무슨 짓거리―."

"폐하께서 암살당하셨습니다."

선두에 선 근위기사단의 부단장이 차갑게 후작의 말을 끊어 냈다. 그의 얼굴에 경악이 떠올랐고, 나 또한 낭패를 금치 못했다. 아직 사람을 붙이기도 전인데 벌써 움직일 줄이야. 생각보다 타니타르가 빠릿빠릿했다. 아니면, 내가 에이빌로스를 만날 때까지 기다렸던 건가? 역모 누명을 씌우려고?

"그뿐 아니라, 2황녀 전하를 제외한 다른 황녀 황자 전하께서도 당하셨습니다."

살아남은 건 타니타르 소공자의 약혼녀인 로잘린느뿐. 흉수가 타니타르 공작이라는 걸 숨길 생각도 없다는 듯 노골적이었다. 그렇더라도 감히 그 사실을 입에 담을 사람은 없겠지만.

"누군가 역모를 꾀했다는 이야깁니다."

"……그래서 자네들이 데이브릭에 쳐들어온 게 그것과 무슨 상관이란 말인가."

"폐하를 살해한 검술이 데이브릭의 것이었습니다."

"터무니없는 소리!"

그제야 데이브릭 후작이 주위를 둘러보았으나, 사방은 이미 기사단에 포위되어 있었다. 부단장이 일일이 설명한 건, 후작을 예우해서가 아니라 포위할 시간을 벌기 위함이었으니까.

후작이 이를 까드득 갈아붙였다.

"타니타르, 이 개자식이 내 뒤통수를 쳐!"

"협조 부탁드립니다."

"웃기지 마라, 이놈들! 가문의 검술을 써서 황제를 죽이는 머저리가 어디 있다는 말이냐!"

"저택에 있는 모두를 압송하라! 특히 후작, 알버트 데이브릭과 소후작인 세시오 데이브릭은 놓치지 말아야 할 것이다!"

부단장의 말에, 기사단이 일제히 달려들었다. 안으로 들어오면서 그들은 이미 검을 빼 든 채였다. 그러나 그보다, 나는 다른 쪽이 신경 쓰였다. 소후작 세시오 데이브릭? 그가 소후작이 된 건 바로 직전이었는데도, 그렇게 말하는 것이 몹시 자연스럽다. 이 순간을 기다리기라도 한 것처럼.

그리고 그 순간, 이번에는 부단장이 검을 든 채 내게 다가왔다.

"더하여 리한 소공작께서도 함께 가 주셔야겠습니다."

"단지, 임명식을 참관했다는 이유는 아닐 것 같고."

"폐하와 마지막으로 알현한 사람이 소공작이었다는 진술이 확보되었습니다."

"증거는?"

"예?"

"내가 누명을 쓴 걸 수도 있잖나."

"그 무슨! 증거가 마땅치 않으면 곧 풀려날 것입니다."

"글쎄, 생각이 다르군. 내가 폐하를 살해했다는 확정 증거가 없다면 따라가 줄 생각은 없어."

"리한 소공작!"

흥분한 듯 소리치면서도 부단장의 얼굴은 침착했다. 그의 몸은 긴장한 기색이 역력했고, 검을 쥔 손도 몹시도 조심스러웠다. 부단장을 받쳐 주듯 뒤에 따라붙은 기사들 또한 그랬다. 겁을 먹었으면서 화가 난 척하긴.

"감히 황명을 거역하겠다는 말씀이십니까?"

"황제 폐하께서 승하하셨는데, 누구의 명령이 황명이란 말인가."

"그, 그건······."

"날 잡아가고 싶으면 제대로 된 증거부터 가져오라고."

외치며, 나는 허리춤의 검을 뽑아 단숨에 휘둘렀다. 검에서 일어난 냉기가 눈보라처럼 기사단을 덮쳤다. 그 와중에, 의도치 않게 천장의 샹들리에까지 떨어지는 바람에 혼란은 더 극심해졌다. 그 파편에 뺨을 긁히긴 했어도 잘된 일이다.

기사단이 어찌할 바를 모르고 허우적거리는 동안, 나는 다급히 세시오를 잡아끌었다. 당장은 맞서 싸울 게 아니라, 피해야 할 때였다.

"잡아라!"

뒤늦게 우리를 겨냥한 외침이 들렸지만, 늦었다. 나와 세시오는 빠르게 저택을 빠져나갔다. 뒷문을 지키는 기사들이 있었으나, 그들은 이미 내 기사들이 손을 써 둔 뒤였다.

그리넬 경이 서둘러 다가왔다.

"거봐, 그리넬 경. 타니타르 쪽은 심어 둬도 의미 없다니까."

"시정하겠습니다. 마차를 빼 둔 쪽으로 안내하겠습니다."

"알았어, 그쪽으로 가지."

우리는 그리넬 경이 안내하는 쪽으로 향했다. 그곳에는 리한의 마차가 있었는데, 추적을 염려했기 때문인지 이미 달리고 있었다. 내달리는 마차에 올라타게 될 줄이야, 아무튼 별짓을 다 한다. 나는 세시오의 손을 잡고, 열린 틈 사이로 훌쩍 뛰어들었다.

뒤따라온 그리넬 경이 마차의 문가에 매달리며 물었다. 빠르게 움직이는 마차 때문에 그녀의 말총머리가 격렬하게 흩날렸다.

"어디로 가시겠습니까."

"일단 북부로 가자."

여태 잠잠하던 세시오가 그에 놀란 듯, 내 팔을 붙잡았다.

"잠시. 이렇게 흔적을 남긴 채, 바로 북부로 간다고?"

그리넬 경은 어차피 알 거라고 생각한 건지, 그 앞에서 입을 여는 데도 거리낌이 없었다. 아니면, 너무 당황해서 머리가 백지가 됐거나.

"내가 북부로 향한 걸 알면 제깟 놈들이 어쩔 건데."

"뭐?"

"북부의 왕은 리한이야."

장난기를 섞은 말에, 세시오의 얼굴이 멍하게 변했다. 그러나 그도 잠시, 그는 어깨를 떨며 웃음을 터뜨렸다.

"미안하게도 잊고 있었군."

"이제 이견이 없나 보네."

그리넬 경에게 눈짓하자 그녀는 잠시 세시오를 노려보다가 고개를 끄덕였다. 그녀는 마차의 문을 닫고, 마부에게 말을 전하러 사라졌다.

곧, 차체의 속도가 최대치로 올라갔다. 목적지는 북부, 화이트폴이었다.

8장

사냥
준비

타니타르 공작은 알현실의 황좌에 앉아, 부하들의 보고를 들었다. 그는 여전히 공작이었고 황제가 아닌 신하였으나, 아무도 공작을 비난하지 못했다. 근위기사단의 부단장 또한, 공작이 그 자리에 앉은 걸 아무렇지 않게 생각했다.

그의 보고를 듣고, 타니타르가 황좌의 팔걸이를 툭툭 두드렸다.

"빠져나갔다고?"

"예, 포탈을 타고 화이트폴로 넘어갔습니다."

실패를 보고해야 해서, 부단장은 잔뜩 긴장한 채였다. 그러나 정작 공작은 대수롭지 않다는 듯이 고개를 끄덕였다.

"됐네, 예상 못 한 일도 아니니. 그 새끼 짐승은 그래 뵈도 마스터잖나."

"자비에 감사드립니다."

"게다가 차라리 도망친 게 나을 수도 있겠어."

"예?"

"자리에 없으면 제가 아니라고 항변할 권리도 포기하는 셈이 되거든."

타니타르 공작은 눈을 가늘게 뜨며 뱀처럼 웃었다.

부단장을 달래려 빈말로 하는 소리가 아니었다. 운이 좋으면, 리한을 진짜 역모죄로 엮어 버릴 수도 있을 것이다. 일단 죄가 인정되기만 하면 지름길이 열린다. 북부의 세력이 아무리 강대한들, 설마 제국 전체와 싸울 생각은 못 할 것이다. 직접 내전을 일으키긴 곤란하니, 이걸 빌미로 화이트폴에서 반란이라도 일어나 리한을 몰아내 주면 고마울 텐데 말이야.

공작은 일전에 실패한 일을 떠올리며 아쉬움에 혀를 찼다. 리한에 가장 비참한 최후를 안겨 주고 싶었기에, 복수를 결심했을 때부터 계획한 일이었다. 어떻게든 북부에 균열을 만들어 그 땅을 쪼개지게 만들고 싶었다. 하나 그의 수작은 전부 실패했다.

하는 수 없이, 그간 심어 둔 세력으로 눈속임을 하고 리한 공작부인을 인질 삼는 쪽으로 계획을 바꿨으나 그마저도 마찬가지였다. 더군다나 지금까지도, 그녀의 저주를 단번에 낫게 한 방법이 뭔지는 짐작조차 할 수 없었다. 리한 소공작이 끼고 다니는 황족이 신성력을 다룬다니, 그 덕인가 어렴풋이 추측할 수밖에. 그래서 조금 불안하기도 했으나.

"요행도 여기까지야."

최상위 마도사가 무려 30여 년을 갈고닦아 만든 저주이다. 상대가 인간인 이상, 실패할 가능성은 조금도 없다. 그는 스스로를 안심시키듯 무겁게 중얼거리고는, 반문하는 부단장에게 고개를 저었다.

"이만 나가 보게."

"예, 각하."

깍듯이 고개를 숙이고, 부단장이 알현실을 나섰다. 그 뒷모습을 보며, 타니타르는 혀를 찼다.

황제에게만 충성하는 근위기사단의 부단장이었으나, 사실 그는 좀 아쉬웠다. 부단장이 아니라 단장, 엔하르트 백작을 삼켰으면 더 좋았을 것을. 귀족이 황좌를 좌지우지하는 게 못마땅해, 황제인 에이빌로스마저 외면하던 사람이니 할 수 없는 일이다. 그가 즉위한 후에도, 충성을 맹세할 가능성은 요만큼도 없을 것이다. 더군다나 엔하르트 소백작이 세시오 데이브릭의 도움을 받은 마당이니 더더욱. 엔하르트도 정리해야겠지. 생각하면서도 공작은 아쉬움에 한숨이 났다.

그때, 누군가 알현실의 문을 두드렸다. 소공작인, 엔릴 타니타르였다. 그는 굳은 얼굴로 가까이 다가왔다.

"엔릴이구나. 말도 없이 어쩐 일이냐."

"보고드릴 일이 있습니다, 아비지."

공석에서는 '각하'라 칭하라 그리 일렀거늘. 못마땅한 마음에 공작의 눈가가 일그러졌으나, 그도 잠시였다.

"……저주가 완성되었다는 소식입니다."

애타게 기다리던, 그러나 좀체 들려오지 않던 말. 믿기지 않는 이야기에, 공작의 얼굴이 멍하게 변했다. 그러나 서서히 표정이 변하기 시작했고 종내는 그 입꼬리가 괴물처럼 보일 만큼이나 길게 찢어졌다.

알현실 전체가 쩌렁쩌렁 울릴 만큼, 그는 미치광이처럼 웃음을 터뜨렸다.

"딱 적당한 타이밍이구나. 하늘도 우릴 돕는 거야!"

흥분을 누르지 못하고, 그는 주먹으로 황좌의 팔걸이를 내리쳤다. 그러고는 마치 눈앞에 라셰드 리한이 있기라도 한 것처럼, 허공을 노려봤다.

"리한은 이제 끝이다."

북부의 왕이라고, 감히 황제도 아닌 이가 그리 불렀을 때부터 리한은 그 대가를 치러야 했다. 붉게 충혈된 눈에서 분노와 희열의 눈물방울이 툭툭 떨어졌다.

'어머님, 드디어 복수의 때가 왔습니다.'

기나긴 기다림에 드디어 종지부가 찍혔다.

데이브릭 후작령 왈릿. 성의 집무실에서, 에콰이어는 넬리사에게 믿을 수 없는 소식을 들었다.

"데이브릭이 반역이라고요?"

"타니타르 공작이 누명을 씌운 모양이지만, 공표된 사실로는 그렇습니다."

"그게 무슨, 무슨 말도 안 되는……."

낯빛이 창백하게 질린 에콰이어가 책상을 부여잡았다. 데이브릭이 반역 누명을 쓰다니, 믿을 수도 믿고 싶지도 않은 말이었다. 그녀의 손은 경악과 공포로 덜덜 떨리고 있었다.

"어쩜, 하늘은 이렇게 무심하신 거죠. 다 되었는데, 세시오 공자가 소후작이 되기까지 했는데."

그 일을 기뻐하며, 가신들끼리 모여 샴페인을 나누던 기억이 아직 생생하다. 그러나 현실은 잔인했다. 에콰이어가 질끈 눈을 감았다.

"정녕 신이 있다면 이러실 수는 없어요."

그 모습을 내려다보며 넬리사 데이브릭이 한숨을 내쉬었다.

"황실에서 나온 병사들이 왈릿을 포위하고 있습니다. 아마 틀림없는 이야기일 겁니다."

"……역모죄가 확정되는 순간, 들이닥치겠군요."

"너무 염려하지 마십시오, 에콰이어 님."

"염려하지 말라니요! 반역죄가 확정되면, 왈릿의 가신 중 누구도 살아남을 수 없어요!"

지나치게 덤덤해 보이는 넬리사의 말에 화가 치밀어, 에콰이어가 신경질적으로 외쳤다. 그러나 넬리사는 여전히 동요하지 않았다.

"하지만 아무도 죽지 않을 겁니다."

그 말에 에콰이어는 반사적으로 누군가의 얼굴을 떠올렸다. 이 땅의 주인이 되기로 예정되었던 사내와 그를 돕던 젊은 권력가.

"리한 소공작님께서는 에콰이어 님께 영주직을 맡기겠다는 약속을 분명 지키실 테니까요."

그 말에 그녀는 침음을 삼켰다.

"……아무리 리한이라도, 반역에 엮이고 싶진 않을 거예요. 분명 파혼을 선언하고 외면하시겠죠."

"아니요, 그분은 이미 세시오 공자를 데리고 도망쳤습니다."

"뭐라고요?"

손익을 따지자면 절대로 하지 않을 행동이 놀라웠다. 그러나 에콰이어는, 그 행동에 안심할 수 있었다. 약간의 희망을 발견하자 온몸을 괴롭히던 떨림이 천천히 잦아들었다.

"그렇더라도 이러고 있을 수는 없어요, 혹시 그분께서 지금 어디로 가셨는지 알 수 있을까요?"

"경로를 숨기지도 않고, 북부로 향하셨습니다."

"그분답네요. 북부에 서신이라도 넣어야겠어요."

왈릿을 포위한 병사들이 그걸 용납해 줄지는 모르겠지만.

입술을 짓씹으며, 에콰이어는 다급히 양피지와 만년필을 꺼냈다. 그러고는 곧바로 서신을 적어 내려는 때, 누군가 집무실의 문을 두드렸다.

"에콰이어 님, 손님이 찾아오셨습니다."

"이런 상황에? 누군데."

"틸던의 부상단주인, 서로만 에디즈 님이십니다."

그 말에 에콰이어의 눈이 둥글게 커졌다. 그는 세시오의 이름으로 북부 빈민에 식량을 푼, 리한의 사람이었다.

에콰이어가 다급히 소리쳤다.

"당장 모셔와!"

보이는 곳 전부가 새하얗다. 숨결은 입 밖을 나자마자 얼어붙고, 사람들의 피부가 창백하게 질린다. 계절이 겨울인 건 수도나 북부나 마찬가지였으나, 비할 바 없이 체감되는 것이 다르다.

우리는 네 시간가량을 달려 화이트폴에 도착했다. 출발할 때가 이미 새벽이었기에 지금은 해가 떠오르는 아침이었다.

마차에서 내린 뒤, 나는 몇 달 만에 보는 화이트폴을 찬찬히 둘러보았다. 이상한 충족감이 마음 깊이 차올랐다. 뿌듯하고 자랑스러운 마음에 나는 세시오를 돌아봤으나 그런 말은 한마디도 할 수 없었다. 그는 눈으로 빚어냈다고 해도 믿을 만큼, 희게 질려 있었다.

"맞다, 당신 수도 사람이지. 옷 벗어 줄까?"

"팔도 끼울 수 없을걸."

걸치면 되지 않느냐고 하려다가, 나는 말을 삼켰다. 내 옷으로는 저 몸의 반이나 덮으면 다행이겠다.

"그대의 옷을 빼앗아 입지 않아도, 충분히 괜찮아."

"당신 지금 눈사람 같은데 뭐가―."

"추위가 사라지면 좋겠군."

언령을 잠시 잊고 있었네. 정말 춥지 않게 됐는지 세시오의 얼굴이 평온해졌다. 낯빛도 천천히 평소대로 돌아왔다. 여태 봤던 중 제일 탐나는 기능이다. 추위를 없애다니, 북부에 꼭 필요한 능력이 아닌가. 특히 쉴 새 없이 추위에 시달리시는 어머니를 생각하면, 좀 더 열성적으로 이 남자를 꾀어내야겠다. 나는 굳게 결심을 다졌다. 그때.

"분명 사냥을 하라고 보냈는데, 한심한 꼴로 쫓겨 오는구나, 딸아."

지척에서 익숙한 목소리가 들렸다. 고개를 들자 보인 사람은 당연하게도 아버지였다.

"왜 또 만나자마자 비아냥……."

미운 말투에 투덜거리다가, 눈을 마주친 순간 나는 말끝을 흐렸다. 갑자기, 아버지의 표정이 무섭도록 굳었다. 아버지가 왜 저러시지? 세시오를 데려왔다고, 설마 저렇게까지 반응하시는 건가. 알 수 없는 변화에 당황하면서도, 그 기세에 긴장하는 찰나 아버지가 성큼성큼 다가와 내 얼굴을 덥석 붙들었다. 그러고는 내 뺨을 노려봤다. 그 시선에 얼굴이 타버린대도 믿을 만큼이나 강렬하게.

"왜 그러시는데요."

"이 뺨의 상처."

"아."

그제야, 나는 아버지가 뭘 보고 있는지 깨달았다. 그러고 보니 아까, 샹들리에의 파편에 긁혔었지. 수련을 게을리했다고 또 며칠 구르겠군. 나는 체념하며 한숨을 내쉬었다.

"그게요. 굳이 변명하자면 적한테 당한 건 아니고—."

"황궁 놈들이 감히……. 다 죽여 버리겠다."

누구를 뭘 해? 알아듣지 못하고 눈을 깜박이는 동안, 아버지는 정말 일을 치를 사람처럼 검을 움켜쥐고 걷기 시작했다. 그러나 채 세 걸음도 떼지 못하고.

"라셰드!"

어디선가 나타난 어머니가 아버지의 등을 짝 내리쳤다. 아버지는 눈 하나 깜짝하지 않으셨지만, 그 소리에 나는 움찔했고, 옆에 있던 세시오도 멈칫했다. 이상하게 힘이 갈수록 세지시는 것 같아. 아버지를 때리면서 강해지시는 걸까.

"지금 어디 가는 거예요, 반역이라도 저지를 생각이에요?"

"못할 건 없지."

"안 돼요! 황제가 얼마나 귀찮은 일인 줄 알아요?"

이런 상황에서 나올 줄은 몰랐지만, 나와 똑같은 관점이셨다. 아니, 그런데 왜 갑자기 아버지가 반역을 저지르신다는 거지. 어쩐지 낯부끄러운 추측밖에 떠오르지 않았다. 내 뺨에 상처가 난 걸 보고, 다 죽여 버리겠다고 했으니 아마…….

이깟 상처쯤은 우습게 나를 굴리시던 분이 왜? 집에서 굴리기는 해도 밖에서 맞고 오는 건 싫으시다는 건가. 그 이중적인 태도에 어이가 없으면서도 기분이 이상해졌다.

"잃어버린 시간이 아까우시다더니, 또 얼마나 내버리시려고요."

"그건…… 그렇지."

"방금은 너무 화가 났을 뿐이죠? 설마 분이 치솟아 당장 황궁으로 가 피의 축제를 벌일 생각은 없죠?"

"하지만 이즈―."

"라셰드."

"당신 말이 맞다고."

얼음장보다 차가운 부름에 아버지가 즉답했다. 그제야 어머니는 만족한 듯 웃으며 아버지의 뺨에 키스해 주었다. 부모님께 해도 될 말인지 모르겠지만,

이쯤 되면 마수 조련사급이다.

그렇게 생각하던 때, 어머니가 나를 돌아봐서 나는 어깨를 움찔할 뻔했다. 내 생각도 모르고 그녀가 다정하게 미소 지었다.

"잘 다녀왔니, 릴리?"

어쩐지 그 말에 목이 막혔다. 한 몇 년 나갔다가 돌아온 것도 아닌데 내 마음은 엄살이 심한가 보다. 나는 양팔을 벌린 어머니에게 그대로 안기며, 그녀를 힘주어 끌어안았다.

"다녀왔어요, 어머니."

"고생했어, 일단 푹 쉬렴."

등을 토닥여 주는 손길에, 마음이 둥글게 마모되는 기분이 들었다. 나를 놓아주고, 어머니는 세시오에게 고개를 돌렸다. 그녀는 그 또한 다정하게 안아주었다.

"세시오 공자도 잘 왔어요."

조금 질투가 나기도 했지만 세시오가 당황한 모습이 귀여워, 나는 그냥 웃어버렸다. 곧 아버지의 표정을 보고는 웃을 수 없게 됐지만.

밤을 새웠기에 북부로 돌아온 첫날은 그대로 잠들었다. 습관 때문에, 일어난 시간은 크게 달라지지 않았지만. 오래간만에 부모님과 식사를 함께한 뒤, 나는 그리넬 경에게 정황 보고를 들었다. 그러고 나니 제법 시간이 지나서, 나는 세시오가 배정받은 방으로 향했다.

"방은 좀 어때. 데이브릭 후작성보다는 낫지?"

세시오가 일어나 나를 맞았다. 나는 들어가 문을 닫고 소리를 차단했다. 전에, 공작성에 세작이 있는 것 같다는 말을 들었으니까. 지금은 아버지가 잡으셨을 거라 생각하지만, 일단은 안전하게 행동해야 했다.

"이번에는 한방이 아니군."

"우리가 같은 침실을 쓰면 당신은 아버지한테 살해당할 거야."

약혼만으로도 보통 투덜거린 게 아니셨으니까. 왈릿에서 한 침실을 쓴 건 모르시기에 망정이지, 큰일 날 소리였다. 일의 심각성도 모르고 세시오가 유쾌하게 웃었다.

"그대를 많이 아끼시는 모양이야."

예전이었다면 즉각 부정했겠으나, 지금은 답하기가 모호했다. 뺨에 난 상처를 보고 하신 행동 때문에. 실은 오늘 함께한 식사 자리에서도 그러셨다. 식사는커녕, 뚱한 얼굴로 내 뺨만 노려보시다가는 불현듯 최상급 포션을 내던지셨지. 피부가 긁힌 정도로 그런 걸 쓰고 싶지 않아 손사래 쳤지만, 의미 없는 저항이었다. 이번에는 어머니도 도와주지 않으셨고. 지난번 마차에서 세시오가 왜 포션을 거부했는지 그 심경을 이해할 수 있게 되었다. 덕분에 내 뺨은 다시 매끈하게 아물었다.

"테릴?"

"아, 미안. 잠시 다른 생각이 나서."

큼큼, 나는 헛기침을 하며 멋쩍은 마음을 가라앉혔다. 아버지가 날 아낀다는 말은, 왠지 그것만으로 어색하게 느껴졌다. 귀가 뜨거웠다. 세시오의 시선이 그쪽으로 향하는 듯해서, 나는 말을 돌렸다.

"방금 대략적인 보고를 듣고 오는 길이야."

다행히 세시오는 금세 새로운 주제에 집중했다.

"상황이 좋지는 않아. 근위기사단의 부단장이 말했던 그대로였어."

내가 알현실을 나오자마자 황제가 살해당했고, 그 시신에는 데이브릭 검의 흔적이 남아 있었다. 노렸다고밖에 볼 수 없는 타이밍이었다.

"그대가 왈릿에서 한 것과 같은 방식인가."

"어쩌면 내 속을 뒤집어 놓으려고, 일부러 그리한 걸지도 모르지."

그 정도 세력가라면, 얼마든지 다른 방식으로도 누명을 씌울 수 있었을 테니까.

"데이브릭 일가는 다 황궁에 구금됐어. 후작이 공작을 만나려 계속 애쓰는 모양이지만, 별 의미는 없고."

"이제 와 만나 줄 리는 없지."

"주력 용의자인 나와 데이브릭 소후작인 당신이 빠져나와 수사는 잠정 중단 상태야."

"당장은 그래도, 오래 걸리진 않을 거야."

"맞아, 제국법을 기준으로 그저 버틸 수 있는 시간은 2주, 그 안에 나타나지 않으면 끝이야."

재판관을 매수해 마음대로 역모죄를 확정지어 버리겠지. 그러고 나면, 북부로 군대를 보낼 것이다. 그때부터는 내전이다.

어쩌면 타니타르의 목적은 처음부터 그것이었을지도 모른다. 어머니를 인질 삼는 데 실패했고, 데이브릭과 협심하여 나를 암살하지도 못했으니 군대 전체로 밀고 들어오려는 걸지도.

하나, 이쪽에서는 바라지 않는 난장이다. 2주가 차기 전, 움직여야 했다. 설사 황궁으로 가서 무력으로 진압하는 일이 생기더라도 그편이 나았다.

세시오는 잠시 생각에 잠겼다가 느리게 입을 떼었다.

"살해당한 건 황제만이 아니었지. 남은 건 로잘린느뿐인가."

"맞아. 그래서 임시로 황실의 수장 노릇을 하는 중이야. 실질적인 권력은 다 타니타르에 있겠지만."

"이제 와 말하게 되어 미안하지만, 로잘린느라면 뜻대로 움직일 수 있어."

"……당신 세력이야? 어쩐지 무도회장에서 갑자기 불러내더라니."

"에이빌로스가 황제가 되기 전부터 포섭했어. 황궁 내부의 일을 봐줄 사람이 필요했거든."

일이 묘하게 돌아간다. 그렇다면, 이용할 수 있었다. 아마 타니타르 공작은 당장 황제가 되려 들진 않을 것이다. 리한을 치고 나서야 그 자리에 오르겠지. 그러나 황좌가 비어 있을 수는 없기에, 시간을 조금만 끌면 로잘린느는 새 황제로 등극한다. 그 타이밍에, 그녀가 리한에 도움을 요청하면 모든 게 해결됐다. 명분은 이쪽으로 넘어오고, 타니타르 공작의 전부를 무너뜨릴 수 있다.

막 그렇게 생각하던 차에.

"유감이지만, 생각하는 방법은 안 될 거야."

"내가 뭘 생각하는 줄 알고."

"안타깝지만, 황실에서 리한에 도움을 요청하는 데 쓰는 장거리 통신구를 이미 망가뜨렸으니."

"뭐?"

"그대가 해 준 조언을 서둘러 따르다 보니 그만."

세시오는 어깨를 으쓱였다. 그 말에, 나는 한숨을 내쉬었다. 내가 한 경고니 따른 사람을 탓할 수도 없고.

"그러면, 당신이 로잘린느와 소통할 수단은 없어?"

"언령으로 공간을 이으면 가능하지만, 내가 먼저 연락하지 않는 한 그쪽에서 통신을 시도하는 건 불가능해."

"그러면 나한테 만들어 준 통신구 같은 걸 또……. 아."

생각해 보면, 새로 만들 필요도 없었다. 세시오가 준 생일 선물을 잠시 로잘린느에게 빌려주면 되니까. 물론 그렇게 하더라도 그녀는 타니타르에 철저히 감시받을 테니, 제때 사용하지 못할지도 몰랐다. 내가 황녀의 주위에 숨어 있다가 즉위 직후 튀어나온다면 말이 또 다르겠지만. 어쨌거나 그렇다면.

"일단은 그건 B안으로 두더라도, 황궁으로 가긴 해야겠네. 내전은 시간을 끌 수 없는 문제니까."

문제는 황궁에 발을 디뎠을 때, 타니타르가 어떻게 나올지였다. 정당하게 나올 리는 없고, 백 퍼센트 조작된 증거를 들이밀 테니까. 그때는…… 뭐, 어떻게든 되겠지. 로잘린느라는 패가 생긴 이상, 무력으로 밀어붙이는 것도 나쁜 선택지 같지는 않았다. 그녀가 반역을 진압해 달라고 요청했다는 말이야, 나중에 맞춰도 되니까.

"그건 차치하고 결정해야 할 문제가 있어, 선택지는 둘이야."

나는 손가락 두 개를 편 뒤, 하나를 접었다.

"하나는 데이브릭의 무고를 증명하고 진범이 타니타르 공작이라고 밝혀내는 것."

정도지만 어려운 길이었다. 타니타르 공작이 너무 빨리 움직였으니까. 그 자의 성향을 생각하면, 그가 에이빌로스를 살해했다는 직접적인 증거는 찾기 힘들 것이다. 리한을 치기 전에 제 꼭두각시를 제거할 줄 몰랐던 실책이 컸다.

"그리고 다른 하나는, 데이브릭을 버리는 거야."

타니타르를 처리하는 것과 데이브릭을 구하는 건 별개의 문제였으니까.

"……테릴."

"알아, 거래의 끝물에 이런 선택지를 꺼내는 게 얼마나 어이없을지는."

"……."

"그러니 만약, 당신이 이쪽을 택한다면 다른 대가를 치를 생각이야."

아버지와 협상해서 리한이 가진 작위 중 하나를 넘겨준다거나. 아니면, 그 외에 세시오가 원하는 걸 들어준다거나. 쉽지만 솔직히 무책임한 방식이었다.

손가락 두 개는 이미 다 접혔다. 그러나 세시오는 어느 쪽도 별로 달가워 보이지 않았다. 하는 수 없이, 나는 접었던 검지를 도로 펴며 말했다.

"사실 세 번째가 있긴 해."

"듣고 싶군."

"데이브릭의 혐의가 확정되기 전, 타니타르를 암살하는 것. 공작만 죽으면 다른 일은 없던 걸로 수습할 수 있어."

"……."

"제일 간단하고 빠른 방법이지. 나 혼자 숨어 들어가서 목을 베고 나오면 그만이니까."

"그러면 여태까지는 왜 하지 않은 거지?"

"그건 너무 쉽거든."

내 말에 그가 의아한 표정을 지었다.

"당장 성가신 일을 피할 수는 있겠지만, 제대로 된 선례를 만들어 두지 않으면 언제고 같은 일이 벌어질 거야."

또 수도에서 어떤 권력자가 등장해 리한의 권위를 넘볼지 모른다. 그러니.

"리한의 위상은 무너지면 안 돼. 추위와 마수만으로 이미 힘든 땅이니까."

"……그렇군."

"그렇다고는 해도 선택을 강요하진 않아. 당신이 결정할 몫이야."

외부의 개입이 있었다고 해도, 결과만 보면 내가 거래를 어긴 셈이다. 그러니 최대한 세시오가 바라는 대로 따라 주고 싶었다.

세시오는 바로 답하지 않고 침묵했다. 생각할 시간이 필요하면, 주겠다는 말에도 느리게 고개를 저었다. 그러더니 잠시 뒤, 그가 결론을 말했다.

"리한에 폐를 끼치고 싶지 않지만, 데이브릭을 아예 버릴 수는 없어."

"왜? 혹시 왈릿의 영지민들 때문이야?"

"아니."

세시오의 부정이 의아하여 나는 눈가를 찡그렸다. 그 외에, 데이브릭이 살아야 할 이유가 있던가.

"그대에게, 아직 하지 않은 말이 남았어."

"……정말 비밀이 많네."

"들어주겠나? 어떻게 할지는, 듣고 나서 함께 상의해 줬으면 해."

진지한 목소리에, 고개를 끄덕이는 것 외에는 별수 없었다.

세시오 데이브릭의 이야기는 과거로 거슬러 올라갔다. 그가 막 아노비스 공작부부에게 버려져, 데이브릭에 입적되었을 무렵까지.

세시오 아노비스가 하루아침에 세시오 데이브릭이 되었을 무렵. 아이는 극심한 불안과 외로움에 시달렸다.

후작은 신관이 치료할 수 없는 시기가 될 때까지 매일 밤 세시오의 발목을 확인했다. 그 때문에 아이는, 제 다리를 고칠 수도 없었다. 언령을 들켜 버리면, 다시는 아노비스로 돌아가지 못할 테니까. 그때의 세시오는 겨우 네 살이었고, 언령에 대한 확신이 없었다.

'이러다 정말, 평생토록 걷지 못하면 어떡하지.'

형체가 없는 불안은 매일 밤 아이를 악몽에 빠뜨렸다. 그래도 참아야 했다.

"앞으로 5년 동안 입을 열지 않으면, 그때는 믿어 주마. 그때가 되면 널 다시 데리러 갈 거야."

세시오가 매달릴 수 있는 건, 모친이 했던 그 약속뿐이니까. 실은 그게 얄팍한 거짓말임을 짐작하면서도, 아이는 강박적으로 그 말을 떠올렸다.

다리의 상처가 아니라도, 세시오를 힘들게 하는 일은 많았다. 강제로 아이를 떠맡은 후작이 그를 사랑해 줄 리는 없었다. 막 세시오가 저택에 들어섰을 때는 눈치를 보던 사용인들도 그 사실을 깨닫고 아이를 냉대하기 시작했다.

바깥에 데려가 주는 사람이 없으니, 걷지 못하는 세시오는 그대로 방에 틀어박혔다. 소리를 내어 말할 수 없으니 바라는 것이 있더라도 사용인을 부를 수 없었다. 종 같은 걸 울리더라도 모르는 척 무시해 버리면 그만이었으니까. 거의 방에 가둬진 채로, 아이는 점점 야위어 갔다. 그리고 그즈음에, 데이브릭 후작은 혼인식을 치렀다.

세시오를 데려온 일로 기존의 약혼녀에게는 파혼당했기에, 새로이 후작부인이 될 사람은 한미한 웨거 자작가의 영애였다. 그녀의 이름은 달란트였다. 세시오와 달리 그녀는 후작의 선택으로 저택에 들어온 사람이었으나 취급은 같았다. 데이브릭 후작은 신분이 낮은 이를 사람으로 보지도 않았으니까. 그에게 달란트는 그저 후계를 만드는 도구에 불과했다. 후작저의 사용인들은, 저들 또한 후작에게 벌레 취급을 받는 줄은 모르고 저들끼리 쑥덕거렸다.

"재수가 없으려니, 미꾸라지 한 마리가 물을 흐리더니 이제는 후작부인이 자작가 출신이야?"

"각하께서 얼마나 상심이 크실까. 데이브릭의 격에 너무 안 맞는 안주인이야."

"웨거라니, 듣도 보도 못했어. 시녀장님의 가문이 그보단 나을걸."

천박한 뒷담은 후작의 묵인, 혹은 장려에 점점 더 노골적으로 변했다. 세시오에게도 그 소리가 들릴 만큼. 그러나 아이는 여유가 없었기에, 달란트를 조금도 신경 쓰지 않았다.

"안녕, 네가 세시오니?"

그녀가 방에 찾아올 때까지는. 문을 두드리는 노크 소리에 시종인 줄 알고, 들어오라 종을 울렸을 뿐이다. 그러나 안으로 들어온 사람은 달란트 데이브릭이었다. 부드럽게 미소 짓는 얼굴을 보며, 아이는 돌처럼 굳었다. 아예 같다고는 할 수 없었지만, 그 얼굴은, 죄책감으로 변질하기 전의 모나크를 닮아 있었다.

경계심이 치솟았으나, 이 다리로는 도망칠 수도 없다. 세시오는 인사도 하지 않고 고개만 홱 돌렸다. 그렇게 하면, 그녀가 방을 나가 줄 줄 알았다. 그러나.

"……미안, 너도 내가 성가시니?"

풀이 죽은 목소리에 아이의 눈이 크게 흔들렸다. 세시오는 조심스럽게 날란트를 돌아보았다. 언제 미소 지었냐는 듯 우울하게 처진 표정에 죄책감이 들었다.

결국, 아이는 그녀를 무시하지 못하고 수첩에 글자를 적었다.

「왜요? 무슨 일이에요?」

"어머! 네 살인데도 글을 정말 잘 쓰는구나!"

기죽은 듯 보였던 건 연기였나. 언제 그랬냐는 듯 달란트는 돌변하며 다가왔다. 배신감에 치를 떨며, 세시오는 그녀에게서 되도록 떨어지려고 애썼다. 의미 없는 일이었지만.

"안녕, 나는 달란트라고 해. 후작부인이 되었으니, 이제는 음…… 네 어머니가 되겠구나."

그 호칭이 어색한지, 그녀는 멋쩍게 웃으며 스스로를 소개했다.

세시오는 입술을 꾹 다물고 펜을 놀렸다.

「할 말이 없으면 그만 나가 주세요.」

"할 말이 없다니. 내가 얼마나 말이 많은데, 왜 그러니. 안 그래도 상대해 주는 사람이 없어 힘들었단 말이야."

기가 막혀 아이가 입을 벙긋거렸다. 그러나 달란트는 조금도 아랑곳하지 않았다. 그녀는 뻔뻔스럽게도 웃으며 말했다.

"너나 나나 비슷한 처지 같으니 앞으로 잘 부탁할게, 세시오."

그 뒤, 달란트는 매일같이 세시오를 찾아왔다. 그녀의 저의를 몰라 아이는 털을 곤두세우고 경계했으나, 시간이 가면서는 외로움이 경계를 잡아먹었다. 이러면 안 된다고 생각하면서도, 아이는 점차 그녀를 받아들였다.

기뻐하며, 달란트는 더더욱 세시오에게 친근하게 굴었다. 조그만 선물을 주기도 하고 디저트를 가져오기도 했다. 식사도 함께해 주었고, 방 밖으로 데려가 주기도 했다. 그녀와 가까워진 뒤 처음으로 후작저의 정원을 봤을 때, 세시오는 그 광경을 평생토록 잊지 못하리라 생각했다.

아직 그녀가 어머니란 생각은 들지 않았지만 아이는 달란트가 좋아졌다. 그래서 용기를 내어 물었다. 더는 그녀를 경계하고 싶지 않았으니까.

「왜 저한테 잘해 주는 거예요?」

"친하게 지내기는 했지만, 내가 그렇게 잘해 줬니?"

기쁜 듯 발그레해진 뺨을 보고 세시오는 할 말을 잃었다. 기껏 고민하며 물어봤는데 돌아온 답이 이렇다니. 어이가 없다는 표정을 보고, 달란트는 뒤늦게 멋쩍은 듯 웃었다.

"미안해, 세시오. 사실 이유가 없진 않아."

그 말에 세시오의 심장이 덜컹 흔들렸다. 그러나 이어진 말은, 그가 상상했던 대로 부정적인 종류는 아니었다.

"실은, 내게 동생이 하나 있었거든."

달란트의 동생?

"남자아이였는데 딱 너만 한 나이였지. 물론 너처럼 예쁜 아이는 아니지만."

예상 못 한 말에 눈을 깜박이다가 세시오는 뒤늦게 그녀의 말이 전부 과거형이란 사실을 알아차렸다. 아이가 의아해하는 걸 알았는지, 그녀는 쓰게 미소 지었다.

"사고로 죽었어. 마차 앞에서 놀다가, 말에 잘못 치였지."

"……."

"그래서 가끔 생각해. 그 아이가 살아 있었다면 어떻게 자랐을까. 어릴 때도 참 착하고 다정했으니 멋진 어른이 됐을 텐데."

무슨 말을 하면 좋을까. 그저 제 불안감을 달래고 싶었을 뿐인데, 달란트의 고통을 캐낸 것 같다. 세시오는 어쩌지도 못하고 입을 달싹거렸다.

"딱 네 또래라 널 보면 그 애가 생각나. 그래도 네가 그 아이라 생각하는 건 아니야. 넌 세시오고, 내 동생이 아니라 내 자식이니까. 그래도 사식이란 이야 기는 아직 민망하네, 하하."

그렇게 말하며, 그녀는 은근슬쩍 세시오의 머리를 쓰다듬었다. 아이는 평소 절대로 머리를 허락하지 않았으나 이번은 달랐다. 얼굴이 빨개졌음에도 세시 오는 그녀의 손을 피하지 않았다. 달란트의 두 눈이 동그랗게 커졌다.

"오늘은 피하지 않는구나. 날 위로해 주는 거니?"

고개를 끄덕이지도 않았는데, 그녀는 곧 웃음을 터뜨렸다. 정말로 맑고 유쾌 한 웃음소리였다. 아이는 그 소리를 좋아했다.

"세시오는 참 착한 아이구나."

그뿐 아니라 다정한 목소리도 따뜻한 손길도, 제게 주어지는 애정도 전부. 언 젠가 그녀를 가족으로 여기게 될 날이 올까. 세시오는 문득 그런 생각을 했다.

달란트와 친해지고 아이의 불안은 다른 방향으로 향했다. 세시오는 더 이상 제가 걷지 못하게 될까 불안해하지 않았다. 반대로, 아이는 제 거짓말이 들킬 까 두려워하게 되었다. 실은 말할 수 있는 걸 알면. 걸을 수 있는데 고치지 않 는 걸 알면, 달란트는 날 나쁜 아이라고 생각하겠지? 그 애정이 사라질까 두려위, 세시오는 절대로 입을 열지 않았고 발목도 치료하지 않았다.

그것으로 모든 게 좋아졌다. 사용인들의 핍박도 후작의 차가운 눈초리도 더는 신경 쓰이지 않았다. 양모와 양자의 사이는 믿을 수 없이 다정해졌고, 이제는 가족이란 말도 그리 낯설지 않게 느껴졌다. 그러던 어느 날.

"그거 아니, 세시오? 네게 동생이 생겼어!"

기쁘게 웃으며 달란트는 임신 소식을 전해 왔다. 그 말에 아이는 혹 버려질까 불안해졌으나, 억지로 표정을 감추고 축하했다. 다행스럽게도 그녀는 그 속마음을 금세 알아차리고, 아이에게 속삭여 주었다. 아무것도 달라지지 않을 거라고. 그저 사랑하는 가족이 한 명 늘어나는 것뿐이라고. 불안이 가실 때까지 도닥이는 손길에, 세시오는 끝내 울음을 터뜨리고 말았다.

그리고 그녀의 장담은 거짓이 아니었다. 제몬이 태어나고도 달란트는 변하지 않았다. 오히려 그들은 한층 더 이상적인 가족에 가까워졌다. 달란트는 세시오를 잘 챙겨 주었고, 세시오도 그녀를 잘 따랐다. 아기인 제몬도 잘 돌봐 주었고, 태어난 아기 역시도 제 형을 알아보고 좋아했다. 행복한 나날이었다. 분명히 그랬는데.

「표정이 왜 그래요, 달란트?」

"아, 세시오……? 내 표정? 내 얼굴이 이상했니?"

어색하게 웃으며 그녀가 고개를 저었다.

"걱정시켰다면 미안해. 별일은 아니란다. 그냥…… 악몽을 꿨거든."

그러나 세시오는 그 말을 믿지 않았다. 그녀의 표정이 이상한 건 처음 있는 일이 아니었으니까. 달란트가 차츰 이상해지기 시작했다. 얼굴빛이 나빠지고 분위기가 가라앉았다. 아이가 좋아하던 밝고 유쾌한 웃음소리를 더는 내지 않았고, 이따금 세시오를 보는 것만으로 흠칫하기도 했다. 아이는 그런 그녀를 보며 점점 불안해졌으나, 달란트는 그조차 눈치채지 못했다. 쌓여 가는 초조함에, 세시오는 결국 그녀에게 무슨 일이 생겼는지 직접 들여다보기로 했다.

'나쁜 일이지만, 달란트가 말해 주지 않으니 할 수 없어.'

후작저에 오고 처음으로, 세시오는 천리안을 열었다. 그러고는 차라리 몰랐으면 좋았을, 달란트가 변한 이유를 보게 되었다.

"세시오가 정말 친척의 아이가 맞느냐."

"후작의 사생아가 아니냐."

"그 아이가 있으면 제몬의 입지가 위험해지는 것이 아니냐."

그건 달란트의 전적 가문인 웨거 가문의 목소리였다. 웨기 자작은 그녀에게 끊임없이 불안을 속삭였다. 어머니를 거역하지 못해, 처음에는 그 말을 듣는 시늉만 하고 넘겨 버리던 달란트도 계속되는 세뇌에 점점 지쳐 갔다.

"세시오가 살아 있으면, 제몬은 후작이 될 수 없다."

"그 애는 제몬의 모든 걸 앗아 갈 것이다."

진실이 뭔지 알면서, 그게 아니란 걸 알면서도 달란트의 정신은 점차 흔들렸다. 그리고 종내는 그런 말까지 듣고 말았다.

"세시오를 죽여라."

달란트를 괴롭히는 건, 그녀의 친가뿐만이 아니었다. 그녀의 남편인 데이브릭 후작은 세시오에게 친밀히 대하는 그녀를 못마땅해했다. 이따금 기분이 나쁜 날이면, 그녀에게 폭언을 퍼부어대기도 했다. 세시오가 모르는 곳에서는 그런 일들이 벌어지고 있었다.

아이는 달란트의 과거를 엿본 걸 극심하게 후회했다. 그러나 판도라의 상자를 연 대가를 치러야 했다. 세시오의 마음은 덩달아 지옥이 되었으나, 필사적으로 아무것도 모르는 척했다. 달란트가 그 사실을 알면, 정말로 돌아설 것 같아서. 그 힘겨운 온기마저 지워질 것 같아서.

갈수록 그녀는 위태로워졌으나, 그 상태로도 수년을 버텼다. 그러나 세시오가 열 살이 되던 해, 결국 일이 터지고 말았다.

창가에 앉은 아이가 책을 보고 있을 때였다. 창문은 열려 있었고, 바깥에서 부는 바람에 커튼과 세시오의 머리칼이 흩날리는 채. 복도를 지나다 그 모습을 본 달란트는 무심코. 정말 그렇게밖에 말할 수 없이 충동적으로 아이를 창밖으로 떠밀었다.

'달란트?'

세시오는 멍하니 그녀의 얼굴을 바라보며 창밖으로 떨어졌다. 발목의 부상을 고치지 않았기에 저항조차 할 수 없었다. 갑자기 사라진 발밑, 서늘하게 부는 바람, 허공에 떠오르는 부유감. 그러나 그 모든 것보다도 달란트가 저를 밀어 버렸다는 사실이 참을 수 없이 끔찍했다.

그리고 그제야 달란트도 스스로가 무슨 짓을 했는지 알아차렸다. 사색이 된 후작부인은 다급히 팔을 뻗었으나 세시오는 잡히지 않았다. 그럼에도 포기하지 않고 그녀는 창밖으로 몸을 내던져 아이를 감싸 안았다.

쿵, 두 사람은 함께 추락했다. 다행히 큰 나뭇가지에 걸려서 둘 중 누구도 목숨을 잃지는 않았다. 달란트의 품에 감싸진 세시오는 부상도 거의 없었다. 하나 달란트는 크게 다쳤다. 그리고 마음의 상처는, 누구라 할 것 없이 엉망진창이었다.

"아, 아아. 내가 무슨 짓을."

땅에 널브러진 채, 달란트는 제 품의 아이를 보고 망연히 중얼거렸다. 신체적인 고통이 아니라 극심한 죄책감으로 그녀의 두 눈에서 눈물이 쏟아졌다.

세시오 데이브릭의 천국은 거기까지였다.

그날, 어쩌면 저는 지옥에 떨어진 건지도 모른다. 침대 위, 이불을 뒤집어쓴 세시오는 그렇게 생각했다.

신관을 불렀기에, 달란트는 금세 나았다. 그러나 완치된 건 외관뿐이다. 그녀는 이제 세시오를 만나러 오지 않았다. 몸이 다 낫지 않았다는 핑계로 침실에 틀어박혀, 제몬을 돌보기만 했다. 세시오는 그녀를 찾아가려 했으나, 그조차 무리였다. 사용인들은 꼭 필요한 때를 제외하면 그가 방 밖으로 나서는 걸 도와주지 않았으니까. 아이는 다시, 방에 갇혔다.

초조했다. 달란트가 극심한 죄책감에 시달리던 모습이 생생했다. 눈물을 쏟아 내는 텅 빈 눈동자, 그 눈빛은 그를 버릴 때의 모나크와 흡사했다. 그녀를 보고 싶었다. 그리고 달란트가 저를 버리지 않을 거라, 확인받고 싶었다. 그녀의 그 품이, 미소가, 목소리가 그리웠다. 제몬도 보고 싶었다. 형, 형 부르며 따르는, 조그맣고 따뜻한 제 동생. 제 가족이……

"욱, 흑……."

이불에 얼굴을 파묻고, 아이는 울음을 참았다. 소리를 내서는 안 되는데, 거짓말쟁이란 걸 들키면 안 되는데. 그러나 이제 와 그게 무슨 의미가 있을까?

세시오는 제 발목을 쳐다보았다. 후작은 아이가 걸을 수 없다는 걸 확신한 이후, 세시오의 발목에 있던 상처를 지워 주었다. 흉터가 사라졌을 뿐이고, 다리를 쓸 수는 없었으나 자상이 남의 눈에 띌까 신경 쓴 것이다.

'걸을 수 있을까?'

걸을 수 있다면, 더는 사용인들에게 애걸할 필요가 없을 것이다. 그의 발로 달란트를 찾아가면 된다. 지금은 밤이 깊은 새벽이니, 잠깐 다녀오면 아무도 눈치채지 못할 것이다. 달란트의 얼굴만 보고 오자. 지금은 자고 있을 테니까 잠깐만, 불안이 사라질 정도로 아주 조금만.

가능하다는 확신은 없었으나, 아이는 입을 벌렸다. 이대로 가족을 잃어버리고 싶지 않았다. 그리하여 소망을 입에 담으려던 순간, 문밖에서 인기척이 났다.

"세시오."

바람 소리보다도 조그만, 쥐죽은 듯 조용한 새벽이기에 겨우 알아들을 수 있는 부름. 달란트의 목소리다. 아이는 다급히, 들어오라고 종을 울리려 했다. 그러나 너무 서둘러 움직인 탓에 침대에서 미끄러져 넘어지고 말았다. 무릎을 세게 찧었으나, 아픔은 느껴지지 않았다. 그보다는 두려움이 컸다.

종을 울리지 않아서 그녀가 그대로 가 버리면 어떡하지. 이번이 마지막 방문이면 어떡하지. 세시오는 침대 바로 옆에 놓인 종을 울리려 안간힘을 썼다. 그러나 바닥에 떨어지며 그의 다리를 묶어 버린 이불에서 벗어날 수가 없었다.

초조함이 목 끝까지 차올라 눈물이 날 것 같았을 무렵. 문이 열렸다. 그 소리에, 세시오가 문 쪽으로 휙 고개를 돌렸다. 달란트가 있었다.

'가지 않았어.'

그 모습에 안도하며, 아이는 버둥거림을 멈추었다. 그러나 이상하게도 세시오의 눈가는 점점 더 뜨거워졌다. 놀란 달란트가 다급히 다가왔다.

"세시오! 넘어진 거니, 괜찮아? 어디 아픈 데는 없어?"

걱정은 참 달았다. 고개를 끄덕이지도 가로젓지도 않고, 세시오는 그녀에게 양팔을 뻗었다.

'보고 싶었어요, 달란트.'

그렇게 전하고 싶었으나, 당장은 글자를 적을 여건이 되지 않았다. 그래서 아이는 그녀의 소매를 꼭 움켜쥐었다. 끌어안지도 못하고 달란트의 두 소매를 힘껏.

'이제 가지 마세요.'

속으로만 생각했으니, 들었을 리도 없는데 달란트의 두 눈이 커졌다. 그러더니 이내 눈물방울이 떨어졌다. 세시오는 제 얼굴이 흠뻑 젖은 것보다도 그녀의 눈물에 마음이 아파, 조심스럽게 눈가를 닦아 주었다. 달란트의 뺨은 덜덜 떨리고 있었다. 그녀는 조심스럽게 아이를 끌어안았다. 온몸을 빈틈없이 메우는 온기에, 세시오는 안도했다. 하나.

"미안, 미안하구나. 세시오. 내가 어떻게 네게—!"

달란트의 절규에 짧은 안도는 조각났다. 미안하다는 말에, 세시오는 이상한 예감을 느꼈다. 용서를 구하고 다시 이전으로 돌아가자는 말보다는, 관계의 끝을 고하러 온 사람 같았다. 근거조차 불분명한 기이한 직감이었으나.

"나를 용서하지 말렴."

착각은 아니었다. 심장이 쿵 떨어져 내리는 것만 같았다.

'그게 무슨 말이에요?'

아이는 겁에 질려 필사적으로 달란트를 밀어냈다. 그녀의 얼굴을 봐야 했다. 불을 켜고 수첩을 찾아야 했다. 글자를 적어 그녀를 설득해야 했다. 그러기 위해서는 이 불안한 온기와 잠시나마 떨어져야 한다. 하나 세시오는, 막상 그녀의 품을 밀어내고 그 얼굴을 보자 아무것도 할 수 없었다. 힘이 풀린 손이 바닥으로 툭 떨어져 내렸다.

견딜 수 없는 고통으로 저며진 표정. 돌아갈 수 있다는 희망을 모조리 끊어 버리는 그 지독한 분위기. 아이를 버릴 때의 얼굴은, 어쩌면 이다지도 똑같은가. 거기에 있는 여자는 이미 이전의 달란트보다는 모나크를 닮아 있었다. 그를 데이브릭에 내칠 때 본, 모친의 얼굴.

"전부 내 잘못이란다."

다른 게 있다면, 모나크는 세시오를 탓했고, 달란트는 본인을 탓했다는 것뿐이다. 그녀는 무릎을 꿇고 앉아 오열했다. 그 모습을 보며, 아이가 입매를 일그러뜨렸다. 달란트의 입에서 어떤 말이 이어질지, 세시오는 확신했다. 그리고 그 말은, 아무리 간절하게 매달려도 기어이 어린 심장을 찢어 놓고 말 것이다. 예고된 수렁이 다리를 감아 온다.

"이럴 바에는 차라리 데이브릭에 오지 말아야 했어."

"……."

"책임지지도 못할 바엔 너와 가까워지지 말아야 했어."

"……."

"아아."

신음처럼 말하며 달란트는 제 가슴을 쥐어뜯었다.

"이럴 바에는 차라리—."

너를 사랑하지 않는 게 나을 거야. 그녀가 말을 다 마무리하기 전임에도, 세시오는 뒤에 붙을 말이 귀에 들리는 듯했다. 미래를 볼 수 없음에도 확신할 수 있었다. 잔혹한 고통을 견디지 못하고, 아이가 소리쳤다.

"말하지 마세요!"

다급하고 처절한 외침. 세시오는 그녀의 품에 매달리며 고개를 가로저었다. 아이의 마음에 끊임없이 못을 박던 소리는 멈추었다. 그러나 믿을 수 없다는 듯 커진 달란트의 두 눈은, 세시오에게 다른 고통을 안겨 주었다.

그가 아랫입술을 깨물며 고개를 푹 수그렸다. 그 표정을 보고 있을 자신이 없었다.

"세…… 시오?"

아이가 입을 열어 중얼거렸다. 달란트에게 하는 말인지, 아니면 혼잣말인지도 모를, 제대로 알아듣기조차 힘든 소리로.

부정하지 마세요. 저를 버리지 마세요. 포기하지 마세요. 그럴 바에는 차라리, 어차피 결과가 같을 거라면 버림받기 전에 차라리.

"방금 말한 거니? 어떻게…… 네가?"

세시오는 눈물범벅이 된 얼굴을 들어 올렸다. 그리고 말했다.

"잊어 주세요."

경악이 서렸던 달란트의 얼굴이 멍하니 변했다.

"저와 겪은 모든 일, 모든 친애를 다 잊어버리고 처음부터 남이었던 것처럼."

울음기가 섞인 목소리는, 말한 저조차 알아듣기 힘들었으나 상관없었다. 아이의 의지는, 뭉개진 말보다 분명했으니까.

"그리고 내 기억을 망치지 말아 주세요."

그러면 아이의 가족이었던 달란트는, 기억 속에나마 간직할 수 있었다. 다른 사람이라고 알량한 자기합리화라도 할 수 있었다.

"그 대가로 죄책감을 가져가 줄게요."

달란트가 아니라 그가 포기한 거라고, 서로를 위한 이타적인 선택이었다고 조그만 변명은 남길 수 있었다.

"잊어…… 주세요, 전부."

버림받는 게 두려워 세시오는 차라리 그녀를 버리는 걸 택했다. 그러면 적어도 그 무기력한 절망감이 그를 덮쳐 누르지는 않을 테니까.

마지막 말을 끝으로, 달란트의 눈이 스르륵 감겼다. 몸이 기울더니 그녀는 쓰러지고, 그 위로 아이의 눈물방울이 쉼 없이 떨어졌다. 세시오 데이브릭은 다시, 혼자가 되었다. 온몸을 에워싸는 외로움에 아이는 쓰러진 달란트를 붙들고 울었다.

왜 이렇게 됐지. 왜 이렇게 된 걸까. 내가 데이브릭에 들어왔기 때문에? 내가 숨겨진 황족이기 때문에? 내가 언령을 가지고 있기 때문에? 내가…… 태어났기 때문에? 살아온 삶을 되짚어, 의문은 가장 근본적인 부분에 닿았다. 그러나 세시오는 크게 고개를 저었다.

"태어나고 싶지 않았어."

세상에 태어난 게 잘못은 아니었다. 원래는 나지 않았을 아이를, 굳이 만든 사람은 다른 이였다. 아이를 만들어 지옥에 내던진 사람은 따로 있었다.

"전부, 아노비스 때문이야."

달란트와 가까워지며 잊었던 원망이 다시금 치고 올랐다. 5년이 지나면 데리러 오겠다는 모친은 소식이 없었다. 이제 와 그게 아쉽진 않았으나, 들끓는 미움에는 목적지가 필요했다. 누군가 원망하지 않으면, 제게로 돌아올 감정이 너무도 괴로웠으니까.

세시오는 처음 저를 버린, 저를 낳은, 저를 만든 부모에 대한 미움을 견딜 수가 없었다. 용서할 수 없었다. 세시오는 저를 버리고 행복하게 잘살고 있을 그들에게, 같은 고통을 되돌려 주고 싶었다. 천국에서 떨어져 버린 아이는, 처음으로 복수를 결의했다.

잠든 이의 몸에 이불을 끌어 덮고, 해가 뜰 때까지 아이는 계속 달란트를 내려다보았다. 그게 그의 두 번째 어머니를 사랑할 수 있는 마지막 시간이었다. 그리고 해가 떠오른 순간, 세시오는 제 발목을 내려다보며 말했다.

"다시 걸어야 해."

이제는 기댈 수 있는 사람도 남지 않았으니까.

이야기를 마친 뒤, 세시오는 힘없이 웃었다.

"아노비스에서 알았다면, 애먼 화풀이라고 생각했을지도 모르지."

지나간 고통을 곱씹은 후유증으로 그는 몹시도 피로해 보였다. 그 표정을 보고 나는 아무런 말도 할 수 없었다. 무슨 말을 하려고 해도, 목구멍에서 턱턱 걸려서 밖으로 나오지 않았다.

버림받고 싶지 않다는 건 그런 의미였구나. 그런, 의미였어. 뒤늦게 알게 된 본의가 심장을 죄어 왔다.

"결과적으론 바보 같은 짓이었어. 두 모자가 내게 폭언하고 나를 죽이려는 건, 생각보다 끔찍했거든."

"……."

"기억이 남은 채로도 그렇게 변했다면, 더 끔찍했겠지만 말이야."

그렇게 말하며 세시오는 농담이라는 듯 웃었으나, 나도 따라 웃을 수 있을 리 없다. 얼굴을 일그러뜨리지 않는 정도가 고작이었다.

"그러니까 후작부인이……."

겨우 말문을 열었을 때, 머릿속에 지난 일이 스쳐 지나갔다.

"후작부인이 당신의 다리를 내리찍으려 했을 때, 피하지 않았던 건."

"어차피 고치면 되니까."

그래, 단순히 가해자와 피해자로 정의 내릴 관계는 아니었던 것이다. 내게는 극단적인 행동만 보이던 후작부인이 한때는 그토록 온유한 사람이었다니. 지금 모습으로는 도무지 떠오르지 않았으나, 그렇기에 세시오가 느낄 괴리감을 체감할 수 있었다.

이렇게도, 저렇게도 말할 수가 없어 나는 머리를 마구 헝클어뜨렸다.

"그래도 달란트가 없었으면 열 살이 아닌 네 살 때부터 그렇게 살았겠지."

"그걸, 말이라고."

"혼자 방 밖으로 나가지도 못했을 때니 의지는 꺾이고 복수는 꿈도 꾸지 않왔을 거야."

어쩌면 그쪽이 나았을지도 모르겠지만. 세시오가 혼잣말처럼 중얼거리는 소리는 영, 남의 이야기를 하는 것처럼 들렸다.

"데이브릭을 내버려 둘 수 없다고 말한 건, 지금도 후작부인을 향한 친애가 남았다는 소리지?"

세시오의 눈이 한순간 흔들렸다. 후작저에서 봤던 표정이 떠올랐다. 내 뺨을 내리치려던 후작부인의 앞을 가로막았을 때의 그 지친 얼굴. 그 표정에, 그의 지난 과거가 모두 담겨 있었다. 견디지 못하고, 나는 그를 끌어안았다.

"……벌써 오래전 일이야. 미련이 좀 남았을 뿐이지."

세시오는 조금 주저하는 듯하다가 나를 마주 안았다. 내가 겪은 일도 아닌데, 눈물이 날 것 같았다. 나는 세시오를 끌어안은 채, 그의 등을 쓸었다.

"고생했어."

"……."

"고생했어, 세시오."

등에 닿은 손이 떨렸다. 그뿐 아니라 온몸에 닿는 그의 모든 것들이. 그는 조용히 나를 끌어안은 양팔에 힘을 주었다.

세시오의 답은 한참 만에야 겨우 돌아왔다.

"……그래."

산들바람에도 흩어질 듯 미약한 답이었으나, 말소리는 더 이상 떨리지 않는다. 나는 그제야 세시오를 끌어안은 팔을 풀었다. 이럴 땐 울어도 될 것 같은데, 그의 눈가는 마냥 건조했다. 난 쓰게 웃었다.

"당신을 동정하려는 건 아니었어. 나는―."

"아니야, 테릴."

내 말을 끊어 내고는, 세시오가 손을 뻗어 손가락을 얽어 왔다.

"나를 동정해 줘."

좀 전의 격랑이 가라앉은 평소대로의 어조.

"나를 가엾이 여겨 줘."

깍지 낀 손을 당겨, 그는 내 손가락 마디마디에 입을 맞추었다.

"그래서 그대가 나를 떠나지 않는다면, 내 옆에 묶어 둘 수 있다면 난 얼마든 지 더 불쌍해질 수 있어."

"세시오."

"나를 떠나지 말아 줘, 영원히."

무어라고도 말할 수 없었다. 되지도 않는 농담인 척 힐난하고 넘기는 것도 이제는 무리였다. 그 말의 무게가 확연히 느껴졌으니까.

그러나 섣불리 그러겠노라 답할 수도 없었다. 왜냐하면.

"그래, 내 과제를 먼저 해결하고 오라는 뜻이지."

쓰게 웃으며, 세시오가 손을 풀어냈다. 빠져나가는 온기가 아쉽다고 생각했 다가, 나는 한숨을 삼켰다.

"그 이야기는 조금 나중에 하고."

"……."

"후작부인의 이야기를 하다가, 갑자기 왜 여기로 온 거야?"

"기회를 놓치지 못하고 그만."

뻔뻔스러운 말에 어이가 없어 웃자, 세시오도 나를 따라 웃었다. 일부러 평 소 분위기를 만든 것 같아, 마음은 좀 이상했지만.

"마음이 그렇다면서 뭘 선택지를 넘기려 그래. 살려야 하잖아."

"강요할 생각은 아니었어. 다만—."

"세시오."

이어지려는 말을 끊고, 나는 세시오의 눈을 똑바로 바라봤다.

"나는 북부에 온 다음부터 원하는 건 한 번도 버린 적이 없었어."

그건 그에게 하는 말이었지만, 동시에 내게 하는 말이기도 했다. 그냥, 그런 기분이 들었다. 아마도 나는 세시오의 손을 놓지는 못할 거라고.

"아무것도 포기하지 마. 내가 그렇게 만들어 줄게."

그렇다면 이외의 문제를 해결해야 했다.

"어디서부터 잘못된 걸까……."

황실 지하 감옥의 하나. 제몬 데이브릭은 철창 안에 갇혀 중얼거렸다.

모든 게 이상했다. 돌바닥에서 올라오는 냉기는 낯설고, 눈앞을 가로막는 쇠창살도 생소하다. 그리고 그것보다도 알 수 없는 건.

"폐하께서 암살당하셨습니다."

"누군가 역모를 꾀했다는 이야깁니다."

"폐하를 살해한 검술이 데이브릭의 것이었습니다."

데이브릭의 검이 황제를 죽였다고? 우리가 반역을 저질렀다고? 말도 안 되는 함정이다. 데이브릭 후작의 말마따나 어떤 바보가, 제 흔적을 고스란히 드러내며 황제를 죽인단 말인가. 일곱 살 난 어린아이가 보더라도 이게 누명임을 알 것이다. 그러나 그걸 알면서도, 제몬은 아무것도 할 수 없었다. 다른 죄도 아니고 반역이다. 그 자리에서 도망치는 데도 실패했고, 바깥에 다른 세력을 키우지도 못했다. 데이브릭 후작은 제몬이 제 손아귀를 벗어나는 걸 싫어했으니까.

"살아남을 순 없겠지."

바로 뒤까지 쫓아온 죽음이 너무도 낯설어, 현실감이 없었다. 하루아침에 왜 일이 이렇게까지 되어 버린 걸까. 그는 멍하니 중얼거렸다.

어머니는 잘 계실까. 지하 감옥을 견뎌 내기 힘드실 텐데. 많이 외롭고 무서우실 텐데. 곁에 있어 드려야 하는데. 걱정을 쏟아 내다가 문득, 다른 얼굴도 떠올랐다.

"테릴은 잘 도망쳤을까."

그녀가 사라지던 뒷모습이 생각났다. 검을 한 번 휘둘러, 눈 폭풍을 만들고는 자연스럽게 세시오를 데리고 사라지던 그 흔적이. 하기야, 황실 기사들의 수준으로 마스터를 잡을 수 있을 리도 없었지만. 테릴이 리한이라는 걸, 제몬은 그때 처음으로 실감했다. 그 기세를 몇 번 몸으로 받은 적이 있었으나, 그토록 분명하진 않았다. 그게 새삼 놀랍지는 않았다. 그의 머릿속에 있는 테릴과 리한은 몹시도 잘 어울렸으니까.

그보다 신경 쓰이는 건, 그녀가 그 위급한 와중에도 세시오를 잡아끌었다는 사실이었다. 이런 상황에서도 한 번씩 떠오르고 말 만큼, 그게 몹시도 눈에 거슬렸다.

"젠장."

실소하며, 제몬은 고개를 푹 꺾었다. 그래, 제몬 스스로가 생각해도 저는 후계 감이 아니었다. 테릴의 보복이 아니었다고 해도, 소후작 자리를 빼앗기는 건 어쩌면 예정된 일일지도 모른다. 그는 양손으로 제 얼굴을 몇 번이나 쓸어내렸다.

돌연, 발걸음 소리가 났다. 기척을 숨길 생각도 없이, 느긋하게 울려 퍼지는 소리와 돌바닥을 툭툭 건드리는 지팡이 소리.

제몬은 퍼뜩 고개를 들고 경계심을 곤두세웠다. 그리고 머잖아, 소리의 주인이 제몬의 앞에 멈추어 섰다.

"꼴이 말이 아니게 됐군."

타니타르 공작이었다. 제몬 데이브릭은 상대를 경계하며, 느리게 몸을 일으켰다. 그의 두 눈에는 진한 적대심이 어려 있었다. 누군가 데이브릭에 반역죄를 뒤집어씌웠다면, 가장 가능성이 큰 건, 이 사내였으니까.

"오랜만이네, 데이브릭 소후작. 이런, 그러고 보니 이젠 소후작이 아니었던가."

공작의 손짓에, 제몬은 주저하면서도 철창 가까이로 다가갔다.

"……여긴 왜 오셨습니까."

"할 이야기가 있어서 왔지. 그런데 그 전에."

공작은 불현듯 가져온 케인을 그에게 내찔렀다. 컥, 명치를 찔린 제몬이 괴로운 신음을 토하며 허리를 구부렸다. 고통스러워 보이는 그의 모습에 아랑곳하지 않고, 공작은 지팡이로 제몬의 뒤통수를 찍은 다음 바닥까지 눌러 붙였다.

"이제야 좀 이야기를 할 상황이 된 것 같네."

제몬이 바닥에 붙어 버둥거리는 모습을 내려다보며, 공작이 퍽 온화한 얼굴로 웃었다. 그는 필사적으로 팔을 휘둘러, 제 머리를 내리누른 케인을 쳐냈다. 그러고는 거친 숨을 몰아쉬며, 주저앉은 채로 철창에서 물러났다. 타니타르가 소리 내어 웃음을 터뜨렸다.

"미안하네. 리한 소공작에게 좀 당한 뒤로, 건방진 풋내기를 그냥 보아 넘기기가 힘들어져서."

그러니 두 눈을 곱게 뜨라고. 공작이 제 눈가를 두드리며 하는 말에, 제몬의 눈이 크게 떨렸다. 어느새 그의 눈에는 두려움이 서려 있었다.

"그래도 나는 자네한테 기회를 주러 온 거야."

"기회…… 라고요?"

"제몬 데이브릭. 시간이 지나면 자네는 형장의 이슬로 사라질 거야."

"데이브릭에 누명을 씌워 놓고―."

"그러나 내 손을 잡으면, 자넨 다시 데이브릭 후작이 될 수도 있어."

제몬의 분개는 듣지도 않고, 공작이 악마처럼 속삭였다.

"리한 소공작을 죽여 주기만 한다면 말이야."

이게 얼마만의 수련인지. 성의 연무장에서 검을 휘두르며, 나는 묘한 감상에 젖었다. 별로 수련을 좋아하지는 않았음에도 오래간만이라 그런지, 기분이 퍽 괜찮았다.

"수련을 안 하니까 검이 좀 좋아진 것 같은데."

그러면 검을 더 좋아하기 위해서, 한 몇 년간은 검을 놓는 게 좋지 않을까. 쓸데없는 생각을 하는 동안, 근처에서 익숙한 기척이 났다. 그리넬 경이었다.

"시간이 되었습니다. 소공작님."

"알았어, 갈게."

검을 검집에 되돌리자 그녀가 내게 수건을 건네주었다. 땀을 닦으며, 나는 걸음을 옮겼다.

"바쁘시네요, 아버지도."

연무장을 나서 향한 곳은 리한 공작의 집무실이었다. 아버지는 안경을 쓰고 책상에서 업무를 보고 계셨다. 그는 날 쳐다보지도 않은 채, 서류 하단에 서명하며 말했다.

"앉아서 기다려. 잠시면 되니까."

"이럴 거면 좀 천천히 부르시지."

투덜거리면서도, 나는 순순히 소파에 앉았다. 얼마나 기다려야 할까 싶었으나, 그는 서류를 처리하면서 동시에 입을 열었다.

"소후작씩이나 만들어 줬으면, 넌 거래를 끝낸 거나 마찬가지야."

"무슨 말씀이세요?"

"정 신경 쓰이면, 반역이 확정되기 전에 데이브릭 후작을 죽여라. 그러면 세시온지 사시온지 하는 놈도 후작 취급을 받으며 처형될 테니."

심드렁하게 내뱉은 말에 울컥해, 나는 자리에서 벌떡 일어났다.

"거래를 그만두고 세시오를 타니타르에 떠넘기라고 부르신 거예요?"

"화를 내는군."

그럼 화가 안 나게 생겼나. 기가 막혀 헛웃음을 터뜨리자 아버지가 만년필을 내려놓았다. 집무실에 들어오고 처음으로, 그는 서류에서 눈을 떼 나를 바라보았다.

"저번보다 반응이 격해졌어."

"그야―."

"테릴, 그 놈팡이가 좋으냐?"

찔러보기였나. 입을 꾹 다물자, 아버지가 쯧 혀를 찼다.

"내 딸인데 참, 보는 눈이 바다 밑바닥에 붙어 있구나."

"엄마 닮아서 그런가 보죠."

그런대로 덤덤하던 눈빛에 불길이 일었다. 왜요. 뭐요.

"아, 그래요. 좋아해요. 남녀가 붙어 있으면 좀 좋아할 수도 있지, 그게 문제예요?"

"역시 뜯어 놨어야 했어."

"아버지. 좀 진지하게 우리, 일 얘기부터 하면 안 돼요?"

"웃기지 마. 여기서 더 내버려 두면 어떻게 되는지 내가 모를 것 같으냐?"

"어떻게 되는데요."

"어영부영 일을 다 처리하고 나면 저들끼리 감정에 북받쳐 쭉쭉거리고 결혼 약속을 한 다음, 부모가 반대하든 말든 강행하겠지."

"네?"

"끝까지 안 된다고 말하면, 어디 먼 곳으로 도망가서는 나중에 셋이나 넷이 되어 돌아올 게 뻔해."

지금 무슨 말씀을 하시는 거야. 어처구니가 없어 절로 입이 벌어졌다.

"요즘 연애 소설 보세요?"

"이즈가 권하더군."

"보고 난 감상이란 게 의심과 속박이고요."

나는 크게 한숨을 내쉬며, 삐딱하게 몸을 기울였다.

"왜 아버지한테 이런 얘길 해야 하는지 자괴감이 들지만, 저 세시오한테 고백도 안 했는데요."

"그렇지, 보통 남자 쪽이 먼저 하더군."

"그리고 아직 만나기로 한 것도 아니에요. 해결해야 할 문제도 있고."

"아주 정석적인 전개야."

"아, 아버지! 검에서 손 좀 내려놓으세요!"

말투는 덤덤하면서 손은 왜 검집으로 가는 걸까. 애당초 서류 업무를 보면서 검은 왜 차신 건지도 의문이다. 내가 소리치건 말건, 그는 금방이라도 검을 뽑을 기세였다.

"아시죠? 세시오가 어머니 저주, 고쳐 준 거."

아버지의 손이 검 바로 위에서 주춤했다.

"어머니의 저주가 치유되지 않았으면 많이 힘들었겠죠? 아버지나 저나."

그는 날 뚫어질 것처럼 뜨겁게 노려봤다. 그 눈빛을 보며 나는 안도했다. 다행이야, 은혜도 모르는 짐승은 아니어서.

"……좋아, 말리진 않으마. 이런 상황에서 말리면 더 불타오른다고 하니."

대체 왜 연애 소설에 빠지신 거람, 어울리지도 않게.

"여태 제게 하신 행동이 말린 게 아니라니 놀랍지만, 일단 고마운 말씀이네요."

"헛소리하지 말고 앉아."

책상에서 일어난 아버지가 다가와 내 맞은편에 앉았다. 그제야 나도 도로 소파로 내려갔다.

"그래서. 타니타르를 어쩔 셈이냐."

드디어 일 이야기라니, 반가워서 눈물이 날 것 같네.

"공교롭게도 로잘린느가 세시오의 사람이라서요. 반역으로 엮어 보낼 수 있을 것 같아요."

"유감이지만, 그건 무리야."

"방법도 말하지 않았는데, 무슨."

"2황녀는 지금 손가락 하나 까딱할 수 없으니까."

뭐?

공작저에서와 같은 방식으로, 세시오는 방의 거울과 다른 공간을 연결했다. 성에는 리한 공작이 있었지만, 상황이 급한지라 할 수 없었다. 그리고 처음 들은 소식은, 예상치 못한 말이었다.

"……로잘린느가 독에 당했다고?"

"사지를 쓸 수 없게 되었습니다. 궁 안의 세력은 이미 타니타르에게 점령당

했습니다. 저희 측 세력과도 연락이 되지 않습니다."

"근위기사단과 1기사단까지는 넘어갔다고 봐야겠군."

애당초 귀족파로 똘똘 뭉친 집단이니 이상한 일도 아니었다. 그보다는 타니타르의 경계심이 더 신경 쓰였다. 황궁을 진압하자마자, 로잘린느에게 독을 쓸 줄이야. 그녀가 그의 세력이라는 걸 알아차린 것 같진 않은데, 그녀가 리한을 부를 게 걱정이 됐던 건지.

시비를 걸면서도, 본격적인 빌미를 제공하고 싶지 않다는 모순적인 태도. 거기서 세시오는 공작의 두려움을 읽었다. 테릴에게 누명을 씌우고 싶어 하면서도, 그녀에게 돌아간 건 간접적인 혐의뿐. 타니타르 공작이 반역의 주역으로 지목한 건 데이브릭이었다. 리한을 대놓고 공격했다가, 본격적인 반격이 들어올 걸 무서워한 탓이다. 그렇기에 세시오는 테릴의 염려와 달리 공작이 내전까지 감행할리는 없다고 생각했다. 그렇게 벌벌거리면서, 리한을 치기도 전에 일을 벌인 건 이해할 수 없었지만.

"황궁의 상황을 확인하실 순 없습니까?"

"유감이지만 보이지 않아."

황실 기사들에게 쫓겨, 북부로 도망 오면서 그는 이미 몇 번이나 그쪽의 동태를 살피려 애썼다. 그러나 천리안을 쓰더라도 황궁 내부의 일은 전혀 볼 수 없었다. 그 이유는 알고 있었다. 세시오의 힘으로 엿볼 수 없을 만큼 강대한 마나가 뭉쳐 있는 것이다. 리한은 개개인의 힘이 출중해서, 신의 힘으로 엿볼 수 없다. 하나 그보다 덜한 힘이 여럿 뭉쳐 있는 장소도 마찬가지다.

타니타르 공작저가 점점 보이지 않게 되면서, 알게 된 사실이었지만. 처음에는 그 저택을 보기 버거운 정도였으나, 시간이 지나면서 점점 보이는 광경이 흐려졌다. 그리고 극히 최근에는 아예 볼 수 없게 되었다.

"뭘 꾸미고 있는 걸까."

저주, 흑마법, 독. 타니타르가 관심을 둔 분야들이 차례로 떠올랐다. 개중 뭔지는 모르겠으나, 장소에 밀집된 마나는 점점 많아졌다. 30년 전, 리한에 의해 반란이 저지당했으니, 아마도 리한을 잡을 만한 수단일 것이다.

바로 떠오르는 것은 최상급 저주였으나, 세시오는 고개를 저었다. 수준급의 마법사를 몇십 년이나 저주에만 몰두시켜야 가능하다. 정신이 제대로 박혀 있다면, 그런 비효율적인 일을 벌일 리 없었다. 그 외에는 짐작 가는 것도 없었으나.

약간의 불길함을 느끼고, 세시오가 주먹을 움켜쥐었다. 무슨 수를 쓰더라도, 테릴이 당할 리는 없겠지만.

"임시 즉위식이 사흘 뒤로 예정되어 있다고 합니다."

"손가락 하나 까딱하지 못하는 황제라……. 한낱 귀족가의 가주보다도 관대하시군."

누구도 로잘린느의 상태를 언급하지 못할 테니, 가능한 이야기겠지만.

"당장 해독해 주는 게 옳다고 생각하나?"

"2황녀 전하께는 24시간 감시인이 붙어 있습니다. 지금 상황에서 치료하시면, 무언가 눈치챌지 모릅니다."

맞는 이야기였다. 그가 황족임을 모르지도 않으니, 언령을 의심할 여지는 최대한 주지 않는 게 나았다. 그녀를 당장 죽이지는 않을 테니, 나중에라도 치료할 수 있겠지. 그래도 혹시 몰라, 세시오는 한 번 로잘린느가 살아남기를 언령으로 바라 주었다.

"데이브릭 후작을 살해하라던 명은 일시적으로 보류해 두고 오소리단은 황궁 근처에 대기시켰습니다."

그러고 보니 전에 그런 걸 지시했었지.

"그래야지, 이 시점에 그자를 죽여봐야 얻을 건 누명밖에 없으니."

세시오는 성의 없이 고개를 끄덕였다. 적어도 이것만큼은 잘된 일이었다. 테릴과 제대로 이야기하기 전에, 거래가 끝나는 건 원하지 않았으니까.

"계획은 수정하셔야 할 것 같습니다."

"그래. 지금 같은 상황에서 황궁을 습격해 장악하는 게 가능할 린 없겠지."

성문을 닫아 타 지역의 군사가 들어오지 못하게 버티면서 속전속결로 황궁을 점령. 언령을 증거로 제가 황족임을 공표하는 게 당초의 계획이었다. 그 때문에 세시오가 포섭한 세력도 거의 수도에 집중돼 있었다.

근위기사단과 황실 1기사단은 고위 귀족을 중심으로 돌아가니 포기하고, 그들을 견제해 줄 2기사단과 3기사단을 설득했다.

로잘린느의 역할은 황궁 내의 동태를 살피고, 언령이 황족의 것임을 증언하는 데까지였다. 그러니 그녀가 없어도 크게 문제가 되진 않겠지만, 상황 자체는 골치 아팠다.

지금 같은 상황에서 기습적인 습격으로 황궁을 장악하는 건 불가능하다. 정말 언령을 써서, 사람들을 다 현혹하지 않는 한은.

"……당분간 동태를 살피도록."

세시오는 짤막이 말하고 파넬로를 돌려보냈다.

어쩌면 대계는 더 간단해졌을지도 모른다. 테릴을 도와 타니타르를 몰아낸 다음, 비어 버린 황궁을 차지하면 그만이다. 다만, 그러고 싶지 않은 게 문제였지만.

"당신이 황제가 되지 않고도 그 일을 수습할 방법이든."

"아니면 내가 모든 걸 팽개칠 만큼 당신을 좋아하게 될 방법이든."

수하가 사라진 거울을, 그는 한참이나 바라보았다.

"그러니 로잘린느의 요청으로 반역을 진압하러 왔다고 말하면, 황족사칭죄를 뒤집어쓰게 될 거다."

그렇겠지. 손가락 하나 까딱할 수 없는 사람이 뭘 요청한단 말인가. 구태여 세시오가 통신구를 건드리지 않아도, 불가능한 방식이었다. 타니타르는 내 생각보다 조금 더 철저했다. 패배한 기분이라, 나는 앉은 자세를 삐딱하게 흩뜨리고 허공을 노려봤다.

"세상살이가 쉽지 않네요."

이것도 안 되고 저것도 안 되고. 생각하는 족족 벽에 가로막히니, 차라리 그 벽을 부숴 버리고 싶었다. 이젠 정말, 공작을 죽이는 것밖에 생각나지 않는다.

계속 타니타르 생각을 하다 보니, 문득 지난 일이 떠올라 나는 지나가는 말로 물었다.

"참. 아버지, 성의 세작은 잡으셨어요?"

"아직."

"……농담이시죠?"

아직도 못 하셨다고? 믿기지 않는 말에, 나는 흘러내린 몸을 벌떡 일으키고 아버지를 바라봤다. 내 반응이 불쾌한지 아버지가 눈가를 찡그렸다.

"거의 다 잡았지만, 시녀 중에 하나가 섞여 있는 모양이다."

"시녀요?"

"몇십 년 전, 시녀가 물갈이될 때 끼어든 모양이야. 오래됐으니, 분간하기도 쉽지 않더군."

"그렇네요. 아버지가 폐인이 됐을 때부터 씨를 뿌렸다고 했죠."

그런 것치고는 북부에서 별로 얻은 것도 없으면서, 성가시게 한다. 짜증이 치솟아, 나는 눈가를 양껏 찡그렸다. 내 반응에 동조받았다고 생각한 걸까, 아버지의 목소리가 조금 밝아졌다.

"생각 같아선 전부 족치고 싶지만, 네 어머니가 반대하는 바람에 참았지. 신경 쓰이거든 이즈를 좀 설득해라."

"지금의 악명이 부족하세요?"

"내가 그깟 평판 따위를 신경 써야겠나."

"아버지 식으로 설득하자면, 시녀들 다 죽인 다음 새 사람은 어디서 구해 오실 건데요. 또 수도에 도움 요청하시려고요?"

그러면 타니타르에서 옳다구나, 세작을 왕창 밀어 넣을 텐데. 밀정을 늘리는 재민가. 내 말에, 아버지가 눈썹을 까딱 움직였다. 역시 아무 생각 없이 하신 말씀이 분명하다.

"그쪽은 제가 알아서 해 볼게요."

"그 놈팡이의 힘을 빌리려고?"

"적어도 아버지보단 유능하잖아요."

"그래, 계속 그런 식으로 말해 봐. 그놈이 어떤 최후를 맞을지, 벌써부터 궁금하구나."

"……농담이잖아요, 진짜."

"난 농담 아니다."

뭔 말을 못 하게 해. 딸이 좋아하는 사람을 인질 삼는 아버지라니, 역시 어머니께 이르는 게 좋겠다. 속으로 꿍꿍이를 세우며, 나는 말을 돌렸다.

"생일 선물로 이상한 걸 보내 주셨더라고요."

"아아."

별생각 없이 꺼낸 말인데, 아버지는 의미심장하게 웃었다. 따로 의도를 담아 보내신 선물인가. 받을 때는 별 기괴한 걸 다 보내셨다고 생각했으나, 나는 다시금 그 물건을 떠올려 보았다. 내가 생일 선물로 받은 건 '도플갱어의 허물'이라는 아티팩트다. 내 시체를 만드는 마법 용품이랬나. 평소에는 검이나 보내던 사람이 왜 그런 걸 줬나 했더니.

"설마 힌트로 보내 주신 거였어요?"

"너무 느려 터진 딸을 위한 어드바이스였지."

죽은 척해서, 타니타르를 방심시키고 반역을 끌어내라는 나름의 조언이었나 보다. 리한을 쳤다는 확신이 없으면, 그는 결코 제가 황제가 되려 들진 않을 테니까. 타니타르 공작이 곰도 아니고.

"제가 죽은 척해 봐야 아버지가 무사하면 무슨 의미가 있는데요."

"그건 네가 알아서 생각해 봐야지."

"예?"

"무슨 짓을 해야 리한의 부녀가 몰살당할까, 궁리해 보라고."

아버지도 죽은 척에 동조해 주겠다는 말이다. 그럼에도 영 회의적이었다. 리한 공작을 죽일 방법이라. 어떤 수작을 부려도, 못 믿을 것 같은데.

잠시 고민하다 나는 한숨을 내쉬었다.

"타니타르의 패라도 남아 있으면 좋겠네요."

그쪽에서 걸어오는 시비에 어울려 주면 속여 넘기기도 쉬울 테니까. 그런 게 있을 리는 없겠지만.

파넬로와 이야기를 마친 뒤, 세시오는 방을 나섰다. 기분 전환 삼아, 잠시 걷고 싶었기 때문이다. 그러나 그는 곧 난감한 상황에 맞닥뜨렸다.

"저런 놈이 리한 소공작님의 약혼자라니 인정할 수 없어."

들으란 듯, 노골적인 험담을 듣고 말았으니까.

"누가 아니래."

"수도 사람을 왜 만나시는 거지? 그걸 허락하신 각하도 이해할 수 없어."

"북부에 신관이 없는 것도 아닌데, 굳이 성자를 데려올 필요가 있나?"

"그분의 짝이라면 좀 더 강하고 튼튼하고, 소공작님께도 좀 더 공손한 사람이 필요해."

"그래도 얼굴은…… 괜찮지 않아? 저렇게 잘생긴 사람은 처음—."

"헤리엇!"

그는 인간의 적대감에 익숙했으나 이런 식의 뒷말을 듣긴 처음이었다. 북부의 귀족들로 보이는 남녀가 한데 뭉쳐, 세시오를 질시 어린 눈으로 노려보고 있었다. 성애적인 질투라면 그도 반응을 보였겠지만 테릴을 동경하는 이들로 보였다.

그냥 못 본 척 지나가면 될까. 세시오가 막 움직이려는 때.

"손님 앞에서 이 무슨 무례들이죠."

차가운 목소리가 쑥덕거림을 헤집어 놓았다. 리한 공작부인이었다.

"고, 공작부인!"

"가만히 보고 있으니, 내버려 두면 공자의 면전에서 험담을 쏟겠네요."

"저희는 그런 게 아니라……!"

"미안하지만 변명을 듣고 싶진 않아요. 물러가세요. 아, 그런데."

무리는 기죽은 얼굴로 떠나려다, 공작부인의 말에 걸음을 멈추었다.

"설마 리한 공작성에서 소공작의 약혼자를 험담하고 사과도 하지 않으려는 건 아니겠죠?"

서릿발 같은 목소리에 움찔한 이들이 세시오에게 다가왔다. 깊이 허리 숙여 사과하는 모습에서 수치나 굴욕감보다는 다급함이 느껴졌다.

"앞으로 언행에 주의하는 게 좋겠군요."

그들이 허겁지겁 자리를 떠나자, 공작부인의 표정이 풀어졌다. 차게 굳었던 얼굴에는, 전처럼 온화한 기운이 감돌았다. 몹시도 극명한 대비였다.

"미안해요, 세시오 공자. 본의 아니게 험한 소리를 듣게 했네요."

그녀가 세시오에게 걸음을 내디디며 말했다. 그는 당황하며 그녀의 말에 답하려 했으나, 보는 눈이 많아 입을 열 수 없었다. 누가 말을 걸어올 줄도 몰랐기에 수첩도 챙겨 오지 않았는데.

당황한 세시오를 보고, 공작부인이 주위를 물렸다. 사용인들은 한 마디 반문 없이, 그녀의 말을 따라 멀어졌다.

"이제는 말할 수 있나요?"

"……배려에 감사드립니다."

"고맙다고 말해야 할 건 이쪽이죠."

이즐릿 리한이 빙긋이 미소 지었다.

"저번엔 많이 피곤해서 제대로 인사도 못 했네요. 저주를 풀어 줘서 고마워요."

"그저 조그만—."

"어머. 지금 제 목숨을 조그맣다고 말하는 건가요?"

"아니요, 그게…… 죄송합니다."

"놀리려던 건 아니었어요. 전 다만 공자가 스스로 한 일을 깎아내리지 않았으면 해요."

웃음기 어린 말에 어떻게 반응하지도 못하고 세시오는 고개를 끄덕였다. 왜인지 모르게 공작보다, 공작부인이 더 어렵게 느껴졌다.

"말씀 편하게 하십시오, 공작부인."

"공자가 절 어려워하는데, 저만 편할 수는 없죠. 지금은 편안함보다는 어려움이 필요한 때잖아요."

"……."

"테릴을 좋아하지요?"

"……예."

"다행이에요. 혹 리한을 이용하려는 건 아닐까 걱정했거든요."

그녀를 좋아하냐는 물음에 답했을 뿐인데, 이용할 생각이 아니라고 어떻게 확신하는 걸까. 이해할 수가 없어 세시오는 눈을 깜박였다.

의아하다는 반응은 아랑곳하지 않고 공작부인이 말을 이어 갔다.

"그 애는 사람 보는 눈이 좀 나빠요. 바로 전에 만나던 아이도 정말 이상한 사람이었거든요."

명백히 제몬 데이브릭을 겨냥하는 말에, 세시오의 얼굴이 묘하게 변했다.

"감도 좋고, 실력도 있어서 딱히 걱정되진 않지만, 그것만은 염려스럽네요."

아니, 한 가지가 더 있지. 공작부인이 고개를 저으며 말을 덧붙였다.

"제 아버지를 너무 닮았어요. 그게 나쁜 건 아니지만, 그 애도 실수로 수십 년을 잃어버릴까, 겁이 나서요."

세시오는 리한 공작부부에게 무슨 일이 있었나 내막을 다 알지는 못했다. 하나 어렴풋이 짐작할 수는 있었다. 테릴이 내내 윈터글라스로 살다가 최근에야 생부를 찾았다는 건 그도 아는 이야기니까. 공작은 상당한 애처가로 보였으니, 무언가 오해가 있던 모양이다. 수십 년에 걸친 깊고 장대한 골이 무얼지는 모르겠지만.

"그러니 테릴을 좋아하는 마음이 남아 있는 동안은, 그 애를 오해하지 말아 줘요."

"……저를 어떻게 믿으십니까."

"딸애와 달리 저는 사람 보는 눈이 괜찮아요. 라셰드도 마찬가지고요."

"……."

"정말 공자가 나쁘게 보였으면, 라셰드는 뒷일 생각하지 않고 일을 저질렀을 거예요."

그녀는 퍽 장난스럽게 손끝으로 목을 그었다. 그러나 리한 공작을 거론한 상황이기에, 세시오는 그 말을 조금도 농담으로 받아들일 수 없었다.

"설사 좋지 않은 맘을 먹었다면, 공자가 제일 크게 다칠 거예요. 그러니 릴리에게 잘해야 해요."

"받아 주기만 한다면요."

"……어머. 아직, 연인 사이가 아니었어요?"

그 말이 세시오의 가슴에 아프게 틀어박혔다. 공작부인이 진심으로 당황한 것 같아, 더 마음이 쓰렸다.

"미안해요, 나는 그냥……."

그때, 열린 창 사이로 차가운 바람이 들이닥쳤다. 수도 역시도 겨울이었으나, 북부의 냉풍은 칼날처럼 날카로웠다. 그녀가 숄을 단단히 여미며 인상을 찡그렸다. 낯빛이 좋지 않았다.

"괜찮으십니까?"

"감기 기운이 좀 있어 그래요. 북부의 추위는 험난하잖아요. 그런 것치고 공자는 아무렇지 않아 보이지만."

"그건……."

세시오는 약간 망설이다가 말했다.

"바람이, 불지 않는 게 좋겠군요."

그 말에 사납게 불어 닥치던 바람이 맥없이 흩어졌다. 언령을 처음 본 이즐릿이 눈을 동그랗게 떴다가, 곧 웃음을 터뜨렸다. 그녀는 세시오의 머리를 쓰다듬으며 말했다.

"친절하기도 하지, 고마워요."

머리에서 느껴지는 온기에, 그는 돌처럼 굳어 아무 말도 하지 못했다. 역시 세시오에게는 공작보다 공작부인이 더 어려웠다.

수도, 그레텔 공작저. 롭티나 그레텔은 공작의 집무실로 향하던 중이었다.

문틈 새로 흘러나온 말을 듣고, 그녀가 중얼거렸다.

"반란?"

그 한 마디 말에, 집무실의 문이 벌컥 열렸다. 안에 있던 사람은 그레텔 공작과 소공작인 아드윈이었다.

"언제 온 게냐, 로비. 노크도 없이."

롭티나를 발견하고, 공작은 조금 눈가를 찡그렸고 아드윈은 대놓고 얼굴을 일그러뜨렸다.

"오다니요? 전 집무실에 갈 생각 없어요."

"그럼……."

"역사 공부를 하라고 하셨잖아요. 큰맘 먹고 서재에 가려던 길인데!"

롭티나가 부루퉁하게 뺨을 부풀렸다. 그 모습에 그레텔 공작이 머쓱하게 웃었다.

"미안하구나. 잠시 예민해져서."

"근데 반란이라니 무슨 얘기예요? 누가 폐하한테 침이라도 뱉었나요?"

"관심 두지 말고 꺼져, 롭티나. 네가 낄 자리가 아니야."

"아드윈!"

공작이 엄숙한 목소리로 아드윈을 꾸짖었다. 롭티나의 술주정뱅이 오라비

158

는 여전히 그녀가 마땅치 않은 듯했지만, 더 험한 말을 쏟지는 못했다.

"이리 오렴, 아가. 네가 아예 연관이 없는 일도 아니니."

"아버지, 하지만!"

"로비에게도 말해 두어야 한다. 이 아이의 약혼자가 누군지 벌써 잊었느냐?"

입을 꾹 다물고 아드윈이 바닥을 노려봤다. 서른이 다 된 가문의 후계가 저 모양이라니, 롭티나는 혀를 차고 싶은 걸 겨우 참았다.

그녀는 집무실로 들어가 공작의 뺨에 입을 맞추었다. 그러고는 그가 앉은 소파 옆자리를 비집고 앉았다.

"그런데 제 약혼자면 젬젬이요? 젬젬이 또 사고 쳤어요?"

"사고는…… 다른 쪽이 쳤지."

다정하게 롭티나의 머리를 쓰다듬으며, 그레텔 공작이 말했다.

"데이브릭에서 반역을 일으켰다."

그녀가 얕게 숨을 들이켰다. 겉으로는 처음 듣는 척하나, 롭티나가 정말로 그 소식을 전해 듣지 못한 건 아니었다. 다만 그녀는 이번 일에 대한 그레텔 공작의 생각을 알고 싶었다.

데이브릭에서 반역을 일으켰다? 그건 타니타르가 공표한 말에 불과했다. 그레텔 공작이 그 진상을 추측하지 못할 리도 없을 텐데. 순진한 자식이 애먼 소리를 하고 돌아다닐까 거짓말을 한 걸까. 아니면, 데이브릭이 반역을 일으켰다는 타니타르의 말에 동조하려는 걸까.

롭티나의 머리가 팽팽하게 돌아갔다. 그러면서도 겉으로는 평소대로의 모습을 연기했다.

"네에? 거짓말! 폐하랑 사이좋았잖아요!"

"멍청하기는."

"아드윈!"

"······알았어요."

"사이가 좋았다고, 영원히 함께 갈 수는 없는 법이란다."

"그럼 타니타르는요? 타니타르도 반역을 일으킨 거예요?"

공작의 얼굴에 약간의 경계가 떠올랐다. 그 기색을 읽고 롭티나가 자연스럽게 말을 덧붙였다.

"타니타르는 데이브릭의 친구라면서요?"

두 세력이 갑자기 결탁했을 때, 그레텔 공작이 지나가듯 한 말이었다. 그 말에 그가 경계심을 누그러뜨렸다.

"그걸 여태 기억하고 있었구나."

"젬젬이 계속 떠들잖아요. 저도 별로 기억하고 싶지 않았어요."

툴툴거리는 말에 의심을 다 지우고, 공작이 인자하게 웃었다.

"타니타르 공작도 데이브릭에 속았던 거지."

"아······."

"원래 정치판이란 게 그래. 무섭고 잔인하단다. 그러니 로비, 앞으로도 그쪽에는 관심을 두지 말거라."

"그러면 저는 이제 어떡해요? 저도 잡혀가나요?"

"그러니 천운이지. 네가 아직 그치와 결혼하지 않았으니, 두려운 일은 아무것도 없다."

"파혼하는 거예요?"

"그래. 걱정하지 말거라, 아가. 네겐 아무 일도 없을 테니."

"······젬젬은요?"

"그놈도 널 속여 넘긴 데이브릭에 불과해. 신경 쓰지 말거라. 이 아비가 좋은 놈으로 다시 골라 줄 테니."

그렇게 말하며 그레텔 공작이 롭티나를 품에 안고는 등을 다독였다. 부친에게 안겨 보이지 않았으나, 그녀의 눈이 차갑게 가라앉았다.

타니타르가 속았다니, 그럴 리가. 최근 심약해진 티를 내시더니 그녀의 아버지는 기어이 잘못된 길을 고른 모양이다.

"그 판단, 끝까지 고수하면 좋겠네요."
"타니타르 말이에요."
"반역을 하지 않더라도 오래가긴 글렀어요."

테릴의 말을 떠올리며, 그녀는 눈을 빛냈다. 아무래도 자연스럽게 작위를 계승할 수는 없을 것 같다.

그녀는 사랑하는 아버지를 힘껏 끌어안았다.

급하게 수도를 떠나오면서 다른 짐은 거의 두고 왔다. 그러나 세시오가 준 원거리 통신구는, 내 품에 고이 잠들어 있었다. 그에게 선물을 받자마자 후작저로 향했으니 당연했지만.

나는 그 통신구의 마나를 공작성의 것과 연결하고 있었다. 사전 작업을 거치지 않으면, 통신 규모가 크더라도 사용할 수 없을 테니까. 긴요한 일이 있어도, 이제 제때 대응할 수 있을 것이다.

작업을 막 마쳤을 무렵, 기사 하나가 도착했다.

"회수해 왔습니다."

수도 공작저에 다녀오라고 지시를 받은 이였다. 그는 내게 상자 두 개를 내밀었다. 하나는 도플갱어의 허물이고, 다른 하나는 세시오의 생일 선물로 준비한 것이었다.

"수도 분위기는 어때."

"완전히 타니타르에게 넘어갔습니다. 리한 공작저도 황실 기사들이 점령하고 있었습니다."

"용케 가져왔네."

"수준이 대단한 기사는 없었습니다."

원래부터 수도에서 황제 행세를 하던 사람이니 어쩔 수 없나.

"군사들의 움직임은—."

"내전을 염려하시는 거라면, 그런 일은 없을 겁니다."

타인의 목소리가 내 말을 끊고 끼어들었다. 문가를 돌아보자 외알 안경을 쓴 사내가 보였다. 아버지의 보좌관인 대닐 론타르였다.

"오랜만이에요, 론타르 백작님. 성에 와서도 안 보이시던데."

"잠시 휴가를 다녀왔거든요. 오랜만에 뵙습니다, 돌아오라는 말은 귓등으로도 듣지 않는 소공작님."

뒤끝이 서린 말이었으나, 좀체 알아들을 수가 없었다. 무슨 소리야. 눈을 깜박이자 그가 한숨을 내쉬었다.

"공작부인이 저주에 당하셨다는 서신을 보냈을 때, 함께 적어 보내지 않았습니까."

"네?"

"긴요한 용무가 없으시다면, 되도록 복귀를 서둘러 주십시오."

그렇게까지 말하자 흐리멍덩하게나마 떠올랐다. 염두에도 두고 있지 않은 선택지라 까맣게 잊고 있었는데.

"됐습니다. 그 핏줄의 고집을 모르는 것도 아니니."

그는 손짓해 기사를 내보내고 내 맞은편에 앉았다.

"내전을 염려하지 않아도 된다는 건 무슨 소리예요?"

"30년 전, 반역 사건에 대해 들으셨습니까?"

"뭐, 네."

"반역을 진압한 세력이 공작 전하 한 분이셨다는 것도요?"

반역을 진압하는 건 리한의 의무이니, 당연히 단독 세력으로 해결해야 하는 게 아닌가. 의아함에 눈가를 찡그리다가, 나는 멈칫했다.

아니, 잠깐만. 공작 전하 '한 분'?

"아버지가…… 혼자서 가셨다고요? 그러니까 다른 기사나 병사도 하나 없이 혼자?"

"그러지 말라고, 애타게 조언을 드렸는데도 제 말은 들은 척도 않고 떠나시더군요."

"허……."

기가 막혀, 잠시 아무런 말도 나오지 않았다. 혼자서 반역을 진압했다고?

"좀 지나치지 않아요?"

"그러게 말입니다. 번거롭다는 이유로 수하들을 다 팽개치고 가는 군주가 어디 있다는 말입니까."

"아니요. 인성 면 말고요."

"예? 전하께서 지나친 건 인성밖에 없습니다만."

"무슨 고전 영웅 소설에나 나올 법한 일화잖아요."

"흐음. 역대 공작 전하께서 종종 소설의 모티브가 되긴 하셨죠. 주로 세계를 멸망시키려는 악당 쪽이었지만."

론타르 백작의 천연덕스러운 답에 한층 더 어이가 없었다. 그 사실이 비현실적으로 느껴지는 건 나뿐인가.

"소공작님께서도 머잖아 가능하실 겁니다."

"……아니, 바라지도 않으니 북돋아 줄 것 없어요."

"아무튼 말입니다. 혼자 몸으로도 황실 기사를 모조리 진압한 사람이 수장으로 있는 곳인데, 어떤 바보가 내전을 일으키려 하겠습니까."

"말씀하신 대로면 그렇죠. 내전까지 가지는 않겠네요."

타니타르도 반 토막 난 제국을 갖고 싶은 건 아닐 테니까. 안도가 되는 소식이었으나 그 이유라는 게 얼토당토않아서 계속 실소가 터졌다. 토끼가 사는 곳에 호랑이를 풀어놓은 것 아닌가.

"그러니 저도 두 분께서 죽은 척을 해 타니타르를 방심시키는 게 옳다고 생각합니다."

"방금 그런 말을 하서 놓고요? 위장을 하려고 해도, 아버지를 죽일 수난이 있어야 할 수 있는 거잖아요."

"글쎄요. 독…… 은 안 되겠고 폭탄……. 마법……. 음, 지하에 잠든 드래곤이 깨어났다거나."

"드래곤이란 게 실존하긴 해요?"

"초대 공작 전하께서 드래곤이셨다는 소문이 있긴 합니다."

"건국 설화 같은 이야기하지 마시고요."

내 타박에, 그는 조금 진지해졌다. 아주 살짝만.

"최상급 저주라도 있으면, 뭐 가능할 수도 있을 듯한 그런 기분이 드는 것 같기도 하네요."

"그렇게까지 모호하게 말할 거면, 그냥 말씀하지 마세요."

"현실적으로 생각하면, 타니타르 공작이 2황녀를 죽였다고 반역의 죄라도 뒤집어씌우시죠."

"2황녀가 죽어야 가능한 이야기잖아요."

"그분과 따로 친분이 있습니까?"

164

나는 없다. 다만 그녀가 세시오의 수하라는 게 신경 쓰일 뿐. 대의를 위해 죽으라고, 부하를 버리면 데이브릭 후작과 뭐가 다르단 말인가.

"표정 보니 없으신 것 같네요. 그럼 일단 죽인 다음에 누명을—."

"사실 지금, 아무 생각 없으시죠?"

론타르 백작은 눈을 한 번 깜박이더니 멋쩍게 웃었다. 그래, 입에서 나오는 대로 아무렇게나 내뱉는 것 같더라니. 하나 그의 웃음은 곧 흩어졌다.

"죄송합니다, 소공작님. 사실 그쪽보다 더 중요한 문제를 논의드리러 왔습니다."

이번에는 더할 나위 없이 진지한 얼굴이다. 한순간에 급변한 표정이 조금 당혹스러웠지만, 이 사람이 이러는 게 처음도 아니었다. 성에서 지내는 동안 몇 번, 본 적이 있었으니까. 설마 다른 문제라도 생긴 걸까?

"말씀하세요."

"그 공자와 결혼하는 건 다시 한번, 생각을—."

나는 그 말을 듣지도 않고 일어났다. 걸어 다니는 시간 낭비 같으니.

"내가 북부로 아예 온 것도 아니고 한가한 것도 아닌데, 다들 왜 이렇게 눈치가 없지?"

나는 세시오를 앞에 앉혀 두고 투덜거리고 있었다. 그 대상은 산처럼 쌓인 초대장이었다. 내가 성에 들어오자마자 쏟아지기 시작해서, 이제는 다 태우기도 곤란할 지경이 되었다. 숫자로는 수도 귀족의 반절도 못 채우면서, 그 양이 세 배는 되는 것 같다.

"수도 황실에선 역모니 뭐니, 날 잡으려고 그렇게 시끄러운데 북부 사람은 왜 이렇게들 태평하냐고."

"보고 싶은 사람이 있다면 다녀와도 괜찮지 않나."

"그런 사람도 없거니와 이런 때에?"

"아직 시간적 여유가 있잖아."

"무슨 소리야. 내전이 일어나기 전에……."

나는 말끝을 흐리고 입을 다물었다. 론타르 백작의 말대로라면 내전이 일어
날 가능성은 적었으니까. 그렇더라도 마냥 시간을 죽이고 있을 수만도 없으니,
결론은 같다.

"2황녀가 즉위하면 바로 갈 거야."

세시오가 어깨를 으쓱이며 말했다.

"유감이지만, 로잘린느를 이용하긴 힘들 거야."

"나도 들었어, 손가락 하나 까딱할 수 없다고. 당신은 천리안으로 본 거야?"

"아니, 그쪽은 보기 힘들어졌어."

"뭐?"

"전에도 말했지만, 신성력과 마나는 상극이라서 말이야. 뭘 준비하는지는 몰
라도, 마나 밀집도가 너무 올라갔어."

타니타르에서 뭔가 계획하고 있는 건가. 조금 찝찝해지는 말이었다.

"그럼 어떻게 알았어."

"내 쪽에서는 먼저 연락할 수단이 있다고 하지 않았나."

"아. 그래도 그쯤엔 움직여야 해. 날치기 식으로 타니타르 소공작과 로잘린
느를 혼인시켰다나 봐."

2황녀가 황제로 등극하게 되면, 제국법상 다음 계승 순위는 타니타르 소공
작에게 돌아간다. 템그리아 역사상, 황실이 바뀐 적은 한 번도 없었으나 지금
상황에 타니타르를 저지할 사람은 없었으니까.

그나마 믿을 구석이라고는, 타니타르 공작 본인의 욕심뿐이다. 아들을 황제로 만들면, 공작에게 계승 순위가 돌아올 일은 없다. 그러니 가능하면, 그는 리한을 치고 직접 황제가 되려 할 것이다.

"다른 일은 되도록 빨리 정리해야 해. 그래서 말인데 부탁이 있어, 세시오."

금방 수도로 떠날 예정이었지만, 처리할 건 해야 했다. 아버지가 말한 '죽은 척'을 쓸 여건은 안 될 것 같지만, 성에 세작을 내버려 둘 수도 없으니까.

나는 세시오에게 그런 사정을 이야기하며 마지막 밀정을 찾아 달라고 말했다. 그러자.

"맨입으로?"

웃으며 하는 말에, 말문이 턱 막혔다. 후작부인을 도와주는 걸로는 부족하단 말인가. 나는 떨떠름하게 물었다.

"……바라는 거라도 있어?"

"내가 그대에게 왈릿의 멋진 밤하늘을 구경시켜 줬지. 그 답례를 받고 싶은데."

대단치도 않은 요구다. 맥이 풀려, 나는 그를 노려보다가 한숨을 내쉬었다. 마침 세시오와 마무리해야 하는 이야기도 남았으니까, 이 김에 하면 되겠지.

"당신, 바다를 본 적이 없다고 했지?"

이곳의 바다라고 하면 통상적으로 떠올리는, 푸르고 파도가 철썩거리는 그런 형상은 아니었다. 꽝꽝 얼어서 물이라곤 조금도 흐르지 않았으니까. 그래도 민물은 아니니까.

세시오가 내 말에 흥미를 보여서, 나는 그를 데리고 성 밖으로 향했다. 정문 근처에 다다랐을 때였다.

"수도 놈들, 원래 저렇게 끈질긴가?"

"끈질기기는. 마수가 한 번 내려오면 꽁지 빠지게 도망칠걸."

"겨울이라 아쉽기는 처음이네. 그 꼴을 봐줘야 하는데."

기사들이 떠들어대는 소리가 들렸다.

"무슨 일이야, 하비 경. 엘리사 경."

"아, 소공작님! 안녕하십니까! 그리고 세시오 공자님도 안녕하십니까!"

아무 말도 하지 않았는데, 세시오에게도 깍듯하다. 역시 성의 기사들은 수도 사람들과 달리, 사람이 됐다니까. 기운찬 인사에 세시오가 얼떨떨하게 고개를 끄덕였다. 그 모습을 보며, 나는 흐뭇해져 웃었다.

"황실 기사란 놈들이 찾아왔습니다. 반역 용의자니 뭐니 소공작님과 공자님의 신병을 내어 달라고 하더군요."

"벌써 북부까지 왔다니, 근성 있네. 그래서 뭐라고 했는데."

"터무니없는 소리 하지 말라고 엉덩이를 걷어차 줬습니다."

씩씩하게 말하며, 엘리사 경이 헤헤 웃었다. 거리낌이라곤 조금도 없는 표정에, 나도 웃음이 났다.

"그러니 돌아가?"

"어쩌겠습니까. 엉덩이뼈가 부러졌는걸요."

"저런."

"근처 신전을 찾아간 모양이지만, 아마 안 고쳐 줄 겁니다."

그렇겠지. 북부는 신전도 리한의 영역권에 있으니까. 말을 타든, 마차를 타든 단단히 고생하겠다. 안타깝다는 듯 혀를 찼으나 이상하게도 입꼬리가 올라갔다.

"수도 놈들은 염려하지 마십시오! 황실 기사단이 통째로 오더라도 성문을 열어 주진 않을 테니까요."

"든든하네. 그런데 나한테는 좀 열어 줄래, 외출할 거거든."

"여부가 있겠습니까!"

기사들이 양옆으로 길을 트며 외쳤다.

"잘 다녀오십시오!"

바다가 그리 멀진 않았지만, 한가로이 걸어갈 만한 시간이 없었기에 우리는 마차에 올랐다. 창밖으로 보이는 광경이 다 희게 얼어 있어서, 새삼 북부에 온 걸 실감하게 했다.

"북부인들은 기합이 넘치는군."

"처져 있으면 얼어 죽어서."

"그대에게 보이는 충성심도 남다르고."

"리한이 북부에만큼은 잘한단 말이야. 마수도 치워 주고, 식량이 떨어지면 채워 주고."

"부담스럽다고 생각하진 않나?"

아무 생각 없이 대답을 이어 가다가, 나는 고개를 들어 세시오를 쳐다봤다. 그의 목소리는 덤덤했으나, 눈빛은 좀 가라앉아 보였다.

"조건 없는 신뢰니, 존경이니 하는 게 말이야."

"그냥 궁금해서 묻는 거야?"

"내 수하 중에도 그런 사람이 있거든."

"뭐?"

"어릴 적, 아노비스에서 내 언령을 본 적 있는 사람이야. 그 힘에 반해서 성인이 되고는 날 따라 데이브릭까지 왔지."

그 말에, 누구를 말하는지 알 것 같기도 했다. 데이브릭 저택에 있는 세시오의 수하는 한 사람밖에 몰랐으니까.

"이따금 그 맹신에 목이 졸릴 것 같을 때가 있거든."

"당신의 수하가 아니라, 언령의 수하 같은데."

"틀린 말은 아니군."

"나는 별생각 없어. 이제 와서 리한이랑 나를 떼어 놓고 생각할 수도 없고."

이랬으면 어땠을까. 저랬으면 어땠을까. 계속 가정하는 건, 별로 내가 좋아하는 사고방식은 아니었다.

"저 정도는 감당해 줄 수 있으니까."

세시오가 물끄러미 나를 보았다.

"그대는 화이트폴을 많이 사랑하는 모양이야."

"그런가?"

나는 고개를 기우뚱 기울이다가, 무심코 창밖을 내다보았다. 보이는 곳 전체가 화이트폴이었다. 세시오의 말을 들은 직후, 그 너른 땅을 바라보니 가슴께에 이상한 충족감이 차올랐다. 전에는 확실히 할 수 없는 말이었지만.

"그러네."

창밖으로 스치는 광경을 보며 나는 웃었다. 이제는 단정 지어 말할 수 있을 것 같았다.

오래지 않아 마차는 바다의 앞에 도착했다. 어딜 가나 화이트폴의 색채는 비슷했지만, 그럼에도 이곳은 좀 달랐다. 주위에 건축물이 없기 때문일까, 멀리 보이는 수평선에 가슴이 탁 트이는 기분이 들었다. 바다는 꽝꽝 얼어 있었지만. 한여름에도 잘 녹지 않는 땅이니 어쩔 수 없지.

나는 세시오를 돌아보며 멋쩍게 웃었다.

"예상한 것과는 좀 다른 광경이지?"

"왈릿에서 그대가 이미 말해 주지 않았나. 북부의 바다는 다 얼어 있어서 뱃놀이를 하려면 멀리까지 가야 한다고."

"기억력 좋네. 실망하지 않아서 다행이야."

"실망할 리가 없지."

그는 옅게 미소 짓고는, 바다를 향해 몇 걸음 걸어갔다.

"멋지군."

그 말에 어린 감탄은 진심이라 나는 또다시 뿌듯해졌다. 그래, 파도가 철썩이는 바다만 바다인 건 아니지.

나는 그를 잡아끌고 얼어붙은 물 위로 향했다. 표면 전체가 두껍게 얼어 있기에, 이번에는 암살자가 튀어나올 염려도 없었다. 미끌미끌한 얼음길을 밟아 나아가다 보니, 왈릿에서의 일이 떠올랐다. 그때는 북부를 떠올리며 향수를 느꼈는데 이제는 또 반대군.

오늘도 거의 저물어 가고 있기에, 해가 지며 세상에 붉은 그림자를 드리웠다. 의도한 건 아니었으나, 딱 좋은 타이밍이었다. 한 폭의 예술작품 같은 그림에, 나는 웃으며 세시오를 돌아보았다. 순간, 가슴이 덜그럭거렸다.

타고난 색채가 옅은 탓일까. 그의 온 얼굴은 그대로 석양으로 물들어 있었다. 모래처럼 부드럽게 흩날리는 백금발도. 신이 섬세하게 빚어낸 듯한, 성결한 얼굴도. 옅게 미소가 그려진 입가도. 그리고 나를 보고 있는 황금빛 눈동자도.

"독보적인 외관이란 건, 그 자체만으로 힘이 되네."

나는 멍하니 중얼거리고 말았다. 이런 바보 같은 소릴 진심으로 할 생각은 없었지만, 입 밖에 튀어 나간 이상 어쩔 수 없었다. 세시오는 의아한 듯 눈을 깜박거리다가, 묘하게 웃었다.

"지금 칭찬해 준 건가?"

"노골적으로 되묻지 마. 그런 말을 한 내가 바보 같아지니까."

그가 내 귀를 쳐다보는 모양새로 보아, 아무래도 붉어진 것 같았다. 석양 때문에 빨개진 척해야지.

"그대가 어떤 감상을 느끼더라도, 창피해할 것 없어. 내가 보는 그대의 모습이 더할 테니까."

"……하기야, 당신 그림 속에서 내가 좀 반짝거리긴 하더라."

"뭐?"

"데이브릭 후작저에서 본 그림은 그나마 덜 했지만, 일레인호를 그린 건 심하더라고."

창피함을 감출 겸, 세시오도 놀릴 겸, 나는 과장스럽게 말을 쏟아 냈다.

"배경은 우중충하게 칙칙한데 나 혼자만 번쩍번쩍. 종교화도 그렇겐 안 그릴 거야."

그는 좀 멍한 표정을 지었다가 손등으로 제 입가를 눌렀다. 예상한 반응은 아니었다.

"……왜 그래. 보면 안 되는 그림이었어?"

"아니. 내 그림을 보면서 위화감을 느꼈지만, 확신할 수는 없었거든."

세시오는 입매를 당겨 웃었다. 절반은 그의 손등에 가려진 채였으나, 남은 반쪽의 미소가 어쩐지 기분을 이상하게 만들었다. 가슴께가 간지러웠다.

"아무리 봐도 틀린 데를 잡아낼 수가 없어서 말이야. 그대가 보기에도 그대를 그린 부분만 튀어 보였단 말이지?"

"어…… 당신이 인물화를 그렇게 그리나 보지. 괜찮아, 전문 화가도 아닌데 뭐."

"아니. 다른 사람이 그렇게 보이진 않아. 반면."

그는 한 걸음 다가와 내 앞에 섰다.

"그대는 지금도 그렇게 보이는군."

입가에 떠오른 웃음은 퍽 만족스러워 보였다. 내 얼굴을 빤히 내려다보는 시선을 견디지 못하고 나는 눈을 돌렸으나, 그 눈빛은 어김없이 느껴졌다. 이럴 때 보면, 감각이 예민한 게 좋은 것만은 아닌 듯하다.

그래도 내 입은 아직 살아 있는 채였다.

"아니, 냉정히 말해 그건 석양 때문이지."

"그렇다면 오늘의 일도 그림으로 그려 볼까. 본 대로만 그릴 거야, 약속하지."

"……내가 잘못했으니까 낯간지러운 소리는 그쯤 해 줄래. 익숙하지 않아서."

"아름다운 걸 보여 줬으니, 나도 이제 그 값을 치러야겠군."

"다 좋은 데 내 얼굴을 보면서 말하지는 말아 줘."

완전한 패배 선언에, 세시오가 소리 내어 웃었다. 그러고는 왈릿에서 그랬던 것처럼 바로 앞의 허공을 바라보며 말했다.

"타니타르가 심어 둔 세작을 보고 싶군."

아지랑이가 인 것처럼, 공간이 흔들리더니 곧 누군가 비추어졌다. 화제가 바뀌었다는 점에 안도의 한숨을 내쉬다가, 그 얼굴을 보고 난 쓰게 웃었다.

고동빛 곱슬머리. 콧잔등에 엷게 주근깨가 난 시녀. 익숙한 얼굴이다.

"……레아였군."

"아는 얼굴인가."

"어머니의 전속 시녀 중 하나야. 모리나의 친구였어."

그녀는 어느 방에 들어가 창밖을 내다보고 있었다. 멍한 얼굴은 그저 바깥 구경을 하는 것 같았으나 이따금 눈동자가 위쪽으로 향했다. 그리고 머잖아, 레아가 기다리던 손님이 찾아온 모양이었다. 날쌔게 하늘을 날던 매 한 마리가 돌연 창가로 다가오더니 툭 무언가를 내던지고 사라졌다. 검은 끈으로 묶인 양피지. 서신이었다.

그녀는 주위를 살피더니 빠르게 끈을 풀었다. 안에 적힌 내용은 내게도 보였다.

> 「조만간, 리한 공작이 순찰로 자리를 비울 것이다. 그날이 오면, 마법사를 시켜 최상급 저주를 전달하겠다.
> 사정거리 내에서, 대상을 바라보며 시동어를 읊으면 저주가 발동될 것이다. 혹시 모르니, 반드시 1.5미터 안쪽에서 마법을 시행하도록 하라. 공작을 살해하는 데 성공하면 하늘로 신호탄을 쏘아 올리고 즉시 자결하라.
> 무슨 일이 있어도 신원을 들켜선 안 된다. 결정적인 순간이 오기까지는 절대로 경거망동하지 말아라. 모든 것은 대의를 위하여.
> 서신을 태우는 걸, 절대로 잊지 말 것.」

마지막 줄까지 다 읽어 내린 레아는 곧바로 서신을 말아 쥐었다. 글자를 알아볼 수 없게 종이를 잘게 찢고 그녀는 벽난로에 그 종이 쪼가리 집어넣었다. 시녀가 무거운 얼굴로 몸을 돌렸을 때는, 타니타르에서 보낸 글자는 단 한 자도 남아 있지 않았다.

그때, 누군가 노크를 하고 그녀가 있는 방으로 들어왔다. 방을 청소하러 온 하녀였다. 레아는 평소대로 얼굴 표정을 바꾸고 태연히 자리를 떴다. 문이 닫히는 소리를 마지막으로, 그 형상이 사라졌다.

"무슨 세작이 암호도 없이, 서신을 주고받아?"

"내가 해석했을 뿐이야. 타니타르의 암호문을 그대는 모를 테니까."

"아, 저번의 요약판과 같은 느낌인가."

약간의 의문을 해소하고, 나는 한숨을 내쉬었다. 한 번도 그녀에게서 이상한 낌새를 느낀 적은 없었는데.

"모리나가 슬퍼하겠네."

"그대와 친분이 있는 사람은 아닌가?"

"오가며 몇 마디 나눈 게 전부지. 애당초, 나는 거의 연무장에만 틀어박혀 있었어."

소공작으로 임명된 후에는, 이따금 모습을 비춰야 하는 자리도 있었지만.

"덕분이라고 말하기는 모호하지만, 타니타르의 노림수를 알게 된 건 다행이야."

"그러게. 우연이라고 할지, 행운이라고 할지."

생각 없이 동조하다가, 나는 세시오의 웃음을 보고 말을 바꾸었다.

"아니, 행운은 아니다."

"그대는 내 운을 좋아하지 않는군."

"그게 행운이라면, 신은 참 더럽게 심술 맞은 거야."

불행한 상황을 잔뜩 던져 주고, 그 상황을 모면하는 게 어떻게 행운이란 말인가. 신랄한 말에, 신의 힘을 이어받은 이는 유쾌하다는 듯 웃었다.

"바로 시녀를 잡을 생각인가?"

"무슨 소리야, 모르는 척해야지."

"이용할 셈이군."

"모처럼 타니타르 공작이 리한을 잡을 저주를 만들어 냈다잖아."

서신에는 분명히 적혀 있었다. '최상급 저주'를 전달하겠다고. 뭘 어떻게 전달한다는 건지는 모르겠으나, 수단은 상관없었다.

"솔직히 최상급 저주라고는 생각도 못 했지만."

론타르 백작이 가볍게 거론하긴 했지만, 별로 진지하게 듣지 않았다. 애당초 그부터가 무겁게 한 말도 아닐 것이다. 이 사실을 알게 되면 왠지 엄청 으스댈 것 같은데.

"보통 사람이 생각할 만한 수단은 아니지. 솔직히 이해가 되진 않아, 타니타르가 왜 그렇게까지 한 건지."

세시오의 말은 내가 이전에 하던 생각과 완전히 같았다. 나 또한, 비효율적이고 불확실한 수단에 수십 년을 쏟아붓는 걸 이해할 수 없었으니까. 하지만.

"나는 좀 알 것 같아."

"뭐?"

"30년 전의 반역 말이야, 아버지가 홀로 진압한 거란 말을 듣고 왔거든."

그가 느리게 눈을 깜박였다.

"홀로…… 라는 게."

"기사 하나 대동하지 않고 혼자. 번거롭다고."

"……."

"그러니 타니타르의 두려움이 극심한 것도 이해는 돼."

어이가 없다는 듯, 세시오의 입에서 묵직한 한숨이 터져 나왔다. 그 심경을 너무도 잘 이해하고 있기에, 나는 그의 어깨를 두어 번 두드려 주었다.

"이해하는 것과는 별개로, 내가 타니타르 공작이었으면 그런 짓은 안 했겠지만."

"이쪽도 마찬가지야. 최상급 저주는 실패할 확률도 높으니까."

마법사는 드물고, 상위 마법사는 더 드물었다. 공작은 자칫, 수십 년을 그대로 날려 버릴지도 모르는 수단을 고른 것이다. 어떤 의미로는 참 과감한 선택이었다.

"트라우마가 심하게 남았나 보지. 아무튼, 내겐 다행스러운 일이지."

나는 빠르게 덧붙였다.

"행운이라는 건 아니야."

"운이라는 말 자체를 싫어할 것까진 없잖나."

"싫어하게 만든 게 누군데."

"……리한 공작을 살해할 셈인가?"

세시오의 말에 나는 웃었다. 물론, 말 그대로의 '살해'는 아니고, 죽은 척 위장하는 것뿐이었지만 세상엔 그렇게 알려질 것이다. 저렇게 열심히 준비한 수작이니, 타니타르 공작을 속이기도 쉬울 것이다. 아버지가 죽었다는 판단이 서면, 그는 직접 황제가 되려 할 것이다. 그걸 진압하는 건 간단했다.

"그렇군. 떠나기 전에 좋은 패를 얻었어."

"당신 도움이 컸어."

"그럼―."

"그리고 나도 할 말이 있거든, 세시오."

그가 의아한 얼굴로 나를 쳐다보았다. 막상 말을 꺼내려니 멋쩍어져서, 나는 멈추었던 걸음을 다시 움직이기 시작했다. 세시오는 느리게 나를 따라 걸으며 내가 입을 열기를 기다려 주었다.

"원래 당신이 소후작이 되면 말하려고 했는데 말이야."

무도회장에서 그런 이야기를 나누게 될 줄도 몰랐고, 후계 임명식이 그렇게 끝날지도 몰랐다. 알았다면, 차라리 한결 여유 있는 상황에서 느긋하게 말했을 텐데. 약간의 후회가 일었지만, 돌이킬 수 없는 일이었다.

뭐, 배경만 놓고 보면 지금이 더 아름다우니 괜찮겠지.

"말하다니 뭘?"

"뭐…… 그전에. 내가 말한 거, 생각해 봤어?"

"황제가 되지 않고도 수습할 방법이라고 했던가."

부연 설명을 덧붙이지 않았음에도, 그는 곧바로 알아들었다. 그런데.

"반쪽만 기억하고 있네."

"그대를 그렇게 홀리는 건 아무래도 가능할 것 같진 않아서."

아니, 나는 가능하다고 생각해서 준 선택지였는데. 세시오에게 그렇게 말하기도 뭣해서 나는 그냥 잠자코 들었다.

"편법을 쓰지 않는 한, 황제가 되는 수밖에 없겠지."

"……응?"

"내 세력에 편입한 이들이 자리 잡을 동안만 기다린 다음 내려오면 아마도—."

"너무 오래 걸리지 않아?"

나는 떨떠름한 목소리로 되물었다. 그걸 다 기다리려면, 세시오가 서른은 넘을 것 같은데.

내 반응을 예상하지 못했는지, 그가 당혹스럽게 눈을 깜박였다.

"그걸 바란 게 아니었나?"

"내가?"

"……."

"당신이 선황제로 눌러앉는 걸 바랐다고, 내가? 그 상태로 당신과 결혼하면 황궁과 지독하게 엮이게 될 텐데? 내가?"

"결혼……?"

"아니, 그건 그냥 한 말이니까 거기에 꽂히지 마."

내내 기죽은 표정을 하다가, 세시오가 그 단어에만 눈을 빛내서 나는 다급히 말을 끊어 냈다. 아무래도 세시오는 주어진 단서를 분석하는 건 잘해도, 뭔가 새로운 걸 짜내는 데는 재능이 없는 듯했다. 그래, 그림도 어쩐지 인물화만 그리더라.

"세시오, 당신은 애당초 복수 때문에 황제가 되기로 했던 거지?"

"……맞아."

"그럼 그 자리 자체에는 별다른 욕심이 없는 거고."

내 말이 의아했는지 그가 눈을 깜박였다.

"당신한테 생각해 보라고 말했지만, 실은 나도 어떻게 해야 할까 생각해 봤거든."

"로잘린느에게 황좌를 넘길 생각이라면, 그만두는 게 좋아."

"뭐?"

"2황녀가 내 계획에 동조한 건, 팔려 가듯 혼인하는 게 싫어서야."

"아니, 그……."

"제 부친을 경멸하지만, 제국을 사랑하지도 않지. 로잘린느는 그대가 만족할 만한 황제는 될 수 없어."

"미안한데, 나도 2황녀 쪽은 생각도 안 했어. 전부터 너무 존재감이 흐려서."

"그러면 다른 사람에게 황위를 떠넘기란 말이 아니었나? 그 외에는 계승권이 있는 황족도—."

"있어."

세시오의 말을 끊어 내고 나는 단호하게 말했다. 여기까지 말하자, 약간 긴장이 되기도 했다. 그가 민감하게 반응할 만한 사람이었기 때문이다.

"제국법상, 박탈된 게 아니라 스스로 황위 계승권을 포기했을 경우, 선언을 되돌리는 게 가능한 걸로 알아."

계승권을 포기한 당대에는 불가능하고 황제가 한 번이라도 바뀌어야 가능하다. 회복하더라도, 계승 순위는 상당히 뒤쪽으로 밀린다. 그런 제약이 있었으나, 분명히 있는 조항이었다.

내가 누굴 말하는지 알아차리고, 그의 눈이 잠시 흔들렸다. 분노한 것처럼 보이지는 않았다.

"말해 두지만 나는 떠오른 의견을 말할 뿐이고, 당신이 듣고 싶지 않다면 여기서 그만할 거야."

"……계속해 줘."

"그래, 아노비스 공작부인 말이야."

세시오에게 그의 유년에 대해 듣고, 나 또한 그 과거를 조사해 보았다. 정보를 모으긴 어렵지 않았다. 당시를 살았더라면, 누구나가 아는 이야기였으니까.

카트리예에게 황좌를 내어 주러, 작위 계승권을 포기하기 전까지 그녀는 퍽 괜찮은 황태자였다. 유능하다는 말이 붙을 정도는 아니라도, 카트리예보단 훨씬 나았다. 그 정도면 된다.

당장 제국에 필요한 사람은 똑똑한 황제가 아니다. 타니타르를 쳐내면 그가 수장으로 있는 귀족파의 세력은 덩달아 쓸려 나갈 것이다. 거기에 리한에서 약간 지지해 준다면, 어지간히 멍청한 사람이 아니고서야 황권을 키워 갈 수 있을 것이다.

다만, 똑똑하지는 않더라도 부패를 개혁할 수 있는 선량한 사람이어야 했다. 그렇지 않으면, 세시오가 기존에 모아 둔 세력이 만족할 수 없을 테니까.

물론 모나크 아노비스가 선량하다고 말할 셈은 아니다. 다만 그녀에게는 그 선행을 강요할 수 있었다. 내가 그녀를 후보로 떠올린 것 자체가 그 죄 때문이었다.

"선황제와 갈등하기 전에도, 그 자리를 버겁게 여긴 사람이야. 제 동생이 죽고 난 황좌에 앉을 리가 없어."

"그 사람의 의견은 중요하지 않아. 좋아하라고 황좌를 넘기는 게 아니니까."

"그 말은……."

"공작부인은 어떤 식으로든 당신한테 책임을 져야지."

그러려고 작정한 건 아니었으나, 입 밖을 나오는 목소리는 차가웠다.

"지은 죄가 있으니, 죽을 때까지 좋은 황제로 살라고 말해도 문제 될 건 없어."

세시오의 언령도 타격을 입지 않을 것이다. 실상 나야 그 힘이 사라져도 상관없었지만, 그건 내가 결정할 일은 아니었으니까.

"혹시 무리한 추측이야?"

"……불가능하진 않아. 하지만 그대는 사람의 행동을 언령으로 제약하는 걸 싫어하지 않던가."

"사람 앞에 '무고한'이 붙어야지. 죄지은 사람이야 무슨 일을 당하든, 내 알 바인가."

"네빗 엔하르트에게는 관대했으면서."

"갑자기 네빗? 이 상황에서 질투라고?"

농담이었는지 세시오가 웃음을 터뜨렸다. 그러면서, 그는 그대로 나를 끌어안고는 머리에 제 뺨을 비볐다.

내버려 뒀더니 틈만 나면 껴안아 대는군. 커다란 강아지처럼 구는 모양새가 나쁘지 않아서, 나는 이번에도 내버려 뒀다.

"그러면 내가 너무 그대에게 모자란 짝이 되지 않나."

"뜬금없이 무슨 소리야?"

"황제도 거치지 않으면, 난 그저 반역자의 입양아가 될 뿐이잖아."

"그러고 보니 그렇네. 당신 정말 다 잃었구나."

이러면서 운이 좋다고 말하기는. 나는 웃으며, 세시오의 머리를 쓰다듬었다. 손가락에 감겨드는 감촉이 참 부드러워서, 묘하게 중독성이 일었다.

"괜찮아, 세시오. 신데렐라 소리도 듣다 보면 익숙해져."

시답잖은 농담인데 반응이 좋다. 세시오는 어깨를 떨며 웃었다.

"그래, 받아 본 것 중 제일 좋은 선물이군. 생일은 지났지만 말이야."

생일 선물로 준비한 건 따로 있었지만, 딱히 세시오의 말을 부정하진 않았다.

"제몬은 어떻게 할 건가."

"후작부인을 구하면서 제몬만 내버려 두는 것도 웃기지."

평소 그녀가 제몬에게 집착하기도 했지만, 그런 관계가 아니었어도 자식의 죽음을 감당하지는 못할 것이다.

"어차피 죽일 생각은 없었으니 평민으로 살게 할까 해."

말하면서도 우울해져서, 나는 한숨을 내쉬었다. 후작위를 빼앗을 생각만 했는데, 결말이 이 꼴이 될 줄이야. 아버지는 아무리 나쁜 일을 해도 되돌아오지 않던데, 나는 왜 합당한 복수에도 부메랑을 맞아야 하는가.

억울함이 치솟으려다가, 나는 고개를 저었다. 아니지. 연인과 딸을 20년 만에 만나는 것보단 이쪽이 나은 것 같았다. 어쨌거나 복수는 성공하기도 했고.

"평민으로 살게 한다고?"

"그 가문의 이름값까지 살려 놔야 하는 건 아니잖아."

"반역을 부정하지 않고 가능한가."

"아직 죄명이 확정된 건 아니니까 얼추."

"그래."

"그리고 왈릿도 건져 올 거야."

나는 아직 에콰이어와 한 약속을 지키지 않았다. 반역이 인정된다면 왈릿은 황실에 환속될 것이고, 그러면 에콰이어는 영주가 되지 못한다.

그러긴커녕, 데이브릭의 핏줄이니 감옥에 끌려가 처형이나 안 당하면 다행이다. 근래 들어 연좌제가 점점 느슨해지고 있다곤 쳐도, 죄목이 반역이니까. 그렇게 내버려 둘 생각은 없었다.

"그리고 조금 전에 당신이 선물이라고 말했잖아."

"음?"

"실은 말이야, 수도 공작저에 필요한 물건이 있어서 겸사겸사 당신 생일 선물도 가져오라고 했거든."

나는 세시오의 손을 내려다보며 말했다. 그는 여전히 네 번째 손가락에 약혼반지를 끼우고 있었다. 그게 계속 눈에 밟혔다.

"아무리 그래도, 거래용으로 대충 준비한 걸 계속 낄 수는 없잖아."

품에서 꺼낸 상자를 세시오에게 내밀자, 그는 그 뚜껑을 열어 보았다. 안에 든 건 반지였다. 다만 전과 달리, 이번에 박힌 보석은 블루 다이아몬드다. 그의 애칭인 바다가 담겨 있는 것처럼 선명하고 아름다운 빛깔의.

"처음 준 것도 상당한 보물이지 않았나."

"마음가짐은 다르잖아."

그는 내가 건넨 반지를 물끄러미 바라보았다. 표정은 생각보다 덤덤했으나, 눈이 일렁였다. 마음에 든 건지 아닌지조차 분간할 수 없어 눈가를 찡그릴 무렵, 그는 다시 상자를 덮고 내게 내밀었다.

"황송한 선물이지만, 반지는 나중으로 해 줘."

"……수도의 일을 정리한 다음?"

"그대가 내게 사랑한다고 말해 줄 수 있을 때."

내키지 않는 손길로 상자를 돌려받다가, 나는 멈칫하고 말았다. 그래, 아직 제대로 말한 적은 없지.

'이 일을 마무리한 다음에.'

'저 상황을 해결한 다음에.'

'좀 민망하니까 어영부영 고개만 끄덕이고, 제대로 된 말은 나중에.'

속으로 갖은 핑계를 댔지만, 노골적으로 마음을 드러내지 못한 본질은 두려움인지도 모르겠다. 나는 아직 사랑한다는 말이 껄끄럽게 느껴졌으니까. 제몬에게 복수까지 마친 와중에도, 이러는 스스로가 좀 우스웠지만.

나는 입술을 달싹이다가 한숨을 내쉬며 세시오를 쳐다봤다. 그는 덤덤한 얼굴로 그저 나를 보고 있을 뿐이다. 두 눈엔 열망이 서려 있었으나, 초조하거나 불안해 보이지는 않았다. 이럴 때 보면, 세시오가 본색을 드러내기 전의 침착하던 모습도 마냥 가면 같지는 않은데 말이야.

잠시 그와 눈을 마주치고 있었을 뿐인데, 갑자기 입꼬리가 올라갔다. 그냥, 절로 웃음이 났다.

"그러니까. 수도의 일을 정리한 다음이 맞잖아."

그는 두어 번 눈을 깜박이다가 내 말을 알아듣고는 나를 따라 미소 지었다.

"수도 일을 되도록 빨리 마쳐야겠군."

이번에는 내게 허락을 구하지 않고, 세시오가 내 뺨을 감쌌다. 발밑에 둔 얼음 바다가 차갑기 때문일까, 입술에 닿는 숨결은 유독 따뜻했다.

"그리고 그게 그들의 마지막 만남이었다."

"닥쳐, 서로만."

갑자기 쳐들어와서 불길한 내레이션하기는. 나는 내 집무실까지 들이닥친 이를 노려보았다. 왈릿에서 구호 식량을 나눠 주던 총책임자이며 동시에 틸던의 부상단주인 서로만 에디즈였다.

"보통 복선으로 쓰잖아요. 최후의 전장으로 향하기 전 프러포즈라니 불길하기도 하고."

"결혼하자고 안 했거든."

"그럼요. 그 말은 공자가 해야죠. 원래 아쉬운 쪽이 청혼하는 건데요."

말은 잘하지. 나는 그와의 대화를 멈추고 잠시 주위를 두리번거렸다. 마침 괜찮은 게 보였다. 창가에 놓인 조그만 화분이었다. 이 정도면 흙투성이가 되더라도 맞아 죽진 않겠군. 막 결론을 내리고 그걸 들어 올리려던 찰나, 서로만이 다급히 다가와 화분에 매달리듯 무게를 실었다.

"안 돼?"

"소공작님이 던지면, 화분이 아니라 자갈에 맞아도 죽을 거예요."

너무나 진심 가득한 말이었다. 그리고 호리호리한 그의 체격을 생각하면, 현실성 없는 말도 아니었다. 혀를 차며 손을 놓자, 서로만은 화분을 소중하게 끌어안았다. 멍청하긴.

"요즘 어디서 뭘 보고 다니는 거야."

"그게 리한 전하께서 요즘 연애 소설을 보시기에, 공수해 드리면서 저도 한 번씩 봤어요. 궁금하잖아요."

보는 건 좋은데, 그 감상문이 왜 하나같이 부정적인 건지. 그들이 보고 다니는 연애 소설이 대체 뭔지 호기심이 일 지경이다. 아니, 지금 잡담을 할 때가 아니지.

"갑자기 북부엔 왜 온 거야. 난 막 떠나려는 참인데."

서로만 에디즈는 부르지도 않았는데 공작성에 들이닥쳤다. 정말 전쟁이라도 하는 게 아닌 이상, 상단이 필요하지 않은 걸 알면서도. 내 타박에 그는 억지로 눈물을 짜내는 시늉을 했다.

"흑흑, 섭섭해라. 왈릿의 소식을 전해 드리러 왔을 뿐이에요."

"왈릿?"

"저번에 말씀드리지 않았습니까, 실수를 상쇄할 만한 공을 세워 놓겠다고."

그런 말을 듣긴 했지. 왈릿에 있을 때 애먼 놈이 구휼 식량을 빼 가는 데도, 두 눈 뜨고 당해서 단단히 경고했으니까. 빈말로도 그 땅의 정보가 필요 없다고는 말할 수 없어서, 나는 눈을 가늘게 뜨고 서로만을 노려봤다.

"황궁에서 나온 병력이 왈릿을 감싸고 있다는, 그런 뻔한 소식은 아니겠지?"

"아무렴요, 에콰이어 데이브릭의 전언을 가져왔습니다."

제 목숨이 달리니 열심히도 일하는군. 간사하게 웃는 얼굴을 보고, 나는 속으로 혀를 찼다. 하여튼, 운은 좋다.

"말해 봐."

9장

불안의
무게

화려한 장식으로 가득 찬 거대한 침실. 제국의 주인에게 걸맞은 그 웅장한 장소 가운데, 백금발의 여성이 누워 있었다. 머리 색이 눈에 띌 뿐 달리 인상적인 특징은 없었으나 그녀의 두 눈에는 이루 말할 수 없는 절망감이 서려 있었다.

'아무리 애써도, 아무것도 움직이지 않아.'

그녀의 이름은 로잘린느. 선황제 에이빌로스의 둘째 딸인 동시에, 즉위를 앞둔 예비 황제였다. 그러나 그런 화려한 지위에는 조금의 의미도 없었다. 로잘린느는 일방적으로 이용당하고 있을 뿐이니까.

일이 이렇게 될 줄은 몰랐다. 타니타르가 그녀를 처리할 거라는 건 당연히 예상했으나, 최소한 황제가 된 이후일 줄 알았다. 하나 예상과 다르게, 그녀는 벌써부터 독에 당해 손가락 하나 꿈쩍할 수 없는 처지가 되었다.

끝을 모르고 치솟는 무력감과 분노에 몸이 떨린다. 그나마 로잘린느가 제 인생을 포기하지 않은 건, 믿는 구석이 하나는 남았기 때문이다.

'세시오 님의 언령이면, 난 다 나을 수 있어.'

누구에게도 말하지 못했지만, 그녀는 가까이서 기적을 목도한 적이 있었다. 그녀의 아비인 에이빌로스가 아직 황제가 되기 전의 일이다.

"에이빌로스, 이 개자식!"

황족에게 지급되는 막대한 품위 유지비도 다 까먹고, 그치는 노름빚에 로잘린느를 팔아넘기기 직전이었다. 에이빌로스가 그녀의 신랑감으로 들이민 사람은, 일흔 살 난 노백작이었다. 성적 취향이 변태적이라고 소문이 자자한, 장점이라고는 부유하다는 것뿐인 음흉한 노인. 그녀가 그와 결혼하면 어떤 꼴이 될지는 뻔했다.

"팔려 나가고 싶지 않아."

그러나 이미 그녀의 부친은 혼담을 확정 지은 상태였다. 로잘린느가 난간에 기대어 흐느낄 때, 누군가 말을 걸어왔다.

"로블람 백작과 결혼하기 싫은 모양이야."

"누, 누구야, 당신!"

"그 노인은 악인이니 딱히 거슬릴 것도 없군."

발코니에는 분명 아무도 없었는데, 갑자기 로브를 쓴 청년이 나타났다. 로잘린느가 당황하며 소리를 질렀지만, 그는 아랑곳하지 않은 채 허공에 대고 말했다.

"로블람 백작이 죽으면 좋겠어. 심장마비라면 자연스럽겠지."

누구라도 할 수 있는, 의미 없는 말. 그 한마디만을 남기고, 그는 발코니를 나가 사라졌다.

'뭐, 저런 미치광이가 다 있담.'

로잘린느는 욕지거리를 내뱉으며 그 일을 잊어버렸다. 그러나 이튿날, 로블람 백작이 심장마비로 급사했다는 소식을 듣고도 흘려버릴 수는 없었다.

그는 며칠이 지나 다시 그녀를 찾아왔다.

"당신은 누구예요."

"말해 줄 생각이라면, 로브를 쓰고 오지도 않았겠지."

"……부탁이 있어요. 아버지가 또 저를 팔아넘기려 해요. 이번에도 상대는 나쁜 사람이니 한 번만 더 부탁드려요."

"그걸로 되겠나. 그대를 사겠다는 상대가 세상에 단둘뿐이진 않을 것 같은데."

"……"

"나는 그대가 자유로운 삶을 살도록 도울 수 있어."

"그럼—!"

"그렇게 해 주면 내게 뭘 줄 수 있지?"

로잘린느가 주춤하자, 로브 아래 드러난 입매가 여유롭게 휘어졌다.

"걱정할 것 없어, 거창한 걸 바라진 않으니까."

"당신이 나를 도울 수 있다는 걸 어떻게 믿죠? 저번의 일은 그저 우연이었을지도 모르잖아요."

그녀는 오기 삼아 의심했으나, 그 감정은 청년의 말 몇 마디에 사르르 녹아내렸다. 마른하늘에 비가 내리더니 천둥 번개가 치고 눈이 내리다가, 그 모든 게 꿈인 것처럼 다시 맑은 하늘이 되었다. 두 눈으로 보고도 믿을 수 없는 광경이었다.

"말, 도 안 돼."

더 이상 그를 의심할 수는 없었다. 로잘린느는 가슴을 가득 채운 경의에 굴복했다.

"그대가 묻는 모든 걸 답해 주지. 하지만 아무것도 세상에 꺼내 놓지 말고 침묵해야 할 거야."

그렇게 말하며 사내는 로브를 벗었다. 그때 본 황금빛 눈동자는, 지금도 그녀의 가슴에 신앙처럼 남아 있었다.

그날부로, 에이빌로스는 제 딸을 팔아 노름빛을 채우겠다는 생각 자체를 하지 않았다. 타니타르의 눈에 들어 꼭두각시 황제가 될 때까지도. 비록 지금은 로잘린느가 타니타르 소공작과 약혼했으나 그건 그녀가 선택한 일이었다. 왜냐하면, 세시오에게 도움이 되고 싶었으니까. 그래서 그 기적의 일부를 나누어 받아 호화롭고 찬란한 삶을 이룩하고 싶었으니까. 지금 와서는 그 약혼이 실수였다는 걸 알았지만, 로잘린느는 믿었다. 그 기적으로 제 몸을 다시 멀쩡하게 되돌릴 수 있을 거라고. 반드시 타니타르를 지옥에 처박아 줄 수 있을 거라고.

그녀가 애써 마음을 다잡는 때 돌연 침실의 문이 열렸다. 고개를 돌려 확인할 수는 없었으나, 누군가 다가오는 발걸음 소리가 났다. 찾아올 사람이란 너무도 뻔해서, 로잘린느의 두 눈에 새파랗게 불길이 일었다.

"몸은 좀 어때요, 로잘린느?"

부드럽고 다정한 말씨였으나, 그녀에게는 그보다 증오스러울 수 없었다. 침대 옆에서 그녀를 내려다보는 사내는 로잘린느의 약혼자, 엔릴 타니타르였다.

그녀는 시야에 들어온 엔릴을 거세게 노려보았다. 로잘린느에게 독을 먹인 장본인이 바로 그였으니까.

"여전히 눈빛은 살아 있네요. 그 점이 신기하기도 하고, 대단하기도 하고."

엔릴은 쓰게 웃으며, 로잘린느의 뺨을 쓰다듬었다. 벌레가 기어 가는 기분에 그녀가 몸을 부르르 떨었다.

"사랑하는 로잘린느, 그거 알아요? 방금 우리는 법적으로도 부부가 되었어요."

로잘린느는 동의하지 않았으나, 그런 건 상관없었다. 지금의 상황에서 그녀의 의사가 궁금한 사람은 아무도 없을 테니까. 분함을 이기지 못하고, 로잘린느의 두 눈에서 눈물이 흘러내렸다. 엔릴이 부드럽게 눈가를 닦아 주었으나, 그녀는 그 손에 침이라도 뱉고 싶은 기분이었다.

"어차피 이렇게 될 운명이었어요."

"……."

"아버지가 수십 년간 계획한 일을 제가 어떻게 막을 수 있겠어요. 제 대용품은 차고 넘치는걸요."

'변명하지 마, 개자식.'

로잘린느가 할 수 있는 건 속으로 욕을 퍼붓는 것뿐이었다.

"당신의 계승식이 머지않았어요. 곧 당신은 자유로워지겠죠."

눈가를 닦아 내던 엔릴 타니타르의 손이 그녀의 턱 아래로 내려왔다. 그는 로잘린느의 목을 느리게 쓰다듬으며 말했다.

"아프지 않게 보내 줄게요, 로잘린느."

엔릴은 그녀의 입술에 가벼이 키스하고 웃었다.

나는 북부를 떠나 황궁으로 향했다. 그 바로 앞에서 전투가 벌어질지도 모른다고 예상했으나, 뜻밖에도 검을 쓸 일은 없었다. 오히려.

"기다리고 있었습니다, 리한 소공작님. 안쪽으로 드시지요."

황궁의 시종장은 태연하게도 나를 타니타르에게 안내했다. 대놓고 함정 같긴 했지만, 사양할 일은 아니라 나는 그를 뒤따랐다. 물론 견제가 없던 건 아니었다. 근위기사단과 황실 1, 2, 3기사단. 그중 몇이나 나왔는지 모를 빼곡한 기사들이 일제히 검을 빼고 나를 겨눈 채 따라왔다.

민감하게 반응하는 것도 이해 못 할 일은 아니다. 황궁에서는 조금 전 새 황제, 로잘린느의 즉위식이 치러졌으니까. 에이빌로스 때와 마찬가지로 날치기로 이루어진 탓에, 제대로 참관한 사람은 타니타르 공작밖에 없었다. 스스로가 꾸민 일이란 걸, 숨길 생각도 없이 아주 노골적이었다.

대전에 이르러서야, 나는 익숙한 얼굴을 마주할 수 있었다.

"안녕하십니까, 타니타르 공작 각하. 오랜만에 뵙네요."

요즘 살맛이 나는지, 공작의 얼굴빛이 아주 뽀얗다. 저 얼굴을 흙빛으로 만들어 주고 싶다고 생각하며, 나는 뒤쪽을 힐금 바라보았다. 타니타르 뒤쪽의 황좌에 로잘린느가 앉아 있고, 그 옆으로 타니타르 소공작이 서 있었다. 그녀는 손끝 하나 움직이지 못할 텐데도, 마치 감시라도 하는 모양새였다.

큼, 타니타르 공작의 헛기침에 나는 다시 시선을 돌렸다.

"자네가 제 발로 걸어 들어올 줄은 몰랐군. 데이브릭에서는 꽁지가 빠지게 도망쳤으면서 말이야."

시시한 도발이군. 나는 어깨만 으쓱였다.

"아무튼, 이제라도 생각을 바꿔서 다행이네. 자네가 협조한다면 조사도 금세 끝날 걸세."

"무슨 말씀을 하시는지 모르겠군요."

"뭐?"

"근위기사단의 부단장이 전하지 않았습니까? 직접적인 증거가 없다면, 협력할 생각이 없다고요."

타니타르 공작의 눈이 가늘어졌다.

"혐의를 부정할 생각인가. 그렇다면 왜 여기까지 온 거지."

"저는 그냥 개인적인 이유로 황궁에 왔을 뿐입니다."

"자네는 폐하가 서거하신 게 장난 같은가!"

"장난이 아니니 더더욱 명확한 증거가 필요한 법이지요. 아무에게나 혐의를 뒤집어씌워서야 되겠습니까."

별다른 의미도 없는 말장난이었지만, 굽힐 생각은 없었다. 범인이 누군지 뻔히 알면서, 에이빌로스를 마지막으로 목격한 사람이 나였다고 죄를 뒤집어써 줄 리가 있나. 급격히 날카로워진 분위기에 기사들이 검을 한껏 힘주어 쥐었다.

"……그래, 소공작의 말도 틀리진 않아. 직접 증거라 할 만한 건 데이브릭의 검술뿐이니."

그러나 공작이 순순히 나오니까 그것도 이상했다. 분명 꼬투리를 잡아 한바탕할 줄 알았는데 무슨 생각이지. 척상급 저주로 아버지를 죽이기 전까지는 좀 사리려는 건가.

"그렇다면 그 개인적인 용무란 게 뭔지 듣고 싶군."

공작의 저의는 여전히 알 수 없었지만, 일단 궁에 온 목적이 있긴 했다.

"그리 대단한 건 아니고요."

나는 타니타르 공작에게서 황좌로 시선을 돌렸다. 황좌에 앉았다기보다는 앉혀졌다는 말이 어울리는 새 황제, 로잘린느에게로. 축 늘어져 있는 그녀가 답할 수 없다는 걸 알면서, 나는 굳이 그녀와 눈을 맞추고 말했다.

"영지전을 승인받으러 왔습니다."

세시오는 리한의 기사들에게 둘러싸여 말을 달리는 중이었다. 선두에 선 기사는 제 몸보다 커다란 깃발을 들고 있었고, 기에는 두 개의 검이 X자로 교차한 문양이 그려져 있었다. 왈릿에 인접한 콰르테 백작령의 표식이다. 그 문양을 보고, 세시오는 새삼스럽게 헛웃음을 터뜨렸다. 왈릿을 건질 거라는 말이 이런 뜻일 줄이야.

출발할 때는 테릴과 함께였으나, 중간부터 그녀와 세시오는 길이 나뉘었다. 테릴은 황궁이 있는 수도로 향했고 그는 기사들과 함께 콰르테 백작령으로 향했다. 그곳에서 그들은 영지전을 선포했다. 테릴이 영지전을 염두에 두고 있을 거라고는 상상도 하지 못했다. 왈릿에서는 분명, 데이브릭 백작을 협박하려 꺼낸 패였을 뿐인데도.

'영지 자체를 통째로 삼키기 위해선, 이편이 나을지도 모르겠군.'

개개인을 다 빼돌릴 수는 없을 테니까. 세시오는 그녀의 방식이 효과적이라는 사실을 인정했지만, 마음이 편치는 않았다. 아무리 규모가 작다고 해도, 영지전 역시 전쟁이었으니까.

그의 낯빛이 좋지 않은 걸 보고, 바로 옆에서 달리던 그리넬 경이 말을 붙여 왔다.

"들은 대로라면, 아무런 문제도 없을 겁니다. 염려하실 것 없습니다."

그리넬 경의 말투 자체는 무뚝뚝했으나, 그를 염려하는 듯한 말이었다. 세시오는 의아해서 물었다.

"경은 날 싫어하는 게 아니었나."

"좋아하진 않습니다."

그가 예상했던 대로 칼 같은 답이다.

"하지만 소공작님께서는 공자를 좋아하시니까요."

충성심이 깊다고 해야 할까. 공과 사가 철저하다고 해야 할까. 세시오가 어깨를 으쓱였다.

"세시오 공자이기 때문에 내키지 않는 건 아닙니다. 그 자리에 누가 있어도 마찬가지였겠지요."

"테릴은 사랑받는 주인이군."

"당연한 이야깁니다."

"그런데 문제없을 거란 건 무슨 소린가. 테릴에게 제대로 듣진 못했는데."

"저도 시간이 없어 제대로 못 들었습니다."

그 말에, 세시오가 느리게 눈을 깜박였다.

"……방금, 굉장히 자신만만하게 말했던 것 같은데."

"소공작님을 믿습니다."

어쩌면 허황하다고 할 만한 믿음이었으나, 그 말에 세시오는 쓰게 웃었다.

"그렇군, 내가 믿음이 부족했어."

그러고는 둘 사이의 대화가 끊어졌다.

얼마간 말을 달렸을까, 왈릿이 눈에 들어오기 시작했다. 황궁에서 나온 병력이 후작령의 성벽을 빙 둘러 감싸고 있었다. 개중 선두에 선, 어느 기사가 리한의 기사들을 향해 소리쳤다.

"멈추시오!"

그러나 귀 기울여 듣는 이는 아무도 없었고, 기사들은 성을 향해 계속 말을 달렸다.

"멈추란 말 못 들었소!"

그 소리가 시끄러웠는지 인상을 찡그리며, 그리넬이 앞으로 나서 외쳤다.

"나는 리한에서 온, 안도라 그리넬 자작이다!"

그 말에, 소리를 지른 기사는 움찔하고 병사들이 웅성거리기 시작했다. 아직 콰르테 백작령에서 영지전을 선포했다는 소식이 이곳까지 닿지는 않은 듯했다.

기사는 흠흠, 헛기침하고는 다시 입을 벌렸다.

"나는 황실 1기사단의 부단장인─."

"콰르테 백작령에서 왈릿을 상대로 영지전을 선포했다. 이 시간부로 우리의 앞을 막아선 이는 누구라도 벨 테니 물러나라!"

"영, 영지전이라니, 수십 년 전의 유물이 어찌, 하물며 역도를 상대로—!"

1기사단의 부단장이 당황해, 말을 늘어놓았으나 안도라 그리넬은 듣는 시늉도 하지 않았다. 그 대신에, 그녀의 검에 자줏빛 마나가 휘감기기 시작했다.

"마스터!"

어디선가 감탄 어린 경악성이 울려 퍼졌다. 그리넬은 그들은 위협하려 허공으로 마나탄을 쏘아 냈다. 아무도 다치지는 않았으나, 병사며 기사며 할 것 없이 모두가 겁에 질렸다.

그걸 보며 세시오가 헛웃음을 터뜨렸다. 그녀의 솜씨가 대단하다는 건 짐작했지만, 젊은 나이에 마스터가 된 건 테릴뿐인 줄 알았는데. 그러나 한층 속도를 높인 안도라 그리넬을 뒤따라야 했기에, 당혹감에 젖어 있을 여유는 없었다. 두 무리 사이의 거리가 확연히 좁혀지자, 부단장이 이를 악물고 소리쳤다.

"좋소, 일단은 물러나겠소! 하지만 폐하께서 승인하신 게 아니라면, 이 일은 반드시, 으헉!"

성가신 벌레를 쫓아내듯, 안도라 그리넬이 그 발치에 마나를 쏘아 냈다. 그게 신호탄이 되어, 황궁의 병력이 우르르 물러났다. 그걸 확인하고는, 그리넬이 뒤쪽을 보며 리한의 기사들에게 가까이 오라 손짓했다. 그 뒤 그녀는 성문을 박살 낼 생각인지 검을 높이 쳐들었다. 자줏빛 마나가 종전보다 강렬하게 불타올랐다.

그리고 마침내 성문을 가르기 직전, 그들의 바로 앞에서 무거운 소리가 울리기 시작했다. 기사 중 하나가 당혹감을 이기지 못하고 말했다.

"어떻게……."

성문이 열리고 있었다.

세시오의 눈이 크게 흔들렸다. 상황을 모르지도 않을 텐데 어째서. 다른 리한의 기사들도 당황한 듯했으나, 그리넬 경만은 동요 없는 목소리로 중얼거렸다.

"이런 뜻이셨군."

그녀는 머뭇거리는 이들을 내버려 두고, 검을 집어넣었다. 차차 성문이 자리를 비키며, 많은 사람의 모습이 드러났지만, 개중, 사병이나 기사로 보이는 이는 없었다. 그리고 마침내, 왈릿의 성문이 온전히 개방되었을 때 그 선두에는 에콰이어 데이브릭이 있었다.

"오래간만에 뵙습니다, 세시오 공자님."

정확히는 에콰이어를 필두로 한 데이브릭의 가신들. 그녀는 세시오를 발견하고는 그들에게 깊이 허리를 숙였다.

"저희 왈릿은 콰르테에 항복하겠습니다."

"뭐라, 영지전이라고?"

"왜 그렇게 놀라십니까. 아직 반역죄가 확정된 상태도 아닌데."

그 속을 긁어 놓으려 천연덕스럽게 말하자, 타니타르 공작이 노골적으로 얼굴을 일그러뜨렸다.

"선대 황제 폐하의 사체에서 데이브릭 검의 흔적이 나왔어. 그런데 반역이 아니란 말인가?"

"하지만 데이브릭 후작 각하께선 인정하지 않으셨지요. 직접적인 증인이나 증거물이 나오지도 않았고요."

"확정 증거 없이 혐의뿐이라도, 반역은 반역일세. 시간문제라는 걸, 몰라서 하는 말인가?"

"유감스럽게도, 그 기일이 아직 차진 않았네요."

이럴 때 황실의 웃어른이라도 있으면 말이 달라졌겠지만, 그들을 견제하며 다 죽여 버린 건 타니타르가 아니던가. 그러니까 이미 황제 행세를 하면서도, 황실의 기존 절차를 왜 따르려는 건지. 이 와중에도 체면 운운하며 허례에 얽매이는 타니타르의 모순적인 행보가 우스웠다.

공작이 이를 갈아붙였다.

"참으로 탐욕스럽기 짝이 없구나. 황실에 이리 큰일이 터졌는데, 전쟁을 벌이고 싶은가?"

"뭐라고 매도하시든 상관없습니다만, 지금 중요한 게 각하의 생각은 아닌 것 같습니다."

"무어라!"

"황제 폐하. 리한의 콰르테 백작령에서 영지전을 승인해 주실 것을 청합니다."

직설적으로 말했으나, 황좌에 앉은 로잘린느는 답하지 않았다. 아니, 답하지 못했다. 그제야 내가 무슨 생각인지 알아차리고, 공작이 얼굴을 굳혔다.

"승인이든 거부이든, 답을 주십시오. 왜 아무런 말씀이 없으십니까."

"폐하께 답을 재촉하다니, 그 무슨 불충인가! 폐하께서도 생각하실 시간이 필요하니 일단 돌아가시게."

"저는 폐하께 물었습니다, 각하. 폐하의 의중이 확실치도 않은 상황에서 그 말씀을 끊어 내려 하시는 건 더 큰 불충이 아닙니까?"

"자네……."

"폐하, 왜 아무런 답도 없으십니까. 혹…… 입을 열 수 없으신 사람처럼요."

뼈가 섞인 말이었다. 공작은 아무런 답을 하지 않고, 표정을 차게 굳혔다. 금방이라도 무슨 일을 벌일 것 같다고 생각했을 때, 그리고 내심 그러기를 기대하고 있던 때, 황좌의 옆에 서 있던 타니타르 소공작이 앞으로 나섰다. 그는 입가에 쓴 웃음을 매단 채였다.

"역시 리한 소공작님을 속일 순 없겠군요."

"……엔릴."

"죄송합니다, 각하. 하지만 영원히 숨길 순 없지 않습니까."

"무슨 말씀이십니까, 소공작."

"로잘린느, 아니, 폐하께서는 지금 몸을 움직일 수 없습니다."

이렇게 노골적으로 말할 줄은 몰랐기에, 나는 좀 놀랐다.

"얼마 전 황족 시해 사건 때, 폐하 또한 독에 당하셨습니다."

아아, 결과만 솔직하게 말하고 원인은 거짓말을 할 셈이었군.

"그렇다면 움직일 수 없는 채로 즉위식을 치르셨다는 말입니까?"

"상태가 이렇게까지 악화되신 건 최근입니다. 폐하께서는 당장의 혼란을 수습하려면, 황좌가 비어 있어서는 안 된다고 말씀하셨습니다."

"……."

"어쩔 수 없던 상황을 부디 이해해 주시면 좋겠습니다. 저희도 가능한 한 빨리 폐하의 독을 치료하려 애쓰고 있습니다."

유들유들 잘도 피해 간다. 정작 당사자인 로잘린느의 두 눈은 분노로 부릅떠 있음에도 불구하고.

"그러니 영지전은 일단 거두어 주시기 바랍니다. 폐하께서 독을 다 몰아내실 때까지는요."

"그럴 순 없습니다."

"리한 소공작님."

"사실, 그럴 필요도 없고요."

"예?"

"리한이 가진 특권 중에는 폐하의 승인 없이 영지전을 치를 수 있다는 조항도 있거든요."

사실, 그런 특권은 없다. 내가 모를 뿐 실존할지도 모르지만, 적어도 내가 아는 권리 중에는 없었다. 하지만 내가 거짓말을 하더라도 여기 있는 사람 중 누가 알겠는가. 그건 황실과 리한 사이의 계약이었는데. 유일하게 알 만한 로잘린느도 몸이 굳은 채니, 내가 거짓말을 해도 들킬 염려는 없었다.

조금 전까지 농락당했다고 생각했는지, 타니타르 공작의 얼굴에 노기가 가득 떠올랐다. 그 모양새를 보아하니 정말 그런 특권이 있다고 믿는 모양이다.

좋아, 굳히자.

"그러니 폐하의 승인 없이도, 영지전은 일단 진행하겠습니다."

황족이 아닌 두 부자는 아무런 말도 하지 못한 채, 가만히 나를 노려봤다. 마음에 드는 표정이라, 나는 빙긋이 미소 지었다.

"그럼, 저는 폐하의 상태가 호전되시길 바라며 이만 물러나겠습니다."

내 말에 타니타르 공작이 당황한 듯한 표정을 지었다. 그뿐 아니라, 그는 나를 붙잡기도 했다.

"황궁에 온 용무가 그것뿐이었나."

"예?"

"데이브릭을 만나러 온 게 아니라?"

왜 그런 걸 바라는 걸까. 이해할 수 없는 행동이었다.

"제가 데이브릭을 만날 이유가 뭐가 있겠습니까."

설마 내가 아직도 제몬한테 미련이 남았다고 생각한 건가. 떠올리고도 어이가 없는 추측이었으나, 공작은 정말 그런 모양이었다. 아무리 소문이 그렇게 났어도 그렇지. 바본가.

"……실은 자네가 세시오 공자와 함께 올 줄 알았네."

"글쎄요. 도망치기는 함께 갔지만 지금 데이브릭 소후작이 어디에 있는지는

201

저도 잘 모르겠습니다."

"공자를 체포하기 위해 하는 말이 아니야. 나는…… 그가 데이브릭 후작을 설득해 주길 바랐을 뿐이지."

"설득이요?"

"그래, 시간을 끌어 봐야 무슨 의미가 있겠나. 역모죄를 자수하고, 조금이나마 죄를 감면받는 게 모두에게 나을 테지."

데이브릭에 없는 죄를 뒤집어씌운 건 본인이면서, 얼굴 거죽이 몹시도 두꺼웠다. 그렇게 말하는 공작이 조금은 초조해 보여서 나는 눈을 가늘게 떴다. 원하는 바가 있는 모양인데.

"하나 공자가 오지 않았으니, 자네가 그 일을 대신 해 주었으면 해. 나와는 좀체 아무런 대화도 나누려 들지 않거든."

"……."

"한순간에 잘못된 선택을 내리긴 했지만, 한때는 가까이 지내던 가문이지. 최후만큼은 당당히 맞이하길 바라네."

내가 데이브릭을 만나기 바란다는 건 알겠지만, 그 명분으로 꺼낸 말이 정말 조악했다.

"후작이 아니라면, 전 소후작인 제몬이라도 괜찮아. 어쨌거나 그 죄를 시인하면 좋겠어."

"세시오의 가문에 제 손으로 반역을 시인하는 말을 받아 내라는 말씀이십니까?"

"염려 말게, 공자가 무슨 잘못이 있겠나. 소후작이 된 지도 얼마 되지 않았으니. 분명 역모에도 가담하지 않았겠지."

데이브릭이 죄를 인정하면, 세시오는 빼 주겠다는 말이었다. 물론 믿을 순 없었지만. 그렇게까지 하며, 데이브릭을 만나게 하려는 이유가 뭘까.

꿍꿍이를 너무도 노골적으로 드러내니 외려 궁금해졌다. 나는 느리게 고개를 끄덕였다.

"그렇게까지 말씀하신다면 알겠습니다."

"고맙네. 라일란 경, 리한 소공작을 안내하거라."

나는 타니타르 공작이 반색하며 붙여 준 기사를 따라 자리를 떠났다.

테릴 리한이 떠난 직후, 엔릴 타니타르는 껄끄러운 얼굴로 제 아비에게 말했다.

"괜찮겠습니까, 아버지. 분명 의심하는 눈치였습니다."

"일부러 의심하라고 한 말이니 괜찮다."

"예?"

언제 초조함을 드러냈냐는 듯, 타니타르 공작의 얼굴은 다시 냉엄하게 돌아와 있었다.

"너는 아직 리한을 모르는구나."

"모른다고 하심은……."

"노골적으로 수상한 짓을 했는데도, 기사를 따라간 걸 보면 모르겠느냐? 아주 오만하고 자신감 넘치지."

"허술한 이유를 붙인 건 그 때문이셨군요."

"무슨 일이 있더라도, 저들이 당할 거라고 생각하지는 않으니까. 그 오만이 제 발목을 붙들 거다."

그 말을 다 받아들일 수는 없었으나, 엔릴 타니타르는 억지로 고개를 끄덕였다. 그 외에 그가 할 수 있는 일도 없었으니까. 타니타르 공작은, 테릴 리한이 사라진 방향을 계속해서 노려보며 말했다.

"그레텔 쪽에서는 반응이 왔느냐."

"아직 연락이 오지는 않았지만, 거의 이쪽으로 넘어온 듯합니다."

"오늘 중으로 확답을 듣고 오거라."

"에, 아버지."

엔릴이 공손히 고개를 숙였다.

타니타르 공작이 라일란 경이라 부른 기사는, 나를 지하 감옥으로 데려갔다. 리한에도 감옥이 있고, 왈릿에서도 감옥에 가 봤으나 확실히 황궁은 다른 걸까. 계단은 정말 징그럽게도 길었다.

차라리 습격이라도 해 오면, 지루하지는 않을 텐데. 나는 하품을 참으며 기사에게 물었다.

"얼마나 더 내려가야 하나."

"조금만 더 들어가시면 됩니다. 곧 제몬 데이브릭 공자를 만나실 수 있을 겁니다."

"내가 제몬을 만나고 싶다고 했던가?"

"예? 아. 데이브릭 후작 각하도 근처에 갇혀 있습니다. 그렇다면 그분께 안내를—."

"만나고 싶은 건 그쪽도 아니야."

타니타르 공작은 내가 제몬을 만나길 바라는 것 같았다. 수작질을 부려 놨을 게 뻔하지. 하지만 그보다 시급한 사람이 있었다.

"내가 만나서 설득하고 싶은 건 데이브릭 후작부인 쪽이거든."

함정에 걸려 주는 건 그녀를 구한 뒤에도 늦지 않았다. 최상급 저주는 아버지의 몫일 테니, 날 위해선 뭘 준비해 놨을지 궁금하긴 했지만. 어리둥절하게 눈을 깜박이는 기사를 보며, 나는 천연덕스럽게 물었다.

"그래서 후작부인은 어디 계신가."

엔릴 타니타르는 부친의 말을 따라 그레텔 공작가로 향했다. 출발하기 직전에야 연통을 넣었을 뿐이지만, 공작은 이미 각오한 얼굴로 응접실에 앉아 있었다.

좋은 소식을 전할 수 있겠군. 엔릴이 기쁘게 미소 지었다.

"그간 잘 지내셨습니까, 그레텔 공작 각하."

"자네도 눈이 달렸다면 내가 어찌 지냈을지는 뻔히 보일 텐데."

"선황제 폐하께서 돌아가신 일로 노고가 크셨던 모양입니다. 많이 피곤해 보이시는군요."

공작의 얼굴이 상한 건 에이빌로스 때문이 아니라 타니타르의 압박 때문이다. 그걸 모르지도 않으면서, 엔릴은 태연히 말했다.

"그래서, 답은 정하셨습니까."

아무리 타니타르가 많은 권력을 쥐고 있다고 한들, 혼자 힘으로는 한계가 있었다. 강압적으로라도 설득할 수 있는 패가 있다면, 더군다나 그게 그레텔 공작가라면 취하는 게 마땅했다. 그레텔 공작은 파르르 입술을 떨더니 한숨을 내쉬었다. 그게 항복의 의미라는 걸, 엔릴은 모르지 않았다. 당연한 일이었다. 시대에 순응하지 않으면, 타니타르의 다음 타깃은 그레텔이 될 테니까.

"나는—."

마침내 공작이 입을 열려던 순간, 벌컥 응접실의 문이 열렸다. 모습을 드러낸 사람은 그레텔 공작가의 막내 영애인 롭티나였다.

망아지 같다고 소문이 자자하더니, 딱 그 말대로군. 엔릴은 그녀를 흘금 보고는 더 신경 쓰지 않았으나, 공작은 와락 얼굴을 일그러뜨렸다.

"이게 무슨 짓이냐, 로비! 손님이 와 있는데 어찌 허락도 받지 않고 함부로 문을 열어 재낀단 말이야."

"죄송해요, 아버지."

"죄송하다는 말로—."

"사로잡아."

그녀는 평소와 달리, 공작의 말을 끝까지 듣지도 않고 차게 말했다. 그 목소리에 롭티나의 뒤편에 있던 기사들이 움직였다.

"이, 무슨! 뭣들 하는 게냐, 당장 멈추지 못하겠느냐?!"

그레텔 공작이 경악하며 소리쳤으나, 그들의 기세는 조금도 꺾이지 않았다. 그레텔 공작의 눈이 크게 흔들렸다. 있을 수 없는 일이었다. 제게 충성을 맹세한 그레텔의 기사가 제 말을 거스르다니. 그러나 그 이상으로 받아들일 수 없는 건 딸의 표정이었다. 롭티나가 저런 표정을 지을 줄도 알았던가. 막 태어났을 무렵부터 봐왔던 아이건만 싸늘하게 가라앉은 얼굴은, 남이 제 딸의 거죽을 뒤집어쓴 것처럼 보이기도 했다.

이상을 눈치챈 엔릴 타니타르가 다급히 도망치려 했으나, 무리였다. 그는 롭티나가 부리는 기사들에게 둘러싸여 소리쳤다.

"이렇게 나오시면 그레텔에도 좋지 않을 겁니다! 정녕 타니타르를 적으로 돌리려는 겁니까?"

"그건 그쪽이 걱정할 문제는 아니네요."

롭티나의 손짓에, 기사 하나가 엔릴에게 마법 용품을 사용했다. 그는 잠시 버텼으나, 머잖아 잠들어 바닥에 쓰러지고 말았다. 단순한 수면 마법은 아니었다. 롭티나에게 있는 해제 아티팩트를 쓰지 않는 한, 그는 더 이상 깨어날 수 없을 테니까.

"어떻게 할까요, 아가씨."

"지하에 숨겨 둬. 다른 사람한테 들키지 않도록 조심하고."

"예, 알겠습니다."

깍듯이 고개를 숙인 기사들은 엔릴 타니타르를 데리고 응접실을 빠져나갔다.

응접실에 남은 사람은 이제 그레텔 공작과 롭티나 단둘뿐이다. 순식간에 벌어진 일이었기에, 공작은 여전히 돌아가는 상황을 받아들이지 못했다. 얼어붙은 공작을 보며, 롭티나는 쓰게 웃었다.

"되도록 온건하게 설득하고 싶었어요. 하지만 상황이 제가 원하는 대로 되진 않더라고요."

"롭티나, 너……."

"아버지는 연로하셨어요. 한때는 그레텔의 훌륭한 수장이었지만, 이제는 그 자격을 잃으셨지요."

그레텔 공작의 눈이 크게 흔들렸다. 롭티나는 제 부친과 시선을 마주 보며 그를 비난했다.

"타니타르의 손을 잡았으면, 그레텔은 침몰하고 말았을 거예요."

그 말에 공작은 신음을 삼켰다. 머리가 지끈거려 이마를 짚고, 눈앞이 어지러워 그는 소파의 등받이를 움켜쥐었다. 그가 어지럼을 호소할 때면 언제나 달려와 부축해 주던 제 딸이 생각났으나, 그녀는 그저 보고만 있었다. 그 모습에 새삼 실감이 되었다. 공작이 허탈하게 웃었다.

"……여태 나를 속여 온 게냐."

"달리 무슨 가정이 있겠어요."

"내가 너를 모르고 있었다고? 네가 야금야금 그레텔을 좀먹어 가는 걸 내가, 이 그레텔 공작이……."

딸아이에게 수십 년을 속아 왔다는 배신감. 그걸 조금도 눈치채지 못했다는, 제 무능함에 대한 자각. 쏟아지는 충격에 그는 덜덜 손을 떨었다.

"화를 내셔도 돼요. 아버지께선 그럴 자격이 있으시니까요."

담담한 말에 분노가 치솟아 공작이 손을 들어 올렸다. 그러나 차마 내리칠 수는 없었다. 긁힌 자국이라도 날까, 품에 안고 애지중지하던 아이이다. 그 모든 게 가짜였다고 해도 공작은 그녀에게 아무것도 할 수 없었다.

그는 들어 올린 손으로 제 눈가를 덮었다. 뜨겁게 달아오른 눈에서 격해진 감정이 뚝뚝 떨어졌다. 그 나약한 모습에 롭티나의 표정이 조금 흔들렸다.

"왜 모두를 속여 온 거냐."

"……공작이 되고 싶었어요."

담백한 이유였다.

"아드윈 따위한테 내어 주어야 한다고 생각하니 너무 아깝더라고요."

"롭티나……. 내가 왜 그 아이를 후계로 고집했는지 알지 않느냐."

"알아요. 아버지께서 그 후계 다툼으로 형제들을 모두 잃었다는걸. 그래서 한번 정한 후계를 바꾸고 싶지 않았다는 걸요."

"그걸 알면서!"

"하지만 그게 제가 공작이 될 수 없는 이유라고 받아들이고 싶진 않았어요."

그레텔 공작의 얼굴이 멍하게 변했다. 그녀는 제 부친을 상대로 깊이 허리를 숙였다.

"부디 용서하세요."

"……."

"그리고 제게 작위를 넘겨주세요."

다시 허리를 펴며 롭티나가 공작에게 다가왔다. 그녀는 여태 그래 왔던 것처럼, 소파에 기댄 공작을 부축하며 슬프게 웃었다.

"비록 일이 이렇게 됐다고는 하지만, 아버지께 억지로 공작위를 빼앗고 싶지는 않아요."

그 말에 공작은 어쩐지 울음이 차오르는 것만 같았다.

후작부인은 지하 감옥에 갇혀 있지는 않았다. 기사가 나를 안내한 곳은 아네모네 궁 구석의 어느 방이었고, 그 바깥을 몇 명의 기사가 지키고 있었다. 배려인지, 감옥에서 이성을 잃을 걸 염려했는지, 그 이유를 알 수는 없었지만, 그 혐의가 역모란 걸 생각하면 꽤 드문 일이었다.

그녀는 퍽 담담한 낯으로 나를 맞았다. 세시오가 소후작이 될 때도 저런 분위기였지. 그게 의외라고 생각했는데, 이번에는 그 표정이 그리 놀랍지 않았다.

"안녕하세요, 데이브릭 후작부인. 그간 잘 지내셨나요?"

그녀는 인사 없이 물끄러미 나를 바라보았다. 마냥 기다려 줄 시간 여유는 없었기에, 나는 바로 입을 열었다.

"제가 부인을 찾아온 건 다름이 아니라——."

"세시오는."

"네?"

"그 아이는 잘 있나요?"

그녀의 물음에, 나는 얼떨떨하게 고개를 끄덕였다. 무표정하던 후작부인의 얼굴에 엷은 안도가 서렸다. 그 모습에 설마 하는 의혹이 떠올라, 나는 충동적으로 입을 열었다.

"혹시 말이에요, 후작부인. 부인께서는 다 기억하고 계신 건가요."

내가 기억을 되찾은 건, 검술을 수련해서 마나를 일깨운 상황에서 세시오를 만났기 때문이다. 잠들어 있던 기억이 자극을 받아서. 하지만 그런 식이 아니라도 가능할지 몰랐다. 세시오의 감정이 다 지워지지 않았던 것처럼, 그녀의 기억을 지울 때 그러고 싶지 않다는 그의 바람이 섞여 들어갔다면.

달란트 데이브릭이 흐리게 웃었다.

"그게 무슨 의미가 있지요."

"……부인."

"혹 착각할까 말하지만, 난 미치광이가 맞아요. 지금은 용케 제정신이어도 언제 돌변할지 모르거든요."

그녀는 자조적으로 말을 이어 갔다.

"가문에서 시키는 대로 세시오를 주이려 하다가도, 갑자기 정신이 들어 독이 든 찻물을 엎지르고."

"그런……."

"그 애를 창밖으로 밀어 버리려 했으면서, 세시오에게 화분이라도 떨어지려고 하면 소리를 질러 피하게 하고."

내가 보기에도 그런 미치광이가 없었어요. 그녀는 실소하며 말했으나, 나는 다른 의미로 말문이 틀어 막혔다. 세시오의 행운, 그 일부의 실체는 전혀 생각지 못한 모습을 하고 있었다. 이 사실을 알면 그는 기뻐할까.

입술을 달싹이다가, 나는 느리게 말했다.

"부인은 그 기억을 잊어버린 게 아니었군요."

"잊었어요, 처음에는. 하지만 계속 꿈을 꾸게 돼서."

"꿈…… 이요."

"내가 미쳐서 환각을 보는 줄 알았어요. 지금까지도 계속 오해했지요. 하지만 소공작의 말을 들으니 그건 아닌 모양이에요."

그 말을 들으니, 그녀가 기억을 되찾았다는 건 틀림없어 보였다. 머릿속이 복잡해졌지만, 나는 여기까지 온 목적을 잊지는 않았다.

"그 이야기는 나중으로 하시죠. 제가 여기에 온 건, 후작부인을 구해 드리기 위함이에요."

"그 아이의 부탁을 받으셨나요? 여전히 바보처럼 착한 아이군요. 하지만 그럴 필요는 없어요."

"부인."

"소공작도 너무 사람이 무르네요. 나한테 한두 번 당한 게 아니잖아요."

"……그때의 일을 말씀하시니, 저도 궁금한 게 있습니다."

"뭔가요."

"정신이 불안정하실 때가 아니라도, 후작부인께서는 저를 마땅치 않아 하셨어요. 그건 제 착각입니까?"

그녀는 두어 번 눈을 깜박이더니, 쓰게 웃었다.

"맞아요, 난 윈터글라스 남작 영애가 데이브릭에 들어오는 게 반갑지 않았어요."

"제몬의 발목을 잡을까 봐요?"

"아니요. 신분이 낮은 영애가 데이브릭에 들어오면 어떻게 되는지, 나는 이미 알거든요."

이번에도 다시, 예상하지 못한 이유였다. 그녀가 내게 쏟아 내던 외침이 생각났다.

"네가, 한낱 남작가의 아이가 감히 데이브릭을 사랑해?"

"네까짓 게 여기 들어와, 행복해질 수 있을 것 같아!"

이제야 알겠다. 그건 내게 하는 말인 동시에, 그녀 본인, 과거의 달란트 웨거에게 하는 말이었던 것이다.

"그렇다고 해도 각하와 혼인하기로 한 건 내 선택이에요. 난 이젠 책임을 져야 해요. 그게 반역이라고 하더라도요."

"아직 데이브릭의 반역죄는 확정되지 않았어요."

"머잖은 일이겠지요."

"부인께서는 정말 데이브릭으로 죽더라도 만족하십니까?"

"네?"

"데이브릭이 부인의 삶을 망쳤다고 생각하면서도, 그 성을 달고 삶을 마무리해도 후회가 없습니까?"

그녀의 두 눈이 크게 흔들렸다.

"하지만 평생 도망자로 살 수는 없어요."

"그런 조잡한 선택지는 권할 생각도 없습니다."

"그럼 달리 무슨 수가 있다는 거죠?"

"반역죄는 확정되기 전이니, 일단 이혼부터 하시죠."

"그런다고 해 봐야—."

"그리고 후작을 반역으로 고발하시면 됩니다."

"네……?"

"역모죄를 고발하면, 처형만큼은 피하실 수 있습니다. 귀족의 신분을 지키긴 힘들어도 목숨 정도는 지킬 겁니다."

타니타르 공작이 아무리 집요하게 굴더라도, 후작부인에는 관심조차 없을 것이다. 데이브릭을 빠르게 마무리 지을 수 있으니, 오히려 기꺼워하겠지.

"하지만 각하는 반역을 일으키지 않았잖아요."

"일단 증거야 만들면 그만이고, 당장은 아니라도 30년 전에 반역을 저지르기도 하셨고요."

"……믿을 수 없군요, 처음 듣는 이야기예요. 하나 설사 그렇더라도 지금 짓지는 않은 죄로 누명을 씌울 수는─."

"그러면 안 되나요?"

내 말을 바로 알아듣지 못하고, 후작부인이 눈을 깜박였다.

"네?"

"아예 무고한 사람한테 뒤집어씌우는 것도 아니고. 당시엔 소후작이었다지만, 반역에 가담한 건 맞습니다."

"하지만……."

"누명을 썼다고 억울해할 입장은 아니죠."

게다가.

"후작부인께서 세시오에게 죄를 지었다고는 쳐도, 후작에게 지은 죄는 없습니다. 반면 후작은 여러 사람을 괴롭혔죠."

"……."

"데이브릭 후작은 제가 얕보던 사람들에게 당해 봐야 해요."

후작부인의 얼굴에는 여전히 망설임이 가득했다. 당연하게도, 말 몇 마디로 설득될 리는 없었다. 그녀는 오랫동안 무기력에 학습됐으니까. 그러나 내게 그녀를 오래 기다려 줄 생각은 없었다.

"어차피 후작부인이 어떤 결정을 내리든, 후작은 같은 죄로 죽을 겁니다. 저는 부인을 살리려는 거예요. 내키진 않지만 제몬도요."

"제몬……."

"제가 구태여 부인을 살리려는 이유가 세시오 때문이라는 걸 아시잖습니까."

"……."

"세시오한테 더는 죄를 짓지 마세요. 누명을 써서 죽을 게 아니라, 살아서 용서를 구하십시오."

여기서 더 가면 언행이 곱게 나가진 않을 것 같으니. 협박에 가까운 말을 삼키고, 나는 그녀를 독촉했다. 후작부인은 복잡한 얼굴로 바닥을 내려다보다가, 문득 물었다.

"그 아이를 좋아하나요?"

이 소리도 여러 번 듣네.

"그렇지 않으면, 왜 이렇게까지 하겠어요."

그녀는 무슨 생각인지 모를 얼굴로, 한참 동안 나를 쳐다봤다. 그러고야 개미만 한 목소리로 답을 들을 수 있었다.

"생각해 볼게요."

콰르테 백작령의 이름으로 선포한 영지전은 몇 시간도 채 지나지 않아 끝났다. 세시오와 리한의 기사들은 바로 성의 안쪽으로 진입했고, 그 꼭대기에 콰르테의 깃발을 꽂았다.

왈릿의 이름은 남았으나, 이제 이 땅은 더 이상 데이브릭 후작령이 아니었다. 테릴이 황제의 승인을 받아온다면, 데이브릭의 가신들은 성을 바꾸든 영지를 떠나든 하나를 택해야 했다. 그렇게 말하자 에콰이어는.

"에콰이어 콰르테라니, 데이브릭보다는 세련된 이름이네요."

주저 없이 데이브릭을 버렸다. 다른 가신들은 원래가 박쥐 같던 인사들이니, 아무런 저항 없이 성을 갈았다. 그러면 권력을 지킬 수 있다는 생각 때문인지, 세시오가 마음을 바꿀까 허둥지둥했다. 옛날 같으면 영지전에서 패배한 귀족 가신들은 참형되거나 쫓겨났으니 처지가 좋은 건 맞았다.

콰르테 ─가문의 이름과 땅의 이름이 같다─ 에서 왈릿까지 달려왔을 뿐인데 승리하고 나니, 전쟁 같지도 않았다. 세시오의 미묘한 심경은 아랑곳하지 않고, 에콰이어가 개운하게 웃었다.

"이제 콰르테 소백작님을 기다리면 되나요?"

콰르테 소백작?

"리한 소공작님이요. 어차피 작위를 계승하면, 콰르테 백작도 되실 테니 틀린 말은 아니잖아요."

생소한 호칭은 둘째 치고, 그 천연덕스러운 어투에 세시오는 결국 펜을 놀렸다.

「성문을 열어 주실 줄은 몰랐습니다. 영지전이 당혹스럽지는 않으셨습니까?」

"아예 아무렇지도 않은 건 아니에요. 실은 크게 안도했거든요."

에콰이어는 보란 듯, 떨리는 손을 들어 올렸다.

"틸던의 부상단주가 북부에 소식을 전해 준다고는 했지만, 소공작님께서 이렇게까지 해 주실 이유는 없으니까요."

'틸던의 부상단주라면, 왈릿에서 식량을 나눠 주던 사낸가.'

테릴이 지나치게 여유로워 보이더라니, 어느새 그자에게 그런 말을 들었던 모양이다. 리한을 떠나오기 직전, 그녀가 잠깐 누군가를 만나긴 했었다. 중요한 일이 아니라고 생각했는지 굳이 말해 주지는 않았지만.

"통상적인 가문이면 일이 이렇게 되진 않았겠죠. 명예에 매달리는 귀족이 가문을 버리다니요."

"……."

"하지만 일을 이렇게 만든 건 후작이에요. 자부심도 긍지도 없는 머저리들을 요직에 앉히고 가신들은 가주를 중오하게 만들었으니까."

에콰이어의 얼굴에 잠시 복잡 미묘한 표정이 스쳐 지나갔으나, 곧 그 감정은 안도에 뒤덮였다. 세시오는 느리게 고개를 끄덕였다.

「그래도 영지민들은 혼란스러울 겁니다. 에콰이어 님께서 잘 다독여 주십시오.」

"……네?"

통상적인 말을 했을 뿐인데, 돌아온 반응이 이상하다. 얼토당토않은 소리를 들은 듯, 에콰이어의 얼굴이 이상했다.

「전투가 벌어지진 않았다고 해도 영지전을 치렀으니까요.」

"음."

그녀는 난감한 얼굴로 고개를 기울이고는 제 턱을 두어 번 두드렸다. 그러고는.

"한번 보러 가실까요?"

세시오에게 바깥쪽을 가리키며 말했다.

에콰이어의 안내를 받으며, 세시오는 성 밖으로 나왔다. 테릴에게 그를 지키라 명령받은 그리넬 경과 리한의 기사 둘도 그의 뒤로 따라붙었다. 법적으로는 제 조카였음에도, 그녀는 세시오에게 퍽 공손했고 그 행동이 부자연스러워 보이지도 않았다.

외려 세시오는 조금 머뭇거리며 광장에 나왔다. 영지전 소식이 전해졌는지 바깥에 나온 사람은 많지 않았다. 그러나 당장 그가 볼 수 있는 몇 명의 얼굴은 밝았다. 막 주인이 바뀌어 버린 영지답지는 않게. 개중에는 골목에 모여 있는 아이들도 있었다. 기사와 함께 나온 세시오가 신기했는지, 그들은 빼꼼 고개를 내밀고 그의 일행을 구경했다. 그러다가 그는 아이 중 하나와 눈을 마주쳤다.

"어, 성자님이다!"

그게 신호탄이 되었다. 골목의 아이들이 와르르 쏟아져 나와 세시오의 앞으로 들이닥쳤다. 보호자가 함께 있었다면 그들을 통제했겠지만 아이들뿐이라, 그들은 기사가 멈춰 세울 때까지 다가왔다. 그러고는 세시오를 처음 본 아이들은 감탄사를 연발하며, 정말 성자가 맞느냐며 질문 공세를 퍼부었고, 그를 본 적 있는 아이들은 으스대며 가슴을 내밀었다. 개중 한 아이는 주위를 두리번거리다가 시무룩한 목소리로 물었다.

"기사님은요? 기사님은 없어요?"

아이가 말하는 게 누군지 알아차리고, 그리넬 경이 딱딱하게 말했다.

"오늘 중으로 오실 거다."

"정말이죠? 다행이다!"

그 말에 시무룩하던 아이의 얼굴이 단번에 해바라기처럼 피어났다.

"다음엔 꽃을 드리려고 했단 말이에요! 그동안은 너무 바빠서 못 드렸는데 정말 다행이다!"

그 말에 세시오의 눈이 커졌다. 그는 그제야 그 아이가 누군지 알아차렸다. 테릴에게 꽃을 팔았던, 그리고 임시 진료소로 제집을 내어 주었던 샐리였다. 빼빼 마르고 꼬질꼬질한 기억 속 모습과 달리, 지금 아이는 뺨에 통통하게 살이 오른 상태였다. 외관이 너무 달라져서, 눈치채고도 조금은 의심스러울 지경이다.

그러나 그건 샐리만의 일이 아니었다. 골목에서 나온 아이들 모두가 그랬다. 발그레하니 얼굴에 혈색이 돌고, 눈동자가 반짝거렸다. 더 이상 동전이 쨍그랑거리는 소리를 듣고 바깥을 힐끔거리던 아이들이 아니었다. 그 변화가 너무나 낯설었다.

그때, 아이들이 나온 걸 알아차렸는지 몇몇 성인이 광장으로 뛰쳐나왔다.

"세상에, 오늘은 나오지 말라고 했잖니!"

"이리 오지 못해, 리론!"

그들은 죄송하다고 말하며 아이들을 잡아끌었지만, 전처럼 과도하게 허리를 구부리지는 않았다. 개중, 친구의 아버지에게 덩달아 끌려가던 샐리가 문득 고개를 돌렸다. 세시오를 돌아보며, 아이는 크게 소리쳤다.

"성자님, 고마워요!"

갑작스러운 외침이었다. 샐리의 주위 사람들도 놀랐지만, 가장 놀란 건 세시오였다.

"이제 피터 아저씨는 농사일해요! 전에 돈을 뺏어 갔던 아저씨도 미안하대요! 아이비도 하나도 안 아프대요!"

아이는 제 주위에 일어난 일들을 하나하나 읊었다. 그러고는.

"다 성자님과 기사님 덕분이에요!"

아이의 말은 시작에 불과했다. 아이들을 데리러 나온 그들의 부모들 또한, 일제히 입을 벌리고 세시오에게 감사를 말했다. 그는 무어라고도 반응하지 못하고 입을 달싹였다. 가슴 안쪽이 이상하게 흐물흐물했다. 힘을 지키기 위해 많은 선행을 했지만, 수단이 언령이기에 드러내 놓고 할 수는 없었다. 당연히, 고맙다는 인사는 뒤따르지 않았다. 그나마 최근 들은 감사라고는, 벌에 쏘인 아이를 고쳐 주고 가볍게 인사를 들은 정도였다.

생소한 반응에, 세시오는 이 자리가 불편하게 느껴졌다. 그는 그들에게 말하고 싶었다. 순수한 호의로 치료한 게 아니라고. 정치적인 목적이 있었을 뿐이라고. 그러니 고마워할 일이 아니라고. 그러나 말할 수 없었다. 언령을 숨기기 위해서가 아니었다. 말할 수 있는 상황이었다고 해도, 세시오는 그러지 못했을 것이다. 희한하게 입이 달라붙어서 그는 입술을 달싹이는 것도 할 수 없었다. 이상한 기분이 들었다. 아주, 이상한.

감사 인사를 마친 사람들이 돌아가고, 에콰이어와 세시오 일행도 성으로 향했다. 느리게 걸음을 떼어 내며, 그녀가 말했다.

"어린아이들은 금방금방 살이 오르더라고요. 이제는 아프지 않고, 식량도 넉넉하니까 티가 다 나요."

"……."

"사실 이것도 단기적인 해결이죠. 지금의 후작 같은 사람이 계속 이 땅의 주인이라면, 또 큰 가뭄이 왔을 때 같은 일이 생길 거예요."

에콰이어는 문득 걸음을 멈추고, 세시오를 똑바로 바라봤다.

"왈릿을 포기하지 않아 주셔서 감사합니다."

「제가 받을 감사가 아닙니다.」

"리한 소공작님께서 관심을 두신 것도 세시오 공자 때문이잖아요."

에콰이어는 유쾌하게 웃었다. 그러나 그 웃음은 곧 천천히 일그러졌다.

그녀가 고개를 푹 수그렸다. 바닥으로 툭툭 눈물이 떨어졌다.

"정말, 감사합니다."

또, 고맙다는 말. 세시오는 다시 조금 전과 같은 감정을 느꼈다. 심장에 물이 스며드는 듯한 기이한 일렁임. 당혹스럽기도 하고 묘하게 죄책감이 일기도 한다. 그리고 그가 잘 모르겠는 다른 감정도 들었다.

「에콰이어 님도 아시겠지만, 순수한 의도로 한 일이 아닙니다.」

사실 세시오가 한 선행은 대부분 그랬다. 언령을 사용하기 위해 기계적으로 쌓아 올렸을 뿐인, 그에게는 과제나 다름없던 말. 성결한 뜻은 전혀 없다. 자라 온 삶 때문에 신에 감정이 안 좋으니, 껍데기를 까 보면 훤히 드러날 것이다. 게다가.

「식량을 나눠 주고, 왈릿을 반역에서 빼내려 한 건 테릴이 했습니다.」

세시오가 한 거라고는 평판을 올리기 위해 신성력을 좀 썼을 뿐이다.

제 딴은 진지하게 한 소리였는데, 에콰이어는 소리 내어 웃음을 터뜨렸다. 눈가에 눈물방울을 매달고도 퍽 유쾌한 소리였다. 그러고는 그녀가 웃음기 어린 목소리로 말했다.

"아무런 의도가 없는 선행은 저흴 도와주지 않았어요. 왈릿을 도운 건 목적 있는 선행이었죠."

그녀는 한숨을 내뱉고는, 느리게 심호흡을 했다. 어느새 에콰이어의 눈물은 그쳐 있었다.

"그 목적이란 게 왈릿을 짓밟고 사람들의 생명을 거두어 가는 게 아니라면, 저희에게 해를 끼치는 게 아니라면."

손수건을 꺼내 얼굴을 닦으며, 그녀는 담담히 말을 이었다.

"그러면 저희에게 남는 건 선량한 결과뿐이거든요."

그러고는 장난스러운 투로 농담을 던지기도 했다.

"차라리 영주로 만들어 주지 못했으니, 감사받을 일이 아니라고 하시는 게 더 그럴듯하겠어요."

물론 진짜로 탓하는 건 아니에요. 혹 오해할까, 그녀가 빠르게 덧붙였다. 세시오는 가만히 쥐고 있던 펜을 느리게 움직였다.

「아니요, 영주가 되실 겁니다.」

"잠시만요, 잘 안 보여서."

에콰이어는 손수건으로 눈가를 꾹꾹 누르며, 남은 물기를 지워 냈다. 그 모습을 보며, 세시오는 어떠한 충동을 느꼈다.

"불필요한 상황에 자꾸 입을 여는 이유를 모르겠어."

테릴이 그렇게 말한 뒤로 좀 자제하려고 했는데. 한 번 입이 트이니, 소리는 계속 목 안에 잠겨 있지 않으려 했다. 세시오는 그녀가 너무 화를 내지 않으면 좋겠다고 생각하며 말했다.

220

"영주가 될 겁니다, 테릴은 약속을 어기지 않으니까."

눈가를 비비던 에콰이어의 손이 덜컥 굳었다. 그녀는 멍하니 세시오를 바라보았다.

"말을……."

그 반응도 여러 번 보니 감흥이 일지는 않았다. 무덤덤한 기분이었다. 그래서 세시오는 그런 느낌을 받기도 했다. 아무것도 아닌 일에 혼자 매달려 있던 건 아닐까. 제가 말을 한다는 건, 실은 사소한 일이 아닐까. 머리로는 착각임을 알면서도, 그냥 그런 생각이 들었다.

에콰이어는 느리게 당혹감을 수습하고 물었다.

"신성력 때문에 말할 수 있게 되신 건가요?"

"아니요."

왈릿에서 썼던 신성력은, 언령으로 만들어 낸 인위적인 힘이었다. 제 것이 아니라 이미 다 흩어져 버린, 제게는 별 의미도 없는 힘. 세시오가 다시 말할 수 있게 입을 열어 준 건, 말하고 싶게 만든 건.

"테릴 덕분입니다."

떨어져 있던 건 단 하루뿐인데도, 세시오는 그녀가 보고 싶어졌다. 천리안으로 볼 수 없다는 사실이, 새삼 안타까울 만큼이나.

수도에서 볼일을 마치고, 나는 왈릿으로 향했다. 정작 황궁에는 잠깐 있다가 나왔음에도 후작령으로 가는 데 허비한 시간은 많다. 일곱 시간이나 내달렸으니, 왈릿을 제압해도 두 번은 했을 만큼 여유로웠다.

짐작한 대로, 마차에서 내리자마자 나는 전쟁이 끝나 평화로워진 땅을 볼 수 있었다.

"무혈입성이었다고?"

이것까지는 예상하지 못했지만. 서로만을 통해, 에콰이어가 내 도움을 바란다는 말은 전해 들었지만 영지전을 선포했는데도 성문을 열고 기다릴 줄이야. 서로만 에디즈가 과장되게 말하는 걸 좋아하는 유형이라 더더욱 그랬다. 숫자 빼고는 그 입에서 나오는 말을 믿지 않았는데.

"……확신한 게 아니었나?"

"내가 믿은 건 내 기사들 실력이지. 큰 피해 없이 제압할 거라 믿었거든. 생각보다도 훨씬 수월했네."

타지의 귀족들은 명예를 목숨보다 귀히 여긴다던데 그것도 아닌 모양이다. 귀족이고 평민이고, 마수 때문에 끊임없이 죽어 나가는 북부만 다른 줄 알았는데 자의식 과잉이었군.

"그래서 말해 주지 않은 거였나."

"별로 할 말도 없었고."

"소공작님께서 무슨 일을 벌이시든, 반역에서만 빼 주면 좋다 하던걸요."

이런 불확실한 말을 전할 수도 없었으니까. 그 밖에 잠깐의 잡담을 더 나누는데, 노크 소리가 났다. 성의 사용인이었다.

"안녕하십니까, 리한 소공작님, 세시오 공자님. 식사 준비가 완료되었습니다."

식사 자리에는 왈릿에서 알게 된 이들이 거의 와 있었다. 에콰이어, 넬리사, 대원로와 가신들. 물론, 영주인 백작은 없었다. 이제는 더 이상 영주도 아니지만. 다른 쪽은 몰라도 대원로는 보수적인 인사라 틀림없이 나를 노려볼 줄 알았는데 예상외로 무던한 얼굴이었다. 오히려 식사 중, 고맙다는 말을 듣기도 했다.

영지의 주인이 바뀌었으니, 해야 할 일들이 많다면서 식사를 마친 이들은 점차 자리를 비웠다. 에콰이어와 세시오, 그리고 나만 남은 때. 에콰이어의 명령으로 하인이 샴페인을 가져왔다. 아무리 생각해도, 패전한 사람이 가져오라고 시킬 물건은 아닌 듯한데. 복잡 미묘한 기분이 들었으나, 어쨌거나 나는 입을 열었다. 왈릿에 오래 있을 수도 없으니, 용건은 빠르게 정리해야 했다.

"데이브릭에서 콰르테가 됐다고, 이 땅에 애정이 사라진 건 아니겠죠?"

"네?"

"영주가 되고 싶다면서요."

그녀의 눈이 일렁였다. 표정으로 보아, 콰르테 백작령의 영주가 싫은 건 아닌 듯했다.

"요즘 좀 바빠서 거창하게 진행하긴 힘듭니다. 약식으로 영주 임명만 하고 떠날 테니, 미안하지만 임명식은 알아서 해 주세요."

시간이 여유로울 때도, 정식 절차를 밟아 진행한 게 거의 없긴 했지만. 빠르고 편한 약식 내버려 두고 뭐하러. 에콰이어는 무언가 말하려 입을 달싹였다가, 샴페인을 달싹여 목을 축였다. 그러고야 가까스로 말소리를 냈다.

"세시오 공자의 말이 정말이었군요. 소공작님께서는 정말 약속을 지키러 오셨어요."

말? 단어의 어감이 어쩐지 미묘하게 들렸다.

"영지를 도와주신 걸로도 모자라 거기까지……."

"에콰이어가 영주를 맡아 주지 않으면 외려 곤란한 입장입니다."

"그래도 저는 데이브릭 후작의 동생인데, 영주로 임명하셔도 문제가 없을까요?"

근래 들어 연좌제가 많이 완화돼서 법적으로는 괜찮았다. 이 땅엔 아직 법보다 위대한 권력이 있었지만, 더 큰 힘으로 찍어 누르면 되니까. 법을 명분 삼으면, 리한의 힘으로 넘길 수 있는 문제다.

그런데 내가 언제부터 이렇게 리한, 리한 하게 된 거지. 갈수록 내 사고방식이 오만하고 재수 없는 사춘기 청소년처럼 변하는 것 같은데.

침묵이 길어지자 에콰이어가 불안해 보여서, 나는 잡념을 떨치고 답했다.

"문제없습니다, 분명히."

그러자 세시오가 입을 열었다.

"확정지어 이야기하는 건, 황제의 승인이 떨어졌다는 말인가?"

"당신, 또……."

왜 자연스럽게 말하고 있는 건데.

어처구니가 없었으나 에콰이어는 별로 동요하지 않았다. 내가 없는 자리에서 이미 입을 열었다는 뜻이다. 무어라 한 소리를 해 주려다가 나는 입을 다물었다.

그래, 됐다. 브루넬 멀든에 네빗 엔하르트. 앞선 상대들과 비교하자면 에콰이어쯤이야.

"……황제의 승인은 못 받았는데, 받은 거나 다름없어."

"무슨 말이지?"

"리한에는 승인 없이도 영지전을 인정받을 수 있다는 특권이 있거든."

다시 말하자면, 그런 특권은 없다. 신성제국으로 출범한 나라에서 마음대로 전쟁을 일으킬 권리를 내줄 리가 없지. 세시오도 같은 생각을 했는지, 눈을 가늘게 뜨고 의심했지만 나는 당당했다. 네가 우리 가문의 특권에 대해 뭘 알아.

문득 시계를 보니, 어느새 시간이 많이 지났다. 나는 에콰이어에게 영주 임명식을 준비해 달라고 말한 뒤 자리에서 일어났다. 본인한테 본인 임명식을 떠넘기는 게 좀 그런가 싶었지만, 그녀는 조금도 껄끄러워하지 않았다.

그리고 나와 세시오는 자리를 옮겼다.

"진짜는 뭐지? 정말 그런 특권이 있는 건 아닐 테고."

"약간의 지혜를 발휘했지."

별도의 설명을 덧붙이지도 않았는데 그는 나를 묘한 눈으로 바라봤다.

"이러다 사기꾼이 되겠군."

"내가 뭘 했는지 알고."

"그대가 사기꾼이 돼도 좋아. 이왕이면 모두가 피해 다닐, 비열한 사기꾼으로 자라 주면 더 고맙겠군."

"뭐?"

"그러면 내가 그대를 독점할 수 있을 텐데."

이게 농담이야, 진담이야. 말투는 장난스러웠지만 춤 한 번 췄다고 네빗에게 죽으라 한 전적이 있다 보니, 영 의심스럽다. 나는 일단 농담이라 믿으며, 말을 돌렸다.

"혹시나 하고 말해 봤는데, 딱 당신 같은 표정을 짓길래 정말 특권 있는 척한 게 전부야."

자세히 알아보면, 언젠간 그런 게 없다는 걸 알게 되겠지만, 공작도 당장은 그럴 시간이 없을 것이다.

"로잘린느는 어떡할 거야. 정말 눈 하나 깜짝하지 못하던데."

"죽진 않을 거야."

"어떻게 장담해?"

묻고, 나는 바보 같은 질문이었다는 걸 깨달았다. 세시오에겐 기적이 있었으니까. 내가 답을 눈치챘다는 사실을 알았는지 그는 어깨만 으쓱이고 말았다.

그러더니 돌연, 그의 입에서 뜬금없는 화제가 튀어나왔다.

"샐리를 봤어."

"샐리……? 아, 꽃 팔던 여자애."

"처음 봤을 때랑 완전히 달라졌던데."

"당신 진짜 남한테 관심 없구나. 그때도 날이 갈수록 얼굴빛이 바뀌었거든?"

"……정말, 나만 몰랐던 모양이군."

"그런데 그 애가 왜. 무슨 문제 생겼대?"

"아니."

그는 입을 달싹이다가 말했다.

"고맙다고 하더라고."

"그야 그렇겠지."

"……."

"아니, 당연하잖아."

고마운 일을 했으니까. 어이가 없어서 쳐다보자, 그는 무겁게 나를 끌어안았다. 이젠 틈만 나면 쿠션 취급이군. 지금은 겨울이라 괜찮지만, 여름엔 하지 말라고 해야지. 아니다, 언령으로 몸을 차게 하고 하면 괜찮으려나.

"기분이 이상했어. 난, 고맙다는 말을 들어본 적이 없어서."

"내가 한 건, 고맙다는 말이 아니라 살해 협박이었나 봐."

"그대랑은 경우가 좀 다르지."

"좋은 의미라고 믿을게."

"이상하게도……. 그게 기뻤어."

"전혀 이상한 일이 아니지만, 그러네. 계속 숨어서 했을 테니 선행을 하면서도 결실은 한 번도 못 봤구나."

나는 고개를 크게 끄덕인 다음, 그의 몸을 밀어냈다. 그러고는 세시오의 어깨에 양손을 올리고, 그를 똑바로 보며 말했다.

"그러니까 세시오. 기쁘지?"

"방금 그렇다고……."

"그러니 앞으론 티 좀 내면서 하자. 사람은 생색내야 알아줘."

그는 어처구니가 없다는 듯 웃었으나, 나는 100퍼센트 진심이었다.

황궁의 어느 지하 감옥. 제몬 데이브릭은 타니타르 공작을 만나는 중이었다.
그가 초조한 얼굴로 물었다.

"테릴이 올 거라고 하지 않았습니까?"

"나도 그럴 줄 알았네."

제몬의 물음에, 공작이 노골적으로 얼굴을 일그러뜨렸다.

"애꿎은 후작부인은 왜 만나고 간 건지."

제몬의 심장이 덜컹 흔들렸다. 그는 철창을 거세게 움켜쥐었다. 그 바람에
요란한 소리가 났지만, 소음에 불쾌해한 건 공작뿐이었다.

"테릴이 어머니를 만났다고요?"

"해코지하진 않았네. 엿듣진 못했지만 무언가 이야기하다가 돌아가더군."

"왜……."

"소공작이 돌아간 뒤 후작부인의 표정이 영 이상했다고 하니, 욕이라도 퍼부
었나 보지. 그보다."

타니타르는 대수롭지 않다는 투로 말하고, 눈빛을 바꿨다. 서늘한 시선이 제
몬을 그대로 헤집을 듯하여, 청년은 주춤 두어 걸음을 물러났다.

"자네의 안부 한 번 묻지 않던데. 후작부인을 만나고 돌아가는 발걸음에도
망설임이라곤 없었어."

"……."

"나와 한 거래, 지킬 수 있긴 한 겐가?"

"지킬 수 있습니다!"

제몬은 다급히 답했다. 그러고는 불안함에 눈동자를 굴리면서, 다시 말했다.

"지킬 겁니다."

"그게 의지로 되는 문제여야 말이지."

공작은 퍽 신경질적인 모양새로, 케인을 감옥 바닥에 문질러댔다. 쇠와 돌이 맞부딪히면서 소름 끼치는 소음을 자아냈다.

"정말 소공작이 자네한테 미련이 없다면 난 뭘 어째야 하는가. 숙부도 전 애인도 쓸모없는 패가 되면, 화가 날 것 같은데 말이야."

고개를 푹 수그리며, 제몬이 입술을 짓씹었다. 그 모습을 공작이 한심한 눈으로 내려다보았다. 수도에서 오래 살았다면서, 리한 소공작은 왜 그리 인맥이 없어 이용할 사람도 적은 건지. 짜증을 참지 못하고, 타니타르가 돌바닥을 케인으로 내리쩍었다.

'이놈이 안 되면 다른 사람을 찾아야…….'

공작은 턱을 매만지며 생각에 잠겨 있다가 문득 고개를 들었다. 아니지, 생각해 보니 관계가 중요한 게 아니었다.

"좋아, 그럼 이렇게 하면 어떤가."

타니타르 공작의 두 눈이 음험하게 빛났다.

에콰이어의 영주 임명식은 정말 간단히 진행됐다. 기존 영주인 데이브릭 백작의 물건을 다 뺏어 쥐어 준 다음.

"왈릿의 새로운 영주로, 에콰이어 콰르테를 임명한다."

그렇게 말했을 뿐이다. 왈릿의 진짜 주인을 대신해 영지민을 성심성의껏 돌보라느니 어쩌니, 하는 이야기도 있었지만 글로 써도 열 줄이 채 되지 않을 정도다. 어쩔 수 없는 일이었다. 왈릿에서 다시 수도로 가려면, 일곱 시간이나 걸리니 제대로 된 절차를 거칠 여유는 없었다. 그 때문에, 달란트 데이브릭에 대한 이야기도 마차에서 나누어야 했다.

"어제는 타니타르에서 면회를 허락해 줬지만, 이번에도 그럴 순 없을 거야."

"원래 계획대로 해야지. 몰래 들어가는 것 말고 방법이 있나."

"애당초 왜 타니타르가 그런 짓을 했을까."

"후작부인이 아니라 제몬을 만나게 하려던 것 같았는데, 뭐 독이라도 쥐어 준 거 아닐까."

뭐가 됐든, 나를 죽일 수 있는 수단이 있다고 생각했으니 끌어들였을 것이다. 그 함정에 당해 죽은 척했으면, 공작의 반역을 유도하기도 괜찮았을 텐데.

내 말에 무슨 생각을 했는지, 세시오의 눈이 가늘어졌다.

"……그래서 달란트는 무어라 하던가."

"그게 말이야."

후작부인과 나눈 이야기는 많았다. 세시오가 지워 버린 달란트 데이브릭의 기억이 다 되살아났다든가.

"가문에서 시키는 대로 세시오를 죽이려 하다가도, 갑자기 정신이 들어 독이 든 찻물을 엎지르고."

"그 애를 창밖으로 밀어 버리려 했으면서, 세시오에게 화분이라도 떨어지려고 하면 소리를 질러 피하게 하고."

가문의 압력으로 세시오를 죽이려 들면서도, 본심은 그러고 싶지 않았다든가. 그러나 어느 하나 내가 할 이야기는 아닌 것 같았다. 어차피 그녀를 만나러 가는 길이니, 직접 대화하는 게 낫겠지.

　"내 말대로 할지, 고민해 보겠대."

　"중간에 좀 말을 흐리지 않았나."

　"말하려다 보니 귀찮아져서. 자세한 이야기는 만나서 들어."

　"……만난다고?"

　"왜 그렇게 놀라. 그럼 나 혼자 잠입할 줄 알았어?"

　"내가 만난다고 해 봐야 별다른 의미도—."

　"아니, 내가 후작부인을 돕는 게 당신 때문인데 당사자만 쏙 빠지겠다고?"

　어이가 없어 묻자, 염치를 되찾은 이가 입을 다물었다.

　"시간 없으니 후작의 역모 증거나 만들어 봐."

　"콰르테에서 데려오지 않았나."

　"하나론 정 없지."

　"더군다나 '하겠다.'가 아니라 '고민해 보겠다.'라며."

　"오늘 내로 담판을 지을 거야. 후작부인이 뭐라고 답하든 나는 결론 내렸으니까."

　어제 만났던 건 그녀의 위치를 파악해 두기 위해서였을 뿐이다. 다만 달란트 데이브릭이 내 제안을 수락해 주는 편이 더 그림이 좋긴 하겠지.

　세시오는 잠시 고민하다가, 역모의 증거가 있으면 좋겠다고 말했다. 그러자 그의 손에 영상구가 생겼다.

　"만든 거야?"

　"내 영상구 하나를 가져와서, 다른 걸 입혔지."

　아, 창조는 못 한다고 했지. 나는 고개를 끄덕이고 구슬에 비치는 걸 보았다.

데이브릭 후작이 에이빌로스에게 검을 휘두르는, 정말 직관적인 모습이었다.

"……와, 정말."

여러 가지 의미로 나는 박수를 칠 수밖에 없었다.

"마음에 드나?"

"탈락."

제정신인 건가.

"장난해? 이게 가짜 건 타니타르 공작도 뻔히 알 텐데, 통신구를 조작할 수 있는 능력을 보여 줘서 뭐 하게."

언령의 존재를 알아 달라 애원하는 것도 아니고. 아니, 잠깐만.

"이거, 사람만 타니타르 공작으로 바뀌면 괜찮겠는데."

"이걸로 역모를 뒤집어씌우는 건 안 돼."

"왜?"

"영상구는 눈앞의 광경을 기록할 때마다, 규칙성이 전혀 없는 새로운 파장을 만들지. 그걸로 위조 여부를 분간하거든."

"새로운…… 창조라 안 된다는 거야?"

"영상구가 조작되었다는 게 증명되면, 역풍이 단단히 불 테지."

그러면 애당초 왜 만든 건데. 갈수록 재미도 없는 장난만 늘어선. 어이가 없어 세시오를 노려보자, 그는 천연덕스럽게 어깨를 으쓱였다.

"농담이었어. 진짜는 이쪽."

그는 이번에는 서신 하나를 만들었다. 나는 그 내용물을 천천히 읽어 보았다.

「에이빌로스를 죽여라. 데이브릭의 검술은 흔적을 숨기되, 불가
피한 상황이라면 사용해도 좋다. 누군가 흉내 내 누명을 씌우려
한 거라고, 역으로 누명을 씌우면 될 일이니까. 어차피 타니타

르 공작은 우리의 편을 들어줄 것이다.」

정말 직관적이고…… 솔직히 말해, 성의 없는 서신이었다.

"알버트 데이브릭의 필체야. 몇 번이나 봤으니 분명하지."

"당신이 그 사람 필체를 어떻게 아는데."

"데이브릭에서 무슨 일이 일어나는지 정도는 알아야 하지 않겠나."

"스토킹이 생활화됐구나."

암호도 없이 이런 요약판 서신을 썼을 리 없지만. 그걸 또 후작부인이 빼돌려 고발용 증거로 보관하고 있을 리도 없지만. 현실적인 가능성은 좀 배제해도 괜찮았다. 어차피 타니타르 공작도, 데이브릭의 반역을 확정 지을 증거가 필요할 테니까. 이쪽에 역공이 들어올 정도가 아니면 조작 티가 나도 괜찮다.

"애당초 타니타르는 왜 데이브릭을 쳐 낸 걸까."

처음에는 그걸 빌미로 세시오와 나를 엮어, 리한에 누명을 씌우려는 줄 알았다. 그러나 타니타르의 반응은 뭐랄까. 누명을 써 주면 좋고, 아니면 말고 식으로 미적지근했다.

"공격이 아니라 방어일지도 모르지."

"방어라고?"

"데이브릭은 황족을 숨겨 길렀으니까 잘못 엮이면 타니타르도 위험해지거든."

그렇긴 했다. 황족을 숨겨 기른 건 그 자체로 반역 모의였으니까.

"사이가 틀어진 건 나를 죽이려다 실패한 이후야. 타니타르는 그쯤부터 거의 보이지 않았지만, 데이브릭은 보였거든."

세시오를 죽이는 데 실패했으니까, 데이브릭이라는 꼬리를 잘라 내 버렸다. 과감하고 비정한 사내였다.

"확실히 유용한 능력인데 말이야. 타니타르 쪽을 못 보게 된 게 좀 아쉽네."

"궁금하다면 해 볼까."

"못 본다며."

"무리하면 조금은 가능할지도 모르지."

무슨 소리냐 묻기도 전에, 세시오의 눈이 조금 빛났다. 등을 켜 놓은 것처럼 선명한 차이는 아니었으나, 확실히 천리안을 쓰지 않을 때와는 달랐다. 그는 무언가 잘 안 되는 듯 눈가를 찡그리며, 허공을 바라봤다.

"보여?"

"이상하게도 장애가 적어졌어. 마나 밀집도가 낮아졌군."

"……혹시 타니타르를 보지 못한 거 최상급 저주 때문 아니야? 북부로 옮겨 가면서, 마나의 밀집도가 낮아졌다거나."

"그렇다면, 지금은 완전히 보여야겠지."

"그도 그렇네. 그런 걸 여러 개 만들진 않았을 테니까. 그래서 뭐가 보여?"

"잘 보이지 않아."

"이런 때 장난을 치고 싶어?"

"아니, 어두운 장소에 있는 것 같아. 빛이 잘 들지 않는 깜깜한."

세시오의 눈매가 더 일그러졌다. 흰자가 발갛게 물드는 모습이 영 심상치 않았다.

"무리하는 거 아니야? 안 보이면 그만둬."

"조금만 더."

그는 잠시간 더 그러고 있다가, 이름자 하나를 내뱉었다.

"제몬……."

그렇게 말한 직후, 그의 눈에 돌던 희미한 빛이 사라졌다. 두 눈동자에서도 초점이 확 흐려졌다.

"세시오?"

느리게 눈을 두어 번 깜박이더니, 세시오의 몸이 앞으로 기울었다. 의식을 잃는 줄 알고 다급히 그를 받쳤으나, 이번엔 정신이 남은 모양이었다. 세시오는 그를 끌어안은 내 팔을 붙잡고 말했다.

"……괜찮아."

그러나 난 괜찮지 않았다.

"방금 뭐야."

"별거 아니었어."

"눈에 초점이 안 맞았잖아."

그대로 의식을 잃었다면 모를까, 그게 아니기에 나는 신경 쓸 수밖에 없었다. 언령의 과도한 사용으로 인한 부작용이 말을 못 하게 되는 거였던가. 그렇다면 천리안은……. 떠오른 추측을 확인할 겸, 나는 세시오의 앞에서 손을 흔들어 보았다. 그는 전혀 이상을 눈치채지 못했다.

"……천리안을 과도하게 쓰면, 앞을 못 보게 되는구나."

"못 숨기겠군."

"세시오."

"그래서 이 능력은 좀 더 조심해서 쓰는 편이야. 말을 못 하는 건, 평소에도 마찬가지지만 이쪽은 곤란해서."

내게 기댄 채 그는 몇 번 더 눈을 깜박였다. 그러는 동안 초점은 천천히 돌아왔다. 도로 맑아진 눈빛으로, 세시오는 내게 기댔던 몸을 일으켰다. 그의 얼굴은 아무 일도 없던 것처럼 덤덤했고, 그래서 화가 치밀었다.

"무리해서 볼 필요 없는 상황이었잖아. 그러다 영영 안 돌아오면 어떡하려고 그런 거야."

"저번에도 봤잖나. 충분히 쉬면 언젠가는 돌아오게─."

"언령은 각오라도 했지!"

영지민을 다 치료하는, 대규모의 기적이었으니 무언가 일이 벌어질 걸 짐작
했다. 마음의 준비도 했고, 지금 한 것보다는 쓸모 있는 일이었다. 무엇보다 그
를 향한 감정이 지금만은 못한 때였다.

언성을 높이자 세시오는 놀란 듯, 나를 쳐다봤다.

"화가 났나."

"왜 화가 났냐고? 당신이 너무 자기 몸 안 아껴서!"

"테릴, 나는 정말—."

"계속 그런 식으로 굴면, 나도 다시 생각할 거야."

"뭐……?"

"자기 몸을 그렇게 아끼지 않는 사람을 어떻게 좋아해. 저 혼자는 멀쩡하고
내 속만 너덜거릴 텐데."

분노를 참지 못하고, 짓씹듯 말하자 세시오의 얼굴이 변했다. 조금 당혹스러
워하던 표정이 빠르게 무너져 내렸다. 세시오는 앉은 자리에서 일어나 내 앞에
한쪽 무릎을 꿇어앉았다. 마차가 크다 한들 그의 체격은 너무 큰 탓에, 주위가
꽉 찬 느낌이 들었다.

"잘못했어."

당혹스러워서 나는 바로 반응하지 못했다.

"안 할게."

남의 트라우마를 건드려대는 것 같아 기분이 좋지 않았다. 못할 말을 한 건
아닌 것 같은데, 그렇게 생각하기에 세시오의 표정이 너무…….

"이제 다신 보지 않을게."

도저히 보고 있을 수 없어, 나도 앉은 자리에서 내려와 그를 끌어안았다. 그
는 퍽 절박한 손짓으로 내 등을 단단히 휘감았다. 조금 숨이 막힐 정도였으나,
못 견딜 정도는 아니었다. 세시오의 심장이 터질 듯 요란하게 뛰는 것이 내게

도 전해졌다.

"아예 쓰지 말라고 한 게 아니야. 내가 왜 당신 행동을 일일이 통제하겠어."

"……."

"난 그냥 당신이 다치는 게 싫어. 별것도 아닌 일 때문이면 더 그렇고."

"미안해."

세시오는 다 죽어 가는 목소리로 겨우 답했다. 얼마나 그러고 있었을까, 세시오의 박동은 천천히 안정되었다. 이제 좀 괜찮아졌는지 그는 내 어깨에 느리게 뺨을 비비다가 불현듯 목을 깨물었다. 아프진 않았지만, 놀란 건 당연했다.

"당신이 개야?"

어이가 없어 묻자, 그는 여전히 내 어깨에 얼굴을 묻은 채 말했다.

"……생각해 보니 너무하군."

"미안하단 말이 3분을 못 가?"

"그거 말고. 아직 제대로 사랑한다는 말도 못 들어 봤는데 헤어지자니. 아니지, 만난 것도 아니고 만날 약속이었으니 그대는 더 잔인해."

"그럼 이런 소릴 하게 하지 마."

"그냥 그렇게 말해 줘."

"뭘……."

"천리안을 과도하게 쓰지 말라고. 아니면 쓰기 전에 허락을 받으라고. 그대가 말하는 대로 할 테니까, 그런 말은 하지 마."

"……알았어, 그건 나도 미안해."

나는 한숨을 내쉬며 세시오의 등을 쓰다듬었다. 그는 저항 없이 손길에 몸을 맡겼다.

"당신은 가끔 너무 연약해서 토끼 같을 때가 있어."

그는 한 박자, 느리게 답했다. 이걸 답이라고 해도 될지는 모르겠지만.

"그거 아냐, 테릴."

"뭘."

"토끼는 당신 생각보다 연약해."

그 연약한 동물을 저와 비교해서 자존심이 상했다는 말인가.

"반드시 집에 들여 키워야 하고 애정을 듬뿍 줘야 하지. 하루라도 주인의 얼굴을 보지 않으면 죽고 말 거야."

"……정말 상상도 못 했다, 이런 수작질."

"마음에 들면 점수를 매겨 줘."

"13점. 이제 하지 마."

"그럼 가장 점수가 높았던 수작은 뭐지?"

"말 안 해 줄 건데."

"테릴."

"안 알려 준다니까."

"사랑해."

그는 내 몸을 끌어안은 팔을 풀고, 내게 입을 맞추었다. 가벼운 맞닿음이었을 뿐이지만, 사랑한다는 말을 들은 직후라 나는 몹시 당황했다. 나도 모르게 뒤로 물러나려 했으나, 마차의 의자가 내 움직임을 저지했다.

"……15점."

당장의 당혹스러움을 해소하기 위해, 나는 아무렇게나 내뱉었다. 정말 15점짜리는 아니었지만.

세시오가 웃음을 터뜨렸다. 그러고는 웃음기가 남은 얼굴로 계속해서.

"사랑해."

코끝에 입을 맞추고.

"사랑해."

이마에 입을 맞추고.

"사랑해."

다시 입술로 내려왔다. 점점 더 달고 어두워지는 목소리에, 나는 어떻게도 반응할 수가 없었다.

"뭘 하면 100점이 될 수 있을까."

"……."

"뭘 하면 그대가 날 사랑한다고 말해 줄까."

심장이 덜컥하는 느낌에, 반사적으로 입을 열었지만 아무 말도 할 수 없었다. 세시오가 손을 들어 내 입을 막아 버렸다. 그 뒤, 그는 제 손등에, 내 입술을 덮은 바로 그 자리에 한 번 더 키스했다.

"알고 있어. 수도의 일을 정리한 다음, 말해 주려는 거."

"……아."

"그냥. 한 번씩 불안할 때가 있어 말해 본 것뿐이야."

그러고는 그의 손등도, 입술도 내게서 떨어져 나갔다. 내 마음을 알면서도 바로 돌려주지 못하는 데, 죄책감을 느꼈다. 나는 입술을 달싹였다. 사랑해. 다른 이에게는 쉽게 내뱉었던 말이, 세시오에게는 어려웠다. 마음의 크기가 다르기 때문일까, 아니면 한 번 입은 상처가 그토록 지독했던 걸까. 마음을 전한 것이나 다름없는 상황에서도, 말소리는 목에 걸려 나오지 않았다.

사랑해. 연습이라도 해야겠네. 나는 한숨을 겨우 삼켰고, 그 순간 마차가 목적지에 도착했다. 마차의 문을 열고 나가려 하자, 세시오가 내 팔을 잡고 멈춰 세웠다.

"제몬을 봤어."

"뭐? 아."

그러고 보니, 조금 전 그렇게 말했지.

"제몬이 타니타르 공작과 있더군."

"봐. 당신이 잠깐 눈까지 멀었는데 얻어 낸 게 그것뿐이잖아."

그쯤은 당연히 짐작하던 이야기였다. 타니타르는 나를 제몬과 만나게 하고 싶어 했으니까. 왜 그렇게 티를 낸 건지, 지금도 모르겠지만.

"그대가 공작의 수작을 역이용할 생각임은 알지만, 되도록 조심했으면 해."

"그렇게. 그래도 걱정할 거 없어, 세시오."

"테릴."

"아니면, 제몬을 죽일까 걱정하는 건가? 뼈를 몇 개 부러뜨릴진 몰라도 안 죽여, 걱정 마."

나는 장난스럽게 말했으나, 그는 웃지 않았다. 다른 이야기가 없으니 대단한 걸 더 본 것 같진 않은데. 할 수 없이 나는 좀 더 진지한 논리를 펼쳤다.

"단순 비교만 해도 그래. 타니타르는 희미하게 보이지만, 리한은 아예 안 보인다며."

마나의 밀집도를 따지면, 당연히 내 쪽이 우위였다. 그걸 몸으로 체감해 놓고 뭘 걱정하는 건지. 그제야 납득한 건지, 세시오는 내 팔을 놓아 주고 느리게 고개를 끄덕였다.

바깥으로 황궁이 보였다.

후작부인이 갇혀 있는 곳은 황궁의 아네모네 궁이었다. 이전에는 황족들이 썼으나, 어느 기사가 자결한 이후로는 죄가 확정되지 않은 귀족들을 가둬 두는 장소로 쓰였다. 제몬과 데이브릭 후작은 이미 지하 감옥에 갇혀 있긴 했지만.

문 앞을 지키는 두 명의 병사를 간단히 제압하고, 나는 시종장에게서 훔쳐

온 열쇠 뭉치를 꺼냈다. 후작부인이 갇혀 있던 방문에 하나하나, 맞춰 보는데 세시오가 돌연 감탄사를 냈다.

"도둑이 돼도 잘하겠군."

"이번엔 사기꾼이 아니라 도둑이야? 아무리 날 범죄자로 만들어 봐야 소용없어. 어지간한 죄는 리한의 힘으로 묻어 버릴 테니까."

"……."

"왜 표정이 심각해져? 그거 농담 아니었어?"

그때, 열쇠 하나가 문고리에 맞아떨어졌다. 열쇠 뭉치를 도로 품에 넣고, 나는 빠르게 문을 열었다. 그러자마자 괴성이 들렸다.

"아아악!"

죄인이 바깥사람과 소통할까 염려한 걸까. 아무래도 문에 방음 마법이 걸려 있던 모양이다.

"싫어! 날 여기서 내보내 줘! 내가 왜 여기에 있어야 해!"

후작부인은 쉰 목소리로 소리를 지르며, 안에 있는 걸 죄 내던지고 있었다. 저번의 차분하던 분위기와는 영 딴판이라, 나는 애써 한숨을 삼켰다. 그래, 이쪽이 더 익숙하긴 하지. 옆을 보니 세시오가 가라앉은 얼굴로 그녀를 보고 있어서, 나는 한 번 그의 손을 잡아 주었다.

문을 닫으며, 나는 그녀에게 다가갔다. 대화를 나누려면 어떻게든 진정시켜야 했다.

"……안녕하세요, 후작부인."

"날 당장 내보내지 못해! 나는 대 후작가의 안주인이다, 제몬! 어디 있니, 제몬! 이 어미를 구해다오, 아가!"

그녀는 듣는 시늉도 하지 않았다. 저렇게 흥분한 후작부인을 말릴 수 있는 건 제몬뿐이다. 그렇다고 감옥에서 그를 납치해 올 수도 없고 마냥 기다릴 수도 없고. 어째야 할까, 곤란해하는 중에 돌연 후작부인이 비명을 멈추었다. 정신이 들었나? 반색하며 그녀를 쳐다봤으나, 후작부인이 보고 있는 건 세시오였고 그 눈빛은 번들거린다는 묘사가 정확한 정도였다.

"세시오?"

"……설마."

"세시오, 세시오, 세시오! 네가 날 여기 가둬 뒀구나, 네가 내 아들을 빼돌렸구나!"

데이브릭 후작저의 악몽이 다시금 되살아나는군. 그녀는 성큼성큼 걸어 세시오에게 다가갔다. 난 다급히 그녀의 뒤를 따라붙었다.

"그래, 네가 아니고서야 나를 괴롭힐 사람은 없지."

"진정 좀 하세요, 후작부인!"

"네가 나를, 내 아들을 이렇게 만들었어! 뭔데 나를 이렇게 힘들게 하는 거니! 네가 뭔데 우리를!"

그녀가 번쩍 손을 치켜 들었다.

"제발 좀, 달란트!"

그 손을 붙잡으며 그녀의 앞을 막아서 소리치자, 후작부인의 움직임이 멈추었다. 한 번, 두 번. 달란트 데이브릭이 멍하니 눈을 깜박였다.

"아."

저번에 본 것처럼, 그녀의 눈빛에 이성이 자리 잡았다. 이렇게 빨리 돌아올 줄이야, 운이 좋았다.

"리한 소공작."

후작부인은 힘없는 소리로 나를 부르고는 몸을 비틀거렸다. 부축해 주려 했으나, 그녀는 고개를 저어 거절하고는 바닥에 주저앉았다.

"정신이 좀 드신 거죠. 몸은 좀 괜찮─."

"난, 난 못하겠어요."

내 말을 다 듣지도 않고. 그녀가 쉰 소리로 말했다. 무얼 말하는지는 바로 알아들을 수 있었다. 저번에 했던 제의의 답이었다.

"소공작이 간 다음 많이 생각해 봤는데, 그래도 안 되겠어요. 내가 그 사람을 고발한다고요? 이혼? 데이브릭을 벗어난다고?"

"……."

"날 노려볼 거예요. 또 폭언을 퍼부을 거고. 그러면 나는 몸이 떨려서 그분의 눈도 볼 수 없어요."

"그러면 그냥 반역죄를 뒤집어쓰고 죽겠단 말이에요?"

"죽더라도 최소한 각하에게 살해당하진 않겠지!"

후작부인은 양팔로 제 몸을 끌어안고 벌벌 떨었다.

"웨거 자작도, 내 어머니도 날 가만두지 않을 거예요. 제몬이 소후작 자리에서 박탈당한 걸로도 얼마나 화를 내셨는데."

"부인."

"내가 하겠다고 한 것도 아니잖아요. 생각해 보겠다고 말했을 뿐인걸요. 난 못해요. 무서워요. 하고 싶지 않아요. 이젠 다, 지긋지긋해."

그녀는 고개를 푹 수그렸다. 달란트 데이브릭의 그림자 위로 눈물이 뚝뚝 떨어져 내렸다. 생각보다 강건한 반응이었다. 이렇게 되면 이 방식을 포기하고, 그녀를 납치해 빼돌려야 했다. 그 방식에 납득할지는 모르겠으나, 후작부인을 죽게 할 수는 없었으니까.

마음이 좋지 않아 한숨을 삼키던 때, 낮은 목소리가 방안을 울렸다.

"부인이 하지 않으면, 제몬이 죽을 겁니다."

세시오였다. 달란트가 기억을 찾았다는 이야기는 전해 주지 않았으니, 그는 입을 다물고 있어야 정상이다. '달란트'가 아니라 '부인'이라고 부른 걸로 보아,

진실을 알아차린 눈치도 아니었다. 그만큼 답답했던 걸까, 혹은 간절했던 걸까.

"죄를 덮어쓰는 건, 제몬도 마찬가지일 테니."

"아……."

그녀는 의미 모를 신음을 내뱉었다. 세시오는 그것이 제가 입을 연 데 대한 놀람이라고 생각하는 모양이었지만, 나는 그게 아니란 걸 알았다. 달란트 데이브릭의 눈은 격하게 흔들리고 있었다. 당사자가 아닌 이상 그 감정을 명확히 읽어 낼 수는 없으나, 그 안에서 나는 그리움을 본 것만 같았다.

"제몬이 죽는 것도 어쩔 수 없는 일입니까? 바라신다면 웨거와 후작을 처리―."

"목소리가…… 많이 달라졌구나."

세시오의 말과 전혀 상관없는 답. 씁쓸하나 애정이 담긴 목소리. 알아볼 수 없는 감정으로 얼룩진 두 눈.

이번에는 세시오의 눈이 흔들렸다. 그는 천천히 시선을 들어, 차마 마주하지 못하던 후작부인의 눈을 바라보았다. 그녀가 옅게 웃었다.

"하기야 사내아이는 자라며 소리가 굵어지니까."

세시오는 어떤 말도 꺼내지 못했다. 도움을 청하려 나를 봤으나, 내가 해 줄 수 있는 일은 아무것도 없었다. 도망칠 길은 없다는 듯, 문을 막아서자 그의 얼굴에 옅은 배신감이 떠올랐다. 잠시였지만, 이 분위기도 잊고 웃을 뻔했다.

"왜 날 도와주려는 거니."

"……."

"나는 네게 못 할 짓을 많이 했는데. 틈만 나면 폭언을 퍼붓고 죽이려고 달려든 것도 여러 번이었지."

그 말에 나는 움찔하고 말았다. 자연히 따라붙어야 할 말이 거기선 끊겨 있었다. 내게는 죽이려고 했음에도 그럴 수 없어 말렸다고 말했으면서. 모든 살해 시도가 그렇게 끝맺지는 않았겠지만, 한두 번뿐이었다고 해도, 그녀는 말해야 했고 세시오는 알아야 했다. 어째야 할까, 나는 손끝을 꼼지락거렸다.

"제몬도 마찬가지야. 부모를 잘못 만나 그렇게 됐다지만, 그 아이는 후작이 되면 널 죽일 생각이었단다. 그런데도 왜."

"……."

"왜 이렇게 착하게 구는 거니. 잠깐 잘해 줬던 게 뭐라고."

"절…… 기억합니까?"

내내 그녀의 말을 듣다가 세시오가 뒤늦게 입을 열었다. 동요가 그대로 드러나는 목소리였다. 그가 내뱉은 질문에 후작부인은 괴롭게 얼굴을 일그러뜨렸다. 세시오는 혼란스러운지, 양손으로 몇 번이나 얼굴을 쓸어냈다.

"어째서. 이번에도, 내 바람이 섞였나. 나는 잊어버리라고—."

"기억뿐만이 아니야."

이쪽이 입을 열면 저쪽이 입을 다물고, 저쪽이 물으면 또 이쪽이 침묵하고. 시간이 많지도 않은 터라, 나는 보다 못해 끼어들었다. 마침 딱 좋은 타이밍이기도 했다.

"감정도 많이 남았을걸."

"소…… 공작."

"저번에 왔을 때 그런 말을 들었어."

"가문에서 시키는 대로 세시오를 죽이려 하다가도, 갑자기 정신이 들어 독이 든 찻물을 엎지르고."

"그 애를 창밖으로 밀어 버리려 했으면서, 세시오에게 화분이라도 떨어지려고 하면 소리를 질러 피하게 하고."

들었던 말을 그대로 읊어 줄 줄은 몰랐는지, 후작부인의 얼굴이 당혹감에 일그러졌다.

"그, 건 그냥 죄책감 때문에……! 세시오가 날 도울 이유는 되지 않아요. 나는."

반면 세시오의 얼굴은 뒤통수를 얻어맞은 사람처럼 멍했다.

"그건, 내 행운이……."

"아니었던 거지. 못해도 그 일부는 말이야."

"죽이려고 했던 건 진짜예요. 개중 몇 번은 저지하지도 않았지요. 그런 식으로 내 죄를 희석하지 말아요."

"저희에게도 그 정도 사고력은 있습니다, 부인."

나는 차가운 목소리로 말했다. 내게는 무슨 말을 해도 통하지 않는다는 걸 알았는지, 달란트 데이브릭이 세시오의 두 손을 붙들었다.

"안다면 날 내버려 둬. 그래도 돼. 네겐 그럴 권리가 있어."

"그럴 수 없어요, 달란트."

"아니, 할 수 있어. 방금도 보지 않았니?"

"그러고 싶지 않아요."

세시오가 한 말에 나는 좀 놀랐다. 그가 저렇게 확고하게 바람을 말하는 건, 분명히 처음…….

"그대가 날 사랑하면 좋겠어."

……은 아니지만, 드문 일이었으니까. 생각해 보면, 좀체 제 의사를 드러내지 않던 사람이 데이브릭을 버리는 일에는 몹시 머뭇거렸다. 그래서 달란트 데이브릭을 살려야겠다고 결심한 거기도 하지만.

후작부인이 허탈하게 웃었다.

"네 다정함은 언제나 내게 독이 되는구나."

그 말에 세시오는 멈칫했고, 나는 좀 감탄했다. 이 상황에 할 소리는 아니지만, 세상에 업보라는 게 정말 있구나. 세시오가 저 소리 할 때 정말 꼴 보기 싫었는데.

"네가 착한 아이일수록, 네가 내게 마음을 써 줄수록 난 더 괴로워져. 죄책감을 견딜 수가 없어."

"……달란트의 정신이 무너진 데는, 제 몫도 있는 거군요."

"그렇게 말하지 말렴!"

세시오는 언제나처럼 자학을 했을 뿐인데, 그녀가 식겁하며 소리쳤다. 악취미인지 나는 좀…… 재밌었다. 오래 볼 수는 없었지만.

"네 잘못이 아니야! 내가 못난 탓이야. 내가 약하고 무능하고 못 돼서……."

"엄밀히 말해, 후작의 탓이죠. 웨거 자작가의 탓이고요."

"……"

"세시오가 착하게 굴수록 죄책감을 느끼시는 건 당연한 일이에요. 그리고 그 죄의식을 부인이 감당하는 것도 당연한 일이고요."

맞아요, 달란트. 세시오가 내 말에 동조하며 나섰다.

"내게 죄책감을 느낀다면 살아 주세요."

"……같은 소릴 하는구나. 둘이 똑같은 소릴."

힘없이 중얼거리고 그녀는 양손으로 제 얼굴을 덮었다. 후작부인의 어깨가 떨렸다.

"난 각하의 얼굴을 보고 버티지 못할 거야. 두려워지면 또 미치광이처럼 돌변하겠지."

"그럼 눈을 가려드릴까요?"

"뭐……?"

"눈을 가리고 귀를 막고. 제가 부인의 대변인이 되어 떠들어대면 되니까요."

못 보겠으면 안 보면 된다.

"아니면 후작의 얼굴을 가려 버려도 그만이고요."

"그건……."

"어떻게 하실지는 원하는 대로 하세요. 그냥 이혼할 의사가 확실하냐고 물을 때, 그저 고개만 한 번 끄덕이시면 돼요."

여기까지 떠먹여 줬는데도 거절하면, 답은 정말 납치뿐이다. 내가 무슨 생각을 하는지 모르는 달란트 데이브릭은 어찌할 바를 모르고 이곳저곳으로 눈을 돌렸다. 그러나 결국은 힘겹게, 정말 무겁게 고개를 끄덕였다.

후작부인의 동의를 받은 뒤, 우리는 해가 뜰 때까지 기다렸다. 그러고는 대뜸 황궁으로 들어갔다. 우릴 보고 잡으려 드는 사람들이 있었지만, 내가 리한의 특권을 이용해 황제와 독대를 청하자 일단은 물러났다. 황궁 출입구 쪽에 진을 칠 게 뻔했지만, 상관없었다.

내가 청한 건 독대였으나, 알현실에는 당연하단 듯 타니타르 공작도 함께 있었다. 타니타르 소공작은 없었지만.

"폐하의 몸이 아직 좋아지지 않아, 내가 동석하니 부디 오해가 없길 바라네."

"여부가 있겠습니까."

손가락 하나 까딱하지 못하는 로잘린느를 보고 세시오가 가볍게 눈인사를 건넸다. 그녀를 안심시키는 것처럼 보였는데, 그걸 보니 조금 기분이 이상했다.

"하루 만에 다시 보는군. 데이브릭 소후작과 함께 온 건, 약혼자를 고발하기 위함인가."

"아니요, 제가 고발할 건 다른 사람입니다."

"다른 사람……?"

"왜 모르는 척하십니까, 데이브릭을 설득해 역모죄를 자수받길 바란다고 말씀하셨잖아요."

어제 타니타르 공작이 했던 말을 되돌리자, 그는 불쾌한지 눈가를 찡그렸다. 그래, 공작이 정말 원한 게 그건 아닐 테니까.

"하나, 자네는 후작이나 전 소후작을 만나러 가진 않았는데."

"후작이 아니라면 제몬도 괜찮다고 하셨죠. 굳이 가주가 아니어도 좋다 하셨으니, 가모라도 크게 달라질 게 없다고 생각했습니다."

"그래서 후작부인을 만났다고?"

"일단 이걸 확인해 주십시오."

나는 세시오가 조작한 서신을 공작에게 내밀었다. 그는 그걸 받아 로잘린느에게 보여 주는 척하다가 눈가를 찡그렸다.

"이 서신은…….”

"후작부인을 면회했을 때, 부인께서 이 서신이 어디 있는지 말씀해 주셨습니다."

"무어라?"

"부인을 대신해 그분의 의사를 전하겠습니다."

나는 황제를 보며, 형식에 맞춰 말했다.

"신, 달란트 데이브릭이 폐하께 청합니다. 남편의 죄를 고발하고 이혼을 청하는 걸 허락해 주십시오."

슬슬 타니타르 공작 또한 데이브릭 후작의 역모를 확정 짓고 싶었던 걸까. 그는 곧바로 데이브릭 후작을 불러들였다. 참관인은 나와 세시오, 그리고 시종장뿐이었으나 이혼 건은 참관인을 많이 두지 않은 것이 관례였기에 문제는 없었다.

후작부인이 먼저 대전에 도착했다. 그리고 머잖아 입을 틀어 막히고 팔이 묶인 후작도 대전으로 끌려 왔다. 두 사람의 모습을 확인하고 공작이 엄숙히 입을 열었다.

"당일의 재판은 약식으로 진행하겠소. 판결은 존엄하신 황제 폐하의 몫이나, 오늘은 상태가 좋지 않으셔서 내게 권한을 위임해 주셨소."

그러고는 타니타르가 손짓하자, 후작을 끌고 온 기사가 그의 입을 풀어주었다. 눈이 벌게진 데이브릭 후작이 소리쳤다.

"난데없이 이혼이라니, 그게 무슨 말씀입니까!"

"그것부터 물어보다니, 확실히 자네도 충격이 큰 모양이야. 나라면 고발 건을 먼저 물었을 텐데 말이야."

공작의 비아냥에 후작이 아득, 이를 갈아붙였다.

"보나 마나 거짓이겠지. 달란트, 지금 나와 뭘 하자는 게요. 내가 짓지도 않은 죄로 날 고발한다고?"

그는 쥐 잡아먹듯 후작부인을 노려보았다. 나는 덜덜 떠는 후작부인의 앞을 슬그머니 가려 주었다. 눈과 귀를 가리지 않기로 한 건 부인이 한 선택이지만, 이 정도는 괜찮겠지.

얼굴이 보이지 않게 되자, 후작의 목소리는 한결 사나워졌다.

"어리석은 짓은 그쯤 하시오! 일이 벌어진 뒤 이혼한다고, 부인이 역모죄를 피할 수 있겠소? 흥, 무슨 어쭙잖은 증거를 조작해 왔는지는 모르겠지만―."

"서, 서신을 확인해 보세요."

그녀는 더듬거리며 말했다. 몹시 불안해 보였으나, 예상한 것보다 훨씬 용기 있는 반응이었다.

"서신이라니, 그 무슨!"

기사가 씩씩거리는 데이브릭 후작에게 다가가, 서신을 보여 주었다. 알버트 데이브릭의 얼굴이 와락 일그러졌다.

"이 무슨. 어린애 장난 같은 위조가 아닙니까! 세상에 어느 머저리가 이토록 노골적으로 역모를 꾀한단 말입니까!"

"바로 자네 같은 머저리지."

"타니타르 공작 각하!"

"안 그래도, 그것만으로는 믿지 않으실 듯해서 다른 증거도 가져왔습니다. 들여보내 주시겠습니까?"

내가 끼어들어 말하자, 타니타르 공작은 순순히 시종장을 향해 손짓했다.

그가 문을 열자 기사들이 데려온 건 수갑을 찬 일련의 무리였다. 검은 복면을 써 전부 얼굴을 감추고 있었으나 그것만으로 무언가 눈치챘는지, 데이브릭 후작이 두 눈을 부릅떴다. 무엇 때문에, 저리 놀라는지는 알 만했다.

"죽은 게 아니었나, 라고 생각하셨겠지요."

웃으며 하는 말에, 후작의 어깨가 움찔 튀어 올랐다.

그걸 지켜보며, 나는 가장 앞에 선 사람의 복면을 확 잡아당겼다. 오소리단의 단주라고 나를 속이려 했던, 그러나 이제는 검은 태양 문신도 지워져 버린.

"데이브릭의 가주 직속 암살단입니다. 왈릿에서 데이브릭의 검술을 이용해 저를 죽이려던 걸 생포해 두었지요."

"난 모르는 사람들이네. 터무니없는 모함이야!"

"발뺌하셔도 의미 없습니다. 그 부분에 대해서는 데이브릭 백작님이 이미 증언해 주셨거든요. 당시, 성에 있던 데이브릭의 가신들이 그 증인이고요."

"아니, 다 모함이야! 전부가 사기꾼이란 말일세!"

그는 어린아이처럼 빽빽, 소리를 질러댔다. 얼굴에는 새빨갛게 열기가 몰려

금방이라도 터질 듯했다.

"설사 내가 암살단을 써서 자네를 죽이려 했다고 쳐도, 그게 지금 무슨 상관인가, 본질을 흐리지 말게, 본질을!"

"누군가를 암살하려 하다 잘되지 않자 데이브릭의 검술을 썼다. 서신의 내용과 맞아떨어지지 않습니까?"

"닥치지 못하겠는가!"

"그리고 공교롭게도, 선황제 폐하께서 같은 방식으로 살해당하셨군요."

타니타르 공작이 이렇게 써먹으라고 같은 방식을 쓰진 않았겠지만.

"말도 안 되는 소리 하지 말게. 저들을 자네가 붙잡아 두고 있었는데 어찌 붙잡힌 이가 폐하를 시해한단 말인가."

아무리 소리쳐 봐야 의미 없다는 걸 알았는지, 이제 후작의 목소리는 떨리고 있었다. 그래, 자기편 하나 없는 곳에서 오래 버텼지.

"왜 이러십니까. 암살단이 이들뿐만은 아닐 텐데. 더군다나 후작부인께서, 이들뿐 아니라 다른 암살단이 있다는 것도 증언해 주셨는걸요."

그렇게 말을 맞춘 적은 없었지만, 거짓말은 거침없어야 한다. 나는 후작부인의 당황한 표정을 좀 더 단단히 가렸다.

"말, 말도 안 되는 소리! 저 여자가 어찌 이들을 안단 말이야, 거짓말은 그쯤하게!"

후작은 도움을 청할 곳을 찾듯 이곳저곳을 둘러보다가, 휙 타니타르 공작에게로 고개를 돌렸다.

"타니타르 각하, 이 말을 믿으시면 안 됩니다! 제게 이러실 순 없습니다! 제가 각하께, 읍!"

타깃이 저로 돌아오자마자, 타니타르가 손짓했다. 기사는 가차 없이, 후작의 입에 천을 쑤셔 넣어 말문을 틀어막았다. 누가 봐도 공정하지 못한 처사였으

251

나, 이 자리에 후작의 편을 들어줄 사람은 아무도 없었다.

"사실 재판이라 했지만, 이미 결론은 난 상태일세."

타니타르 공작이 느긋한 소리로 말했다.

"역모죄 재판은 지금 처리할 수 없으니. 후작부인이 고발한 증거는 추후 다시 보도록 하지."

그는 서신의 내용을 한 번 더 쳐다보고는, 그걸 접어 시종장에게 건넸다.

"물론 역모를 제보한 데이브릭의 세 사람, 세시오, 달란트, 그리고 제몬에 한해서는 지하 감옥에 구금하는 걸 한시적으로 보류하겠네."

서신을 제보한 건 달란트. 그 서신을 구할 수 있도록 위치를 제보한 사람은 제몬. 암살단을 확보해 온 사람은 세시오라는 엉성한 제보가 빚어낸 결과였다.

원하던 대로 되었으나, 한 번의 딴지도 없이 너무 순순히 진행한 터라, 수상하긴 했다. 대체 무슨 생각을 하는 걸까. 할 수 있다면 타니타르의 머릿속을 들여다보고 싶었다.

그때, 공작이 돌연 내게 말을 걸었다.

"폐하의 뜻을 따라 판결 내리기 전에 리한 소공작. 재판의 참관인인 자네에게 묻고 싶군."

"말씀하십시오."

"자네는 후작부인의 증언이 타당하다고 생각하는가?"

"증거로 제출한 서신―."

"증언만 놓고 본다면 말이야."

그렇게 말하며 웃는 모양새가 참으로 음흉했다. 하나 찜찜하다 한들, 내가 할 수 있는 답은 하나뿐이었다.

"……그렇습니다."

"어째서?"

"같은 저택 내에서 함께 지낸 목격자이기 때문입니다."

"훌륭하군. 좋아. 그럼 판결하겠소."

그는 다시 목소리를 엄숙하게 바꾸고 선언했다.

"이 시간부로 달란트 데이브릭과 알버트 데이브릭 사이에 맺어진 부부의 연은 끝났음을 선언하겠소."

눈에 핏발이 선 데이브릭 후작이 몸을 뒤틀며 요란을 떨었지만 아무것도 바뀌지 않았다. 그리고 공작의 본 목적은 이제부터였다.

"그런데 말일세, 리한 소공작. 오늘 누군가를 고발하려는 사람이 하나는 아니었네."

이게 무슨 소리야. 그는 내 앞으로 느리게 걸어와 손짓했다. 우르르 튀어나온 기사들이 나를 둥글게 감쌌다.

"제몬 데이브릭이 역모의 조력자로 테릴 리한을 고발했거든."

타니타르 공작이 더없이 즐거운 얼굴로 웃었다. 그제야 나는 그의 꿍꿍이를 알게 되었다.

"정말 가지가지 한다."

앞에 타니타르 공작이 있다는 것도 잊고, 혼잣말이 툭 튀어나왔다.

날 역모의 조력자로 고발했다고? 그게 데이브릭의 반역을 인정하는 거랑 뭐가 달라? 나한테 엿을 먹이려는 건지, 공작의 압박에 넘어간 건지는 몰라도 제몬은 확실히 제정신이 아니었다. 저러니 후작이 못 되지.

"그러니 자네도 지하 감옥으로 가 줘야겠어."

내가 중얼거린 말은 들은 척도 하지 않고, 공작이 손짓했다. 내 주위를 감싼 기사들이 천천히 거리를 좁혀 왔다. 아까부터 힐금거리더니 세시오가 아니라 날 잡아가려던 거였군.

"걱정하지 말게. 혐의가 없다면 무사히 풀려날 테니. 다만 소공작, 자네는 좀 전에 내뱉은 말을 지켜 주기만 하면 돼."

그래, 데이브릭 직계의 증언이 타당하다고 동의한 것 말이지.

나는 주위를 둘러보았다. 허무한 승리를 거머쥔 후작부인은 멍하니 상황을 지켜봤고, 세시오는 눈으로 내 의중을 묻는 듯했다. 그를 향해, 나는 고개를 끄덕여 주었다. 어차피 후작부인의 일만 정리되면, 공작의 꿍꿍이에 넘어가 줄 셈이었다. 내겐 날 시체로 만들 수단이 필요했으니까.

"알겠습니다. 혐의가 있다면 명백히 밝혀야지요."

있는 건 혐의가 아니라 살인 모의겠지만, 사실 내가 기다리던 것도 그거였다. 감옥으로 향하기 전, 타니타르 공작이 잠시 나를 멈춰 세웠다.

"하나 묻지, 소공작."

"말씀하세요."

"혹 어제 이후로 엔릴을 만나지 않았는가."

엔릴 타니타르면 소공작? 저의를 알 수 없는 질문에, 나는 눈을 가늘게 떴다.

"타니타르 소공작을 왜 제게서 찾습니까."

내 속을 들여다보듯 공작은 빤히 날 쳐다보다가 휙 고개를 돌렸다.

"실종됐습니까?"

"모른다면 됐네."

엔릴 타니타르에게 무슨 일이 일어난 걸까. 약간의 의문을 품고 나는 지하 감옥으로 향했다.

중간에 되돌아가기는 했으나, 어제 한 번 지나온 길이다. 그러나 다른 사람을 면회하러 가던 것과 내가 갇히러 가는 건 큰 차이가 있었다.

어둡고 습한 계단을 내려가고 있으니, 이상한 기분이 들었다. 살다 살다 감옥에 갇히게 될 줄이야. 검마저 빼앗겼으나 그래도 수갑을 차진 않았다. 어차피 의미 없다는 걸 알기 때문인지, 괜히 나를 자극하고 싶지 않은 건지.

지루하리만치 긴 걸음 끝에, 나를 안내하던 기사가 마침내 멈추어 섰다. 그는 내게 철창 안으로 들어가라, 말하고 문을 잠갔다. 그러고는 그 앞에 서서, 나를 감시하기 시작했다.

"후우……."

나는 감옥의 벽에 기대어 아무렇게나 주저앉았다. 이제 수작질을 부려 오길 기다리면 되는 건가. 되도록 빨리하면 좋겠는데. 설마 나를 죽이러 오는 게 아니라, 리한을 반역에 엮는 것 자체가 목적인 건 아니겠지. 만약 그렇게 된다면 싱겁든 말든 공작을 죽이는 수밖에 없다.

나는 품 안에 넣어 둔 통신구를 만지작거리며, 무언가 일이 일어나길 기다렸다. 그리고 머잖아 발걸음 소리가 들리기 시작했다. 두 사람이다.

일 처리가 빠른 건 마음에 드네. 다시 몸을 일으키며, 마음을 다잡는데.

"이게 어떻게 된 일이에요!"

"……롭티나?"

뜬금없는 이가 모습을 드러냈다. 분홍빛 머리칼을 보며 나는 멍하니 눈을 깜박였다. 롭티나가 왜 저기서 나와?

내 얼빠진 표정을 보고, 그녀가 힘찬 목소리로 말했다.

"면회를 왔어요, 테릴!"

감옥에 들어온 지 10분 만에……?

"실은 젬젬과 파혼하러 왔는데, 테릴이 갇혔다고 들어서 상대를 바꿨어요!"

식사 메뉴를 바꾸듯, 가볍게도 말한다. 감옥 앞을 지키고 있던 기사는, 나 못지않게 당황하며 그녀의 앞을 막아섰다.

"드, 들어가시면 안 됩니다! 여기엔 어떻게 오신 겁니까!"

"네? 타니타르 공작 각하한테 허락받고 왔는걸요."

그렇죠? 롭티나가 뒤를 돌아보며 말하자, 그녀를 따라온 기사가 곤란한 얼굴로 고개를 끄덕였다. 도대체 그 짧은 시간 내에 무슨 일이 있던 걸까.

나는 당혹감을 추스르고 입을 열었다. 롭티나가 정말 아무 생각 없이 왔을 리는 없으니, 그녀와 말을 나눠봐야 했다.

"그레텔 공녀와 이야기를 좀 나누고 싶군. 경들은 잠시 물러가 주면 좋겠어."

"말도 안 됩니다! 죄인 된 몸으로 터무니없는 요구를 강요하지 마십시오."

"죄인?"

발끈한 외침에 느리게 되묻자, 소리친 기사가 몸을 움찔했다. 나는 천천히 철창으로 다가갔다.

"내가 경의 감시가 무서워 가만히 있는 거라 생각하나?"

말로 꺼낼 순 없지만, 나는 죽은 척할 상황이 필요할 뿐이다.

"내가 만약 감옥에서 사라지면 경의 안위가 어찌 될 것 같나."

"……탈옥은 중죄입니다."

"물론, 도망칠 거라면 애당초 들어오지도 않았겠지. 각하께서도 그걸 아시니, 수갑도 채우지 않고, 허술한 데 가둬 두신 걸 테고."

하지만.

"혐의가 확정되기 전부터 죄인 취급을 받으러 온 것도 아닌걸. 경은 방금 한 말을 감당할 수 있나?"

말꼬리 잡기였으나, 아예 무시할 수는 없을 것이다. 그는 나를 노려보며 무겁게 내뱉었다.

"……10분뿐입니다."

"양해해 주니 고맙군."

기사들은 도망치듯 사라졌다. 그래 봐야 멀리 가진 않을 것이다. 지하 감옥의 출입구는 하나뿐이니, 위쪽 어딘가에서 길을 막고 있겠지. 내 시야에만 없다면 아무래도 좋았지만.

나는 마나를 둘러 방음하고, 롭티나에게 고개를 돌렸다. 그녀의 얼굴은 다시 차분하게 돌아와 있었다.

"그래서 뭐예요, 롭티나. 여긴 어떻게 왔어요?"

"제몸 때문에 오긴 했어요. 일방적으로 파혼을 선언하려면, 황실의 승인을 받아야 하잖아요. 그러다가 테릴이 감옥에 갇힌 걸 알고, 타니타르 소공작으로 낚았어요."

"……낚아요?"

"타니타르 공작이 소공작의 행방을 궁금해하더라고요. 저희 저택에 다녀간 게 마지막 행보였으니, 그렇겠지만요."

정말 엔릴 타니타르가 실종이라도 됐단 말인. 거우 하루간 모습을 보이지 않았을 뿐이지만, 하필이면 이런 상황에서의 하루였다. 공작의 꿍꿍이가 절정에 달한 시점, 타니타르 소공작이 말도 없이 사라졌다는 건 이상한 일이다.

그렇다면 누구의 짓일까.

"그래서 어디로 갔는지 알려 줄 테니까, 테릴을 만나게 해 달라고 졸랐어요."

"그게 통했습니까?"

"아직 멍청한 가면을 쓰고 있으니까 속아 주더라고요. 시간제한을 걸긴 했지만."

어차피 롭티나와 내가 만나더라도 아무 일도 생기지 않을 테니, 철없는 어리광을 받아 주고 정보나 얻자는 생각이었다.

"아무래도 타니타르 소공작의 실종 건을 조사해 봐야겠습니다."

"아, 테릴도 그 사람의 행방이 궁금해요? 제 저택의 지하 감옥에 있는데."

"……네?"

너무도 천연덕스러운 투라, 나는 한 박자 늦게 그녀의 말뜻을 이해했다. 그러니까.

"소공작이 왜 거기에 갇혀 있는 겁니까?"

"그레텔을 굴복시키러 왔더라고요, 주제도 모르고."

그래 놓고 그 정보를 주겠다며, 타니타르 공작이랑 딜을 하고 왔단 말인가. 발각되면 무슨 일이 생길 줄 알고.

"염려 마세요. 공작은 아무것도 몰라요. 엔릴 타니타르를 감옥에 가둔 다음, 비슷한 체격에 가발 쓴 남자를 저택 밖으로 내보내서 빙빙 돌렸거든요."

"그 정도로 공작이 믿습니까?"

"아, 소공작의 몸에 있던 추적 아티팩트도 뜯어다 줬어요. 중간에 없애 버리라고 지시하긴 했지만."

"추적 아티팩트라니, 그건 또 뭡니까."

"자기 아들을 못 믿어서인지, 공작이 몰래 붙여 놓았나 보더라고요. 적어도 소공작 본인은 그런 게 있는지 모르는 것 같았어요."

"본인도 모르는 걸 또 어떻게 아셨습니까."

"어리고 힘이 약할 땐 아는 게 힘이죠. 저도 한때 아버지께 써 봤거든요."

확실히 내 친구는 배짱이 남다르긴 하다. 나는 이제 일일이 놀라지 않기로 했다.

"말씀하시는 걸 들어 보면, 소공작을 지하 감옥에 가둔 주체가 그레텔 각하는 아닌 듯한데."

"맞아요, 제가 했어요."

그녀의 얼굴에 쓴웃음이 떠올랐다. 롭티나가 저택에서 대놓고 힘을 썼다. 그것이 의미하는 바는 하나였다.

"연기를 그만뒀군요."

"아버지께서 타니타르와 한배를 타기 직전이어서 할 수 없었어요. 침몰할 배에 오를 순 없잖아요."

"각하께서는 어떻게 반응하시던가요."

"뭐, 지금은 침실에 계세요. 혹시 소설처럼 잘 풀릴까 했는데, 쉽게 그레텔을 내주시진 않겠더라고요."

그녀는 어깨를 으쓱이며 말했다.

"그래서 달이 넘어가도록 생각이 달라지시지 않는다면, 뭔가 조치할 거라고 경고는 드린 상태예요."

"뭘 할 겁니까."

"아드윈을 그레텔에서 추방할 거예요. 여태 가문의 명예를 많이도 깎아 먹었으니, 명분이 부족하지도 않지요."

그녀의 무감한 목소리에, 나는 가만히 고개를 끄덕였다.

"제가 너무한가요?"

"뭐…… 그다지요. 남의 가문에 간섭하고 싶지도 않고."

"남이라니요, 친구의 가문인걸요."

"그럼 친구 편을 드는 게 맞겠군요."

내 말에, 그녀가 환하게 웃었다. 조금 전의 처져 있던 분위기보다는 한결 보기 좋은 표정이었다.

"역시 난 테릴이 좋아요."

"또 낯부끄러운 소리를."

"낯부끄러운 소리라 하시니, 세시오 공자와의 일을 묻고 싶지만 일단 미룰게요."

그러고 보니, 그녀에게 세시오를 좋아한다 어쩐다, 상담한 뒤였지. 상황이 이렇다 보니 잠시 잊고 있었다. 나는 두어 번, 헛기침을 내뱉었다.

"이제 와 안부를 묻는 건 좀 이상하지만 제가 걱정할 상황은 아닌 거죠, 테릴?"

"당연히요."

"그렇다면 좋아요, 의심받을 위험을 감수하고 테릴을 찾아온 건, 전하고 싶은 말이 있어서예요."

"짐작은 했습니다. 뭔가요?"

"타니타르에도 세력을 심어 뒀는데, 그쪽 동태가 최근 이상해요."

역모 사건을 꾸미고 황궁을 장악한 걸 말하는 건 아닐 테고.

"수십 년간 보이지 않던, 타니타르의 마법사들이 갑자기 저택을 활보하기 시작했어요."

이어진 말에는 놀랄 수밖에 없었다. 타니타르 내부의 사정은 세시오의 천리안으로도, 리한의 정보망으로도 알지 못하고 있었으니까. 보이지 않던 마법사가 풀려났다는 건, 저주가 완성되었다는 의미로 보였다. 어머니를 습격했던 일로 보아, 공작이 만든 건 최상급 저주 하나는 아니었으니까.

"그리고 타니타르 공작이 수족처럼 부리는 마법사 중에, 수배 중인 흑마법사가 섞여 있었어요."

"……."

"어쩌면…… 타니타르 공작은 위험한 저주에 손을 댄 건지도 몰라요."

나보다 아는 게 적을 텐데도, 그녀가 도출한 결론은 제법 정확했다. 속에서 감탄이 일었다. 확실히, 아드원 그레텔 같은 술주정뱅이에게 밀리기엔 아까운 사람이었다.

"그리고 그 흑마법사가 최근, 공작과 함께 제몬을 만난 걸로 알아요. 그러니 그를 만나지 않으시는 게 좋겠어요."

"뭐…… 만나지 말라고 해도, 계단 몇 개만 내려가면 제몬이 있을 텐데요."

그녀는 잠시 머뭇거리다가 결연히 말했다.

"차라리 탈옥하시는 건 어때요. 제가 도울게요. 왠지 감이—."

"의미 없는 말이네요, 롭티나."

불현듯, 그녀의 말을 자르고 익숙한 목소리가 끼어들었다. 나와 롭티나는 소리가 난 쪽을 돌아보았다. 그곳에는.

"난 이미 테릴을 만나러 왔으니까."

낯빛이 검게 죽은 제몬 데이브릭이 서 있었다.

예기치 못한 제몬의 등장에, 롭티나가 경계하며 몸을 물렀다. 놀란 건 나도 마찬가지였다. 제몬이 나타날 때까지 그 기척을 제대로 느끼지 못했고 지금도 그랬다. 타니타르 공작에게 인기척을 죽이는 아티팩트라도 받은 건지, 대화를 엿들을 수 있는 곳까지 다가온 모습에 경계심이 일었다.

그는 바로 다가오지 않고, 롭티나의 표정을 보며 헛웃음을 터뜨렸다.

"그런 표정도 지을 수 있었군요. 완전히 속고 있었군. 나도, 세상 사람들도."

"……."

"어쩐지 테릴이 수도에 온 뒤로 묘하게 태도가 달라진 것 같더라니. 데이브릭에서 리한으로 갈아탄 거였나요."

"아니요, 테릴이 없어도 마찬가지였어요. 이 약혼을 끝까지 끌고 갈 생각은 없었으니까."

롭티나의 차가운 말에 충격을 받은 듯, 제몬의 얼굴이 멍하게 변했다. 그는 고개를 푹 수그렸다가, 잠시 뒤 도로 들어 올렸다. 어둠 속에서도 붉게 충혈된 눈이 선명히 보였다. 금방이라도 무언가 일을 치를 듯한 눈빛이었다.

"그래, 어차피 나와의 약혼을 끝내러 온 모양이니 지금 따질 일은 아니지."

그는 혼잣말처럼 중얼거리고, 멈춰 세웠던 다리를 다시 움직였다. 한 걸음, 한 걸음, 제몬이 점차 가까워졌다. 그럴수록 그의 얼굴이 자세히 보였다. 완전

히 엉망진창이다. 내게 작위를 앗아 가지 말라고 애걸했을 때보다 더 망가져서
는, 폐인이 따로 없었다.

"비켜 줘요, 롭티나. 테릴과 둘이 할 이야기가 있어요."

"죄인이 탈옥한 걸 보고 자리까지 비켜 주라고요."

"외부에 알리든 뭘 하든 상관없으니 좋을 대로 해요. 지금은 중요한 일
이……."

그는 말을 잇다 말고, 돌연 말끝을 흐렸다. 제몬은 문득 롭티나를 돌아보며
물었다.

"롭티나도 상처받았나요?"

"무슨 소리예요."

"내가…… 바람을 피웠을 때, 혹은 그게 아니라도 나 때문에 그런 적이 있나
요."

그 말에 나는 얼굴을 찡그렸으나, 롭티나는 조금도 달라지지 않은 무표정을
고수했다.

"아니. 난 네가 쓰레기인 걸 알고 있었으니까."

제몬의 눈이 크게 한 번 흔들렸다. 그러나 그는 곧 웃었다.

"차라리 다행이네요."

"무슨 말을 하더라도 자리를 비켜 줄 생각은 없으니, 포기하고 원래 자리로
돌아가요, 제몬."

"난—."

"괜찮아요, 롭티나. 제몬과 둘이 있더라도 아무 문제 없을 거예요."

내 말에 그녀의 얼굴이 당혹감으로 물들었다. 제몬이 무슨 말을 하더라도 변
함없던 표정이, 내 말 한마디에 달라진다. 그녀가 나를 염려하는 마음이 선명
하게 와닿아서, 기분이 좋았다.

"하지만 테릴."

"롭티나, 반말도 할 줄 알았네요."

"네? 이런 상황에—."

"나도 반말할 줄 아는데."

내가 그렇게 말할 거라 예상하지 못했는지, 그녀가 한 번 눈을 깜박였다. 그 모습을 보고 나는 안심하라고 웃었다.

"하나만 물어볼게. 만티코어가 셀까, 제몬이 셀까."

"그건…… 그런데 지금 반말하신 거죠?"

"아직은 이른가요?"

"그런 건 아니에요. 반말은 좋지만……."

그녀는 모호하게 말끝을 흐리다가, 푹 한숨을 내쉬었다. 롭티나가 내 눈을 보며 물었다.

"믿어도 되겠지, 테릴?"

주저 없이 고개를 끄덕이자, 그녀는 마지못해 자리를 비웠다.

제몬은 멀어지는 그 뒷모습을 물끄러미 바라보다가, 고개를 저었다. 그가 철창에 가까이 다가왔다. 어디서 났는지 모를 열쇠로 문을 열고, 안으로 들어왔다. 그의 걸음 하나하나에 음울한 기색이 배었으나, 나는 조금도 물러나지 않았다.

긴장감은 하나 없었고, 그런 생각만 들었다. 타니타르는 과연 어떤 수작을 준비했을까. 제몬 데이브릭은 나를 죽일 각오를 마치고 온 걸까. 세시오와 후작부인의 일을 알게 된 이상, 제몬을 죽일 생각은 없었다. 하지만 장담할 수 있는 건 딱 목숨까지. 그가 날 죽이려고 한다면, 어느 정도는 되돌려 줄 생각이었다.

"어머니가 아버지를 고발하게 했다고, 들었어."

"그래, 그리고 그 조력자 명단에 너도 끼워 줬지. 이럴 줄 알았으면 안 그랬겠지만."

"이럴 줄 알았으면?"

"날 역모의 조력자로 고발해 놓고, 뭘 모르는 척하는 거야."

"······그건 염려할 것 없어. 하루면 혐의는 사라질 테니까."

하루면 풀려난다. 죽이려거든, 지하 감옥에 하루만 갇혀 있어도 충분하다는 의미일까.

"어머닐 왜 도와준 거야."

"도왔다는 자각은 있구나. 네가 그걸 알 줄은 몰랐는데."

"세시오 때문에?"

그 말에 나는 좀 멈칫했다.

"왜 세시오 때문이라고 생각해. 후작부인은 세시오를 괴롭히던 사람이었는데."

"······."

"혹시."

제몬의 기억 속에도 세시오와 사이좋게 지내던 기억이 남은 걸까. 세시오가 후작부인의 기억을 지운 건, 그의 나이 열 살 때였다. 날짜를 역산하면 제몬이 여섯 살 무렵이니, 기억하고 있어도 이상치 않았다.

하나 굳이 캐묻지 않고, 나는 제몬의 물음에 답했다. 그가 나를 죽이려는 때, 구태여 마음이 약해질 질문을 하고 싶지 않았다.

"그래, 세시오 때문에 도왔어."

제몬이 얼굴을 괴롭게 일그러뜨리고는 제 머리를 마구 헝클어뜨렸다.

"······이상하지. 고마운데 어머니를 도왔으니 고마워해야 하는데 그게 짜증나. 너무 신경 쓰여 미칠 것 같아."

"아니. 네 인성을 기준점으로 별로 이상할 일도 아니잖아."

"테릴, 세시오를 사랑해?"

나를 만나면 반드시 그걸 물어봐야 한다는 법칙이라도 있는 걸까. 어처구니가 없었으나, 나는 답하지 않았다. 그럼에도 제몬은 답을 얻어 낸 것 같았다. 사랑하지 않는다면, 즉각 부정했을 테니까.

그는 어둡게 일그러진 얼굴로 나를 노려보다가, 불현듯 내게로 손을 뻗었다. 손바닥의 안쪽에 새까만 문양이 보였다.

일은 한순간에 벌어졌다.

영지 순찰로 리한 공작이 자리를 비운 사이, 레아 말론스는 최상급 저주를 전달받았다. 그녀는 리한 공작부인의 시중을 들며 성에서 공작이 돌아오기를 기다렸다. 그러다가 귀환한 라셰드 리한이 공작부인의 뺨에 키스하러 다가온 순간.

"죽어라!"

전달받은 저주를 쏟아 냈다. 마법은 말미잘의 촉수처럼 여러 갈래로 흩어져 공작의 몸을 사로잡았다. 그는 검 한 번 뽑아 보지 못한 채 당했고, 피부 위로 짙은 보랏빛 문양이 떠올랐다.

'성공했어!'

쾌재를 부르며, 레아 말론스는 하늘을 향해 신호탄을 쏘아 올렸다. 그러고는 어금니 뒤에 숨겨 놓은 자결용 독단을 혀로 굴려 빼냈다. 무언가 이상하다는 생각이 든 건, 독을 깨물기 직전이었다.

'왜 아무도 비명을 지르지 않는 거지?'

"이렇게 표정이 드러나는 세작이라니."

목덜미를 내리치는 손길에, 그녀는 입 안에 든 독단을 내뱉고 말았다. 아차 하며, 그녀는 다급히 품에 감춰 둔 단검을 꺼내 들었으나 그러는 새 이미 팔다리가 붙들리고 강제로 무릎이 꿇렸다.

입술을 짓씹으며 레아가 고개를 들어 올렸다. 그러고는 경악했다. 바로 앞에서 저를 내려다보는 이는 다름 아닌.

"리한…… 전하?"

어떻게 저렇게 멀쩡한 거지. 저주가 실패한 건 아니다. 사전에 전해 들은 문양이 그대로 나타났으니까. 그럼 죽기 직전 마지막 생명을 불태우고 있는 걸까?

그녀가 막 그렇게 생각하던 차에, 공작의 피부를 수놓은 문양이 점점 흐려지더니 아예 사라져 버렸다.

"30년을 쌓았다고 해서, 얼마나 대단한 건지 궁금했는데 별것도 아니었군."

"마, 말도 안 돼. 인간이 어떻게……!"

"그래 봐야 인간이 만든 저주면서, 인간이 없앤 게 이상한가."

공작은 코웃음 쳐 그녀를 비웃고는 수하들에게 손짓했다.

"지하에 처박아 둬라. 따로 지시할 때까진 물 한 모금 주지 마."

"예, 전하."

저항할 의지조차 잃고, 레아 말론스는 기사들에게 끌려갔다. 그쪽으로는 눈길도 주지 않은 채, 라셰드 리한이 한숨을 내쉬었다.

"정말 딸 때문에 별짓을 다 해 보는군."

"그래도 제법 재미있지 않나요? 전 심장이 두근거려요."

"그래, 당신이라도 즐거우면 됐어."

그는 가벼이 웃으며, 공작부인의 뺨에 입을 맞추었다. 좀 전에 다 하지 못한 인사였다.

"그런데 말이에요, 라셰드. 혹시 이런 게 하나 더 있어서 테릴을 곤란하게 하진 않겠죠?"

"있어도 별로 상관없어."

"네?"

"저주 나부랭이에 모인 마나가 그 녀석 것만 못하거든."

30년을 모았다고 하는데, 아무래도 구멍 난 항아리에 모은 게 틀림없다. 그게 아니고서야 이렇게 변변찮을 리가.

"타니타르를 치는 게 큐피트 노릇만 안 되면 좋을 텐데 말이야."

"또 세시오 공자의 이야기네요. 아직도 그 공자가 마음에 안 들어요?"

"뭐? 당신은 그 놈팡이가 마음에 든다는 말로 들리는데."

"네, 난 그래요."

이즐릿의 순순한 긍정에, 라셰드는 극심한 배신감을 느꼈다. 어떻게 자식한테 그런 변변찮은 놈을 허락할 수 있단 말인가.

"하지만 착한 아이예요, 바람이 부는 걸 멈춰 줬는걸요."

"뭐?"

"저번에 성에 왔을 때 말이에요. 덕분에 몸살이 악화되지 않았어요."

"……그렇다면 그놈을 성에 들이는 걸 고려해 봐야겠군."

"이제 조금 마음에 들었나요?"

"그래도 테릴의 짝으론 아니야."

"네? 왜요?"

"기준이 한참 모자라."

이즐릿은 어리둥절하여 눈을 깜박이며, 그에게 기준이 뭐냐 물었다. 라셰드는, 일전에 테릴에게 읊었던 답을 그대로 말해 주었다.

"외모, 지식, 가문, 무력."

공작부인의 얼굴이 싸늘하게 식었다.

"라셰드, 내가 그렇게 마음에 안 들면 말을 하지 그랬어요."

"아니, 그건 테릴의 남편감에 한정된—."

"변명하지 말아요. 듣기 싫으니까."

그녀는 휙 몸을 돌렸다. 당황한 공작이 쩔쩔매며 그 뒤를 쫓았다.

"아니야, 이즈. 나는 그냥…… 그런 의미로 한 말이 아니라……."

뒷모습만 보며 따라가느라, 라셰드는 이즐릿이 웃음을 참고 있다는 걸 미처 알아차리지 못했다.

문양이 참 촌스럽게도 생겼다. 저걸 나한테 쏟아 내는 건가.

막 그렇게 생각한 순간, 제몬의 입이 열렸다.

"도망쳐."

분명히 저주의 주문을 읊을 줄 알았는데. 수도에 올라와서 여러 번 생각했지만 이번에도 제몬의 입에서 나온 말은 예상치 못한 종류였다. 그러나 새삼 그 사실이 놀랍지는 않았다. 의외로운 말을 하는 듯하다가도, 다시 원점으로 돌아가는 게 그의 최근 말버릇이었으니까.

"타니타르 공작이 네게 저주를 쓸 거야."

"혹시 페이크를 치려는 거라면 됐어. 네 손바닥에 있는 거 훤히 보이는데."

나는 팔짱을 끼고, 그를 향해 턱짓했다.

"쏠 거면 빨리 쏴. 안 그래도 궁금하던 참이니까 그냥 맞아 줄게."

제몬의 눈이 크게 흔들렸다. 이번에는, 그가 허를 찔린 표정이었다. 그러나 아직도 입만은 꿋꿋했다.

"난…… 네게 이걸 쏘지 않을 거야. 하지만 내가 하지 않는다고 끝나는 문제

268

가 아니야."

"뭐?"

"도망치지 않으면 저주는 다시—!"

그때, 천장에서 새까만 옷을 입은 사람들이 쏟아져 나왔다. 아마도 제몬이 저주를 쏘기 직전, 내 눈을 가리는 역할인 듯했다. 안 그래도 맞아 줄 생각인데, 정말 최선을 다해 귀찮게 하는구나.

목으로 찔러 드는 검을 피하고, 나는 상대의 품으로 파고들어 옆구리를 주먹으로 때렸다. 손에 마나를 휘감아 얼굴로 날아드는 나이프의 기세를 꺾어 쥐고, 다음으로 덤벼드는 검날을 쳐냈다. 손에 검을 쥐니, 습격자들을 모두 쓰러뜨리는 데는 오래 걸리지 않았다.

그리고 그때까지도, 제몬은 아무것도 하지 않았다. 나는 손에 쥔 나이프를 던졌다가 받으며, 제몬에게 신경질적으로 물었다.

"뭐. 그래서 언제 쓸 건데. 내가 날 죽이려는 사람, 마음의 준비할 시간까지 줘야 해?"

제몬은 덜덜 떨리는 손으로 제 얼굴을 쓸어댔다. 그러다가 돌연 소리쳤다.

"아니야, 테릴. 아니라고!"

"뭐가 아닌데."

"난 널 죽일 생각으로 저주를 받아온 게 아니야."

"그럼 연구 목적으로 받아왔니?"

"……네게 쓰라고, 타니타르 공작이 그렇게 말한 건 사실이야. 나도 그러겠다고 대답했고."

중언부언하는 꼴이 지겨워, 나는 눈가를 찡그렸다.

"네가 안 쓸 생각이면, 도망치라는 말은 뭔데."

"나한테 있는 동안은 그냥 안 쓰면 그만이지만, 24시간이 지나면 말이 달라져."

"그러니까 뭐가—."

"저주는 나를 죽이고, 원래 마법사한테 되돌아갈 거야."

그렇게 말하는 그의 목소리는 덜덜 떨리고 있었다.

"그러니까, 24시간이 지나기 전에 도망쳐야 해. 분명 최상급 저주라고 들었어. 너라고 해도 무사하지 못할 거야."

"그걸 왜 나한테 말해 주는데."

처음 듣는 이야기였지만, 상대가 제몬인지라 믿음이 가진 않았다. 내 반응이 이상하다고 생각하지는 않았으나, 제몬은 뒤통수를 얻어맞은 사람처럼 명한 표정으로 나를 보았다.

"그냥 쓰면 되잖아. 네 어머니를 도와줬다고 새삼 죄책감이라도 느끼는 거야?"

"넌 정말…… 날 조금도 믿어 주지 않는구나."

그의 얼굴에 허탈한 웃음이 번졌다.

"아니지, 당연한 일이야. 날 믿지 못하게 만든 사람이 나니까."

이렇게 자아 성찰이 잘돼 있을 줄은 몰랐는데.

"……그냥 단순히 생각해, 테릴. 사람을 왜 죽이지 않느냐고 묻는 게 이상하지 않아?"

일반적인 상황에서는 너무도 당연한 말이었으나, 와닿을 리 없다. 그렇게 생각하던 차에, 제몬의 두 눈에서 눈물이 뚝뚝 떨어져 내렸다. 그는 한껏 일그러진 얼굴로, 쥐어짜 내듯 내뱉었다.

"난 거기까지 가고 싶진 않아. 그것뿐이야."

눈물 때문일까. 아니면, 의외로 제몬이 상식적인 말을 했기 때문일까. 몇 번을 속고, 기만당하고 배신당하고. 바보 같을 만큼이나 여러 번 당했음에도, 이

270

상하게 그 말이 거짓 같지 않았다. 이제 와 제몬에게 애정이나 기대 같은 건 남지 않았는데도.

나는 눈가를 잔뜩 찡그렸다.

"저주를 쓰지 않으면 죽는다며. 아니. 그냥 아무 데나 쓰고 실패했다고 말해도 괜찮잖아."

"그럴 수 없어. '테릴 리한'에게 쓰기로 마법 계약서에 서명했으니까."

"……마법 계약서라고."

"고를 수 있는 건, 타이밍뿐이야."

"그럼 그냥 나한테 써. 어차피 죽지도 않을 테니까."

"내게 이런 말을 할 자격이 없단 걸 알지만, 나 또한 네 말을 다 믿지는 않아."

"뭐?"

"내가 어디서 어떻게 죽든, 그건 내가 결정할 몫이야. 나는 저주를 쓰지 않고 죽기로 결심했고."

그는 고집스럽게 말했다. 그 모습에서 결연한 의지 같은 게 읽혀서, 내 심경은 한층 복잡해졌다.

그때, 잠시 머뭇거리던 제몬이 다시 입을 열었다.

"……한 가지 부탁이 있어."

그럼 그렇지. 평소대로의 패턴에 안도하려는 차.

"어머니가 살길을 마련해 줘. 내가 죽고 나면, 혼자 살아가시기 힘들 테니까."

그가 내뱉은 부탁이라는 것에 나는 할 말을 잃고 말았다. 제몬의 얼굴에는, 완전한 체념이 내려앉아 있었다. 내가 왜 제몬 데이브릭과 이런 대화를 나누고 있어야 하는 거지. 이해할 수 없었으나, 가장 받아들이기 힘든 점은 그가 진심이라고 믿게 되어 버렸다는 것이다. 나는 신경질적으로 머리를 쓸어 넘겼다.

"애당초 그 제의는 왜 받아들였던 거야."

"그렇지 않으면 그 자리에서 죽었을 테니까."

그래, 타니타르 공작이 살려 뒀을 리 없겠지. 납득하고 나는 한숨을 내쉬었다. 제몬은 손등으로 거칠게 눈가를 비벼 눈물을 닦아 냈다. 안 그래도 붉던 흰자가, 이제는 핏빛으로 보일 지경이다.

"이제 됐으니 빨리 도망쳐. 암살자까지 들이닥쳤으니, 공작이 곧 상태를 확인하러 올 거야."

"그래, 이 감옥을 나서긴 하겠지만, 당장은 아니야."

"뭐?"

"난 그걸 기다리고 있었으니까."

"도플갱어의 허물입니다. 특정 대상에게 쓰면, 사용인의 외적인 모습을 그대로 덮어씌우는 물건입니다."

"살아 있는 사람을 상대로는 쓸 수 없다고 합니다."

내 외형을 뒤집어씌워 타니타르를 속이려면 시체가 한 구 필요하다. 아니, 한 구 정도가 아니지. 그리넬 경의 말을 떠올리며, 나는 쓰러진 암살자들을 돌아보았다.

제압해서 기절시키긴 했으나, 죽은 이는 하나도 없다. 그러니 시간만 지나면, 깨어날 것이고 공작에게 보고도 할 것이다. 테릴 리한이 습격자를 모두 제압했고, 그때까지 제몬 데이브릭은 저주를 쓰지 않았다고. 그래선 곤란했다.

나는 바닥에 떨어진 검 하나를 잡았다. 손이 떨려서, 두 번 정도는 놓쳤다.

"후우……."

여태 사람을 죽여 본 적은 없었지만, 어차피 언젠가 한 번은 해야 하는 경험이다. 상대가 암살자니, 죄책감도 적을 것이다. 그러나 그렇게 자기합리화를 하면서도, 지금 벌이려는 일의 무게감을 감당하기가 버거웠다.

"증거 인멸을 하려는구나."

내가 뭘 하려는지 알아차리고, 제몬이 내 손목을 잡았다. 그러고는 무거운 목소리로 물었다.

"사람, 죽여 본 적 있어?"

"알아서 뭐하게."

"……내가 할게."

경험이 없기로는 저나 나나 매한가지일 텐데, 제가 뭐라고. 어처구니가 없어서, 긴장은 좀 풀렸다. 나는 입매를 틀어 그를 비웃고는, 단번에 제몬의 손을 떨쳐 냈다.

"건방 떨지 마, 제몬. 난 네게 보호받을 사람이 아니야."

그러고는 검을 높게 들어 올렸다가 단번에 찍어 눌렀다. 사람을 벨 때나 목숨을 거둘 때나, 칼날을 휘두른다는 건 똑같은데 기분은 어쩜 이다지도 다른지. 치미는 구역감을 참으려, 나는 이를 사리물었다. 그래도 한 번 하고 나니 그다음은 쉬웠다. 체감상으론 길었지만, 습격자들의 숨을 모두 끊어 놓기까지는 채 3분이 걸리지 않았을 것이다.

일을 전부 마치고 나니 더는 검을 쥐고 있기도 힘들었다. 검이 바닥으로 떨어지는 소리가 차갑게 울렸다.

"……괜찮아?"

"……"

되도록 아무 생각도 하지 않으려 애쓰며, 나는 떨리는 손으로 목을 더듬었다. 그러고는 얇은 줄에 걸린, 거무튀튀한 반지를 빼냈다. 안 좋은 의미로 너무 눈에 띄는 모양새라 대놓고 손에 끼고 다닐 수는 없어, 목걸이로 만들어 걸고 다녔다.

나는 도플갱어의 허물을 약지에 끼고 시체 중 하나를 골라냈다. 나와 체격이 비슷한 여성이었다. 그녀의 목에 손을 올리고, 반지에 마나를 불어넣자 물건에서 나온 빛이 시체를 감쌌다.

연갈색 단발이 남색 장발로 변하고, 흐리고 평범하던 인상이 차갑고 또렷하게 변했다. 심지어는 입고 있는 옷이나, 힘주어 검을 잡은 흔적마저 그대로 재현됐다. 반영되지 않은 건, 손가락에 낀 반지뿐이었다.

그 모습을 보며, 제몬이 경악하여 중얼거렸다.

"이게 무슨……."

"또 하나의 테릴 리한이 만들어졌네."

무감히 내뱉고, 나는 그를 돌아보며 말했다.

"이제 시체에 저주를 써."

마법 계약서에는 맹점이 있다. 딱 계약서에 적힌 내용만 따르면 된다는 것이다. 눈앞의 시체는 테릴 리한의 외관을 그대로 베껴 낸 결과물이었다. 그러니 가능할지도 몰랐다.

이런 꼼수가 통하지 않는다면 제몬은 죽겠지만, 해 보지 않는 것보다야 낫다. 그는 잠시 머뭇거리다가, 두 눈을 질끈 감고 손바닥을 시체에 내밀었다. 새까만 문양에서 나온 안개 같은 것들이 시체를 감싸자, 그 외관에 보랏빛 문양이 떠올랐다.

그리고 제몬은, 죽지 않았다.

"허억, 헉."

막대한 공포를 느꼈는지 그가 크게 심호흡을 했지만 그걸 보면서도, 나는 어떠한 감상도 느끼지 못했다. 그럴 여유도 없었다. 나는 다만 태연한 척하며, 제몬을 향해 말했다.

274

"넌 테릴 리한을 죽인 거야. 그러니 타니타르 공작한테 확실히 말해."

약속과 달리 다른 시체에 퍼부었으니, 굳이 내가 말하지 않아도 알아서 하겠지만.

타니타르가 나를 공격한 걸 보면, 아버지 쪽은 어떻게 됐을까. 공작은, 아버지와 나를 모두 제거했다는 판단이 선 뒤에야 움직일 것이다. 리한 공작을 더 경계하고 있을 테니, 아마도 아버지를 먼저 공격했겠지. 확인해야겠다는 생각이 들었다.

"네게도 타니타르는 적인 거지."

"뭐?"

"솔직히, 이 말을 하고 싶진 않았지만 일단 널 믿을게. 지금 뭘 보더라도 입 닥치고 있어."

그렇게 말하고, 나는 품에서 통신구를 꺼냈다. 내가 가진 건 나라 규모였으나 북부에 있는 건 성채 규모인지라, 내가 먼저 연락하지 않으면 북부에서는 내게 소식을 전할 수 없었다. 마나를 잔뜩 밀어 넣자 머잖아, 구슬에 빛이 들어왔다.

[예, 소공작님.]

그 너머에서 론타르 백작의 목소리가 들렸다.

"어떻게 됐어요?"

[신호탄이 터지는 것까지 확인한 뒤, 감옥에 가둬 뒀습니다.]

"이쪽도 움직였어요. 제 시체를 만들어 두었으니, 예정대로 기사들을 보내 주세요."

[준비되는 대로 움직이겠습니다. 금일 자정을 지나 해가 뜨기 전에는 도착할 수 있을 겁니다.]

"좋아요, 그러면—."

[소공작님께선 괜찮으십니까?]

염려가 담긴 목소리였다. 그 또한 내가 사람을 죽인 게 처음이라는 걸 알고 있었으니까. 애써 억눌렀던 감정이 울컥 터져 나오는 것 같아서, 나는 빠르게 말을 마무리했다.

"안 괜찮지만, 위로는 나중에 들을게요."

[소―.]

나는 통신구의 연결을 끊어 버렸다.

한시가 급한 상황이다. 타니타르 공작은 머잖아, 리한을 모두 제거했다고 믿고는 직접 반역을 일으킬 것이다. 그렇게 되면 황제의 요청이 없어도 움직일 수 있었다. 반역을 저지하는 건, 모든 제국민의 의무였으니까. 그러니 사사로운 감정에 휩쓸릴 여유는 없다.

나는 통신구와 반지를 다급히 품 안에 밀어 넣었다. 그러면서 세시오에게 '도플갱어의 허물' 이야기를 하지 않았다는 게 생각났지만, 괜찮을 것이다. 어차피 죽은 척할 거란 이야기는 미리 해 뒀으니까.

시체들을 쳐다보니, 또 론타르 백작이 건드려 놓은 감정이 울컥울컥 올라와서 나는 입술을 깨물었다. 나는 얼이 빠져 있는 제몬에게 마지막으로 당부를 건넸다.

"너, 연기 제대로 해라. 망가지면, 네 인생도 끝날 테니까."

나는 그의 답을 듣지 않고, 자리를 박찼다.

암살자들이 감옥으로 향했다는 보고를 듣고 얼마 뒤, 타니타르 공작이 지하 감옥으로 내려왔다. 테릴 리한을 제법 깊은 곳에 가둬 뒀기 때문에, 계단을 내려가는 것만도 한참이었다. 그러나 그는 지겨움보다는 기묘한 흥분을 느끼고 있었다.

마침내 목적지에 다다랐을 때, 그의 눈에 가장 먼저 보인 건 암살자들의 사체였다. 어차피 소모품으로 보낸 이들이니 안타까움은 조금도 없었다.

공작은 케인으로 땅을 짚으며 가까이 다가갔다.

"오, 오셨습니까."

그 벌벌거리는 목소리에, 공작이 고개를 돌렸다. 제몬 데이브릭이 보였다.

'용케도 살아 있군.'

상대는 마스터기에, 저주에 걸리더라도 잠깐 정도는 의식이 있을 것이다. 공작은 그 틈에 제몬이 살해당할 거라 확신하고 있었다. 그런데 저토록 멀쩡하다니, 설마 실패한 건가. 실패할 리 없다고 생각한 계획이었으나, 상대가 리한이다 보니 불안감이 들었다. 그의 두 눈이 차갑게 가라앉았다.

"일은 어떻게 됐지."

제몬은 말없이 어느 한쪽을 가리켰다. 어둠에 파묻힌 시체 중 한 구였다. 타니타르 공작은 그쪽으로 눈길을 돌렸다. 남색 머리칼, 눈꼬리가 올라간 냉정한 인상. 익숙한 외관의 여성이 가만히 눈을 감고 있었다.

공작은 바로 흥분하지 않고, 케인으로 그 눈꺼풀을 밀어 보았다. 재수 없을 만큼이나 당돌한 은회색 눈동자가 보였다. 그 색을 확인하고, 돌연 공작이 시체의 가슴께를 내리찍었다. 힘의 반동으로 시체가 흔들렸으나, 그뿐이었다. 고통스러운 신음이 나지도 않았고 표정이 일그러지지도 않았다. 숨결조차, 멎은 그대로였다.

그녀의 죽음을 확신한 순간, 타니타르 공작의 입꼬리가 길게 찢어졌다.

"으하하하하하!"

그가 대소를 터뜨렸다. 핏발 선 눈에는 황홀하다는 말이 어울리는 기쁨이 들어차 있었다.

"드디어!"

그가 휙 제몬 데이브릭에게 고개를 돌렸다.

"정말 잘했네. 내, 자네에게 반드시 후작위를 돌려주지. 약속함세."

"……시신은 어떻게 하실 셈입니까."

"내 전리품이 아닌가. 잘 가져다가 박제라도 하면 이만한 게 또 없겠지."

소름 끼치도록 잔인한 말에, 제몬이 입술을 짓씹었으나 공작의 눈에 그런 건
보이지도 않았다. 그는 다만 치미는 웃음을 참을 수가 없었다. 그건 비단 테릴
리한의 죽음 때문만은 아니었다.

타니타르 공작은 조금 전 들은 보고를 떠올렸다.

"각하, 속보입니다! 북부에서 신호탄이 올라왔다고 합니다."

"무어라? 그 말은……!"

"경하드립니다. 드디어 리한 공작을 죽이셨습니다!"

"리한 공작이 죽었다고? 그 라셰드 리한이, 그 괴물이?"

틀림없이 성공할 거라 믿었지만, 무려 30년을 공들였지만 그럼에도 그 소식
이 믿기지 않았다.

그는 30년 전의 일을 떠올렸다. 하일리 타니타르가 소공작도 아니었던 시절.
선대 공작이었던 모친과 소공작이었던 형을 따라 반란을 일으키던 그때의 황
궁에서. 17대 황제 파넬리오를 죽인 순간, 그자가 나타났다.

밤하늘 같은 남색 머리칼. 겨울 하늘처럼 시린 눈동자를 가진 라셰드 리한
이. 처음에는 젊은 애송이가 호기를 부리는 줄 알고, 그의 모친도 비웃음을 삼
키지 못했다.

그러나 라셰드 리한은 괴물이고 악마였다. 타니타르가 힘겹게 준비한 세력은 단 한 명의 손에 처절하게 박살 났다. 당시의 타니타르 공작도, 소공작도 단칼에 목이 베였다. 황태자였던 카트리예가 리한을 막아서지 않았으면, 그다음 차례는 그가 됐을 것이다.

그때의 공포를 잊지 못해서, 타니타르는 지금도 악몽을 꿨다. 리한을 더없이 증오하면서도 그 눈빛을 떠올리면 오금이 저렸다. 그런데 그 악마가 죽었다니, 도무지 믿기지 않는 소식이었다. 하지만.

"이제는 믿을 수 있겠군."

새끼 리한의 시체를 보니, 비로소 확신이 선다.

제가 죽였다. 30년이란 시간을 오롯이 쏟아서 제가, 타니타르 공작이, 하일리 타니타르가 그 라셰드 리한을!

터져 나오는 황홀함을 참을 수가 없었다. 그는 다시 한번 대소를 터뜨렸다.

제몬 데이브릭은 양손으로 입가를 덮고 고개를 푹 수그렸다. 평소라면 심약하다고 혀를 찰 모습이지만, 그 모양새마저 마냥 예쁘게 보였다. 공작이 길게 입꼬리를 찢었다.

"엔릴을 더 찾을 필요도 없겠군."

자리가 버거워 도망쳤는지, 볼일이 있어 외출한 건지, 다른 세력에게 살해당한 건지. 그런 건 이제 조금도 신경 쓰이지 않았다. 이제 하일리 타니타르는 직접 황제가 될 수 있었으니까.

그는 저를 뒤따라온 시종장을 향해 말했다.

"내일 즉위식을 치를 테니, 수도의 귀족들에게 공문을 보내라. 참석하지 않는 이는."

타니타르 공작이 잔인하게 웃었다.

"내 황좌의 제물이 될 것이다."

테릴이 황궁 지하 감옥으로 향한 뒤, 세시오는 일단 리한 공작저로 돌아왔다. 원래 공작저는 두 사람을 잡으러 나온 황궁 기사들이 점령했다고 들었으나, 지금은 깨끗했다. 테릴이 잡혀가 준 덕인지. 아니면 세시오가 달란트의 고발 조력자로 이름을 올린 덕인지. 이유야 뭐가 됐든 좋다.

안으로 들어서며, 세시오는 기이한 감상을 받았다. 저택에서 그리 오래 지내지도 않았으나, 마치 향수와도 같았다. 어쩌면 여기에 온 이후 좋은 일이 많이 생겼다고, 정이라도 든 걸까.

"그래, 좋은 일이 많았지."

테릴에게 퍽 긍정적인 답을 듣기도 했고, 달란트의 기억이 돌아왔다는 것도 알았다. 황제가 되지 않은 채 제가 벌인 일을 수습할 수 있다는 것도 퍽 달가웠다. 최근 벌어진 일을 곱씹으며 세시오는 미소 지었다.

그러나 그의 행복은, 언제나 등 뒤에 불안을 매달고 있었다. 살면서 느꼈던 따뜻한 순간들은 모두 한순간, 비참하게 조각났으니까. 웃고 있으면서도 발밑이 아슬아슬한 이 감각은, 아마도 금세 지워지진 않을 것이다.

세시오는 느리게 숨을 내뱉고, 거울로 시선을 돌렸다. 그러자, 파넬로 앵게스트가 떠올랐다. 제 언령을 맹신하는, 맹목적으로 저를 따르는 수하. 황좌를 모나크에게 떠넘길 거라 말하면, 그는 어떻게 반응할까.

"어떻게 생각하든, 상관없지만."

세시오는 황궁의 일이 궁금해져서 거울을 연결했다. 일이 바쁜지 바로 응답이 오지는 않았으나, 머잖아 그곳에 파넬로의 얼굴이 비쳤다. 퍽 피로해 보인다고, 세시오는 무감하게 생각했다.

"부르셨습니까, 세시오 님."

"내가 황궁을 나온 뒤, 일이 어떻게 돌아가고 있나?"

"마침 황궁에 심은 세작들에게서 연락이 왔습니다."

"말해 봐."

"테릴 리한이 죽었다고 합니다."

그 말에, 세시오는 저도 모르게 손끝을 움찔했다. 그러나 그 동요가 표정으로 드러나지는 않았다. 죽은 척을 해 타니타르의 반역을 이끌어낼 거란 계획은, 그도 이미 알고 있었으니까.

"자세히."

"시체에 짙은 보랏빛 문양이 떠올랐다고 합니다. 그걸로 봐서, 아마 사인은 최상급 저주일 겁니다."

최상급 저주는, 리한 공작을 타깃 삼아 하나만 만든 게 아니었던가. 세시오는 조금 당황했다. 성공할 확률이 몹시 낮은 데다가 위험 부담도 커서, 그런 게 둘이나 생겼을 줄은 몰랐다.

이상하게도 발밑이 그슬리는 느낌이 들었다. 예고된 불안이 또다시 아가리를 벌리는 것처럼.

그는 테릴의 자신만만한 얼굴을 곱씹으며, 애써 제 마음을 진정시켰다.

"그 외에 특이점은 없었나."

"……별건 아니지만, 목에 희미하게 깨물린 듯한 흔적이 남았다고 합니다."

그 말에 세시오의 심장이 덜컹 흔들렸다.

"당신이 개야?"

만남을 다시 생각해 보겠다는 말이 서운해, 그가 한 일이 떠올랐다. 그 흔적이 남아 있다고? 시체를 조작해 만들어 냈다고 해도 그것까지 흉내 낼 필요가 있나. 정말, 그 시체는⋯⋯ 테릴 리한이 아닌가.

한 번 의심이 들자 불안은 파도처럼 몰아치기 시작했다. 아니겠지, 생각하면서도 여태까지의 경험이 그의 마음을 부추겼다.

"전후 과정에 대해 더 상세히 알아 와."

테릴이 상정하지 못한 것은, 세시오의 마음은 파편을 이어 붙인 것처럼 연약하며 그에게는 불행이 행복보다 익숙하다는 것이었다.

"그게 무슨 소리야. 테릴이 죽었다니?"

롭티나 그레텔의 목소리는 잔뜩 떨리고 있었다.

"말⋯⋯ 도 안 되는 소리 하지 마. 내가 방금 만나고 왔는데 아무 문제 없었어."

"아가씨께서 황궁을 나오신 지 얼마 지나지 않아, 일이 벌어졌다고 합니다. 온몸에 보랏빛 문양이 새겨져 있었다는 걸로 보아 아마도—."

"아니야, 그럴, 그럴 리가. 저주에 대한 것도 경고해 드렸는데 어떻게⋯⋯."

그녀가 고개를 저어 종전에 들은 말을 부정했으나, 희게 질린 낯빛에는 약간의 두려움이 서렸다. 그런 롭티나를 안타깝게 바라보다가, 수하가 조심스레 말을 이었다.

"그리고 황궁에서 공문이 왔습니다."

"공문?"

"각 가문의 가주들은 타니타르 공작의 즉위식에 참석하라는 그런 내용입니다."

"참석하지 않으면 죽이겠다는 협박도 섞여 있겠군."

롭티나 그레텔은 무슨 생각인지 잠시 허공을 바라보다가 이내 고개를 끄덕였다.

"그래, 내 두 눈으로 확인해야겠어. 참석하겠다고 답해."

"하지만 아가씨."

"가주가 참석해야 한다고? 걱정하지 마, 아버지는 내가 설득할 테니."

그렇게 말한 뒤, 그녀는 집무실을 나섰다. 문틈 새로 황궁의 소식을 엿듣던 사내는 자연스럽게 문 뒤로 몸을 숨기며 입술을 짓씹었다. 그는 그레텔 공작가의 지하에서 막 빠져나온, 엔릴 타니타르였다.

엔릴은 타니타르 공작의 하나뿐인 자식이었지만, 그 또한 도구에 불과했다. 그는 제가 언제 내쳐질지 모른다는 사실을 잘 알고 있었다. 그래서 비상시를 대비해 여러 가지 은밀한 준비를 해 두었다. 개중 하나가 피부 아래 심어 둔 마법 무효 아티팩트여서 그는 무사히 깨어날 수 있었다. 다소 시간은 좀 걸렸지만.

바깥의 일이 어떻게 돌아가는지 엿듣고, 엔릴은 빠르게 자리를 빠져나왔다. 그레텔 공작저가 황궁과 가까운 것이 그나마 다행이라고 할까, 그는 금세 황궁에 도착했다. 정문을 통해 당당히 들어가는 대신, 사내는 미리 알아 놓은 비밀 통로를 이용해 내부로 잠입했다.

목적지는 황제, 로잘린느의 침실이었다. 그곳에는 손가락 하나 까딱할 수 없는 그의 부인이 있었다.

"로잘린느!"

다행히도, 그녀는 아직 죽지 않은 채였다. 엔릴을 발견하고 표정이 차갑게 식긴 했지만. 그러나 지금은 그런 것에 일일이 마음 아파할 여유가 없었다.

"오늘 중, 아버지의 즉위식이 있을 예정이에요. 아버지는 거기서 당신을 죽이겠죠, 로잘린느. 하지만 당신이 죽지 않는다고 그분이 황제가 될 수 없는 건 아니니까."

그는 혼자 중얼거리며, 그녀를 들쳐 업었다.

"나와 함께 도망치면 살 수 있을 거예요. 내가 당신을 살려 줄게요."

저를 경멸 어린 눈으로 노려보는 부인을 바라보며 엔릴이 희열에 차 웃었다.

"소공작님께서 계획을 말씀하시지 않았습니까?"

"들었어, 하지만."

"공자께서는 믿음이 부족하시군요. 소공작님을 믿으십시오, 그렇게 나약한 분이 아닙니다."

안도라 그리넬은 태평스럽게도 말한 뒤, 몸을 돌렸다. 그 뒷모습을 바라보며 세시오의 눈이 깊이 침잠했다.

테릴을 믿으라고? 말이야 좋았지만 그는 마냥 기다릴 수 없었다. 징조가 이상했다. 파넬로는 금세 조사를 마치고, 세시오에게 그 내용을 보고했다.

"지하 감옥으로 향한 부분까지는 아시는 것과 같습니다. 그 직후부터 말씀 드리겠습니다."

"롭티나 그레텔이 리한 소공작을 만나러 갔습니다. 하지만 공작저에서의 행보로 보아, 무슨 일이 있었는지는 모르는 듯합니다."

"그리고 제몬 데이브릭이 감옥에서 풀려났습니다. 타니타르 공작이 흘린 말대로면, 리한 소공작을 죽이는 데 공을 세운 모양입니다."

그 말을 듣고, 세시오는 천리안을 열어 보았다. 당연하게도 테릴을 직접 볼 수는 없었지만, 다른 이들은 가능했다.

롭티나 그레텔은 큰 충격에 빠진 사람처럼 낯빛이 창백했다. 제몬은 뭐가 그리 불안한지 초조함을 감추지 못했다. 그리고 타니타르 공작은 아주 유쾌한 얼굴로 틈이 날 때마다 테릴 리한의 시체를 내려다보고 있었다. 그래, 테릴의 사체를. 테릴이 한 말을 곱씹으면, 그게 가짜란 건 분명했으나 목덜미에 정말 그 자국이 남아 있었다. 게다가.

'어째서 타니타르가 이렇게 잘 보이는 거지.'

황궁도, 공작저도 언제 그를 힘들게 했냐는 듯, 선명하게 잘 보였다. 그 안을 활보하고 다니는 마법사들도, 타니타르가 숨기고 있던 독과 저주에 대한 단서들도. 얼마 전까지만 해도 막대하게 쌓인 마나에 능력을 방해받았던 것이 거짓말처럼 맑다. 그 말은, 마나를 소모할 일이 있었단 의미였다.

"……혹시 타니타르를 보지 못한 거 최상급 저주 때문 아니야? 북부로 옮겨 가면서, 마나의 밀집도가 낮아졌다거나."

테릴의 말을 떠올리자, 불길함은 점차 가속화되었다.

세시오 데이브릭은 사랑하던 이에게 버림받은 적이 있다. 또한 사랑하던 이를 버린 적도 있었다. 그러나 그 비참한 경험 중에서도, 사랑하는 상대가 죽었다는 가정을 그려 보기는 처음이었다. 세시오가 뒤틀린 질투를 통제할 수 없던 것처럼, 이번에도 마찬가지였다.

테릴 리한이 보이지 않는 게, 참을 수 없이 답답했다. 만약 정말로 그녀가, 어떤 실수로 죽은 거라면…….

아니야, 죽었을 리 없어 테릴은 그저 타니타르를 잡을 준비를 하느라, 연락이 없을 뿐이다. 그녀가 죽었다는 소식이 돈 지 채 하루도 되지 않았으니까.

생각은 무의미하게 늘어지고 반복되며, 단시간에 그의 정신을 피폐하게 만들었다. 제 감정이 과하다는 걸 알았지만, 도무지 통제할 수 없었다. 기어이 세시오는, 그 시체를 봐야겠다고 결심했다.

수도, 엔하르트 백작저. 뒤숭숭한 황궁에 비해 저택은 상대적으로 조용했다. 네빗 엔하르트가 침실에 틀어박힌 채로 나오지 않는다는 사실만 제하고는.

'리한 소공작이 죽었다는 사실을 전하는 게 득이 될지, 실이 될지.'

엔하르트 백작은 깊이 한숨을 내쉬며 방으로 향했다. 워낙 허약하게 태어났기 때문인지, 백작은 아직도 네빗을 대하기가 어려웠다. 그녀가 조금만 건드려도 깨져 버릴 듯 약했으니까.

손주 걱정에 매몰되어 그녀가 방에 들어선 순간, 백작의 눈빛이 변했다.

'타니타르인가.'

방 안에는 낯선 인기척이 그녀를 기다리고 있었다. 숨길 생각도 없다는 듯 아주 당당하게. 백작은 사람을 부르는 대신 문을 닫고, 안으로 들어섰다. 그러고는 번개같이 검을 빼 들고, 늪 색의 마나로 칼날을 휘감았다.

기척이 있는 쪽을 공격하려던 순간.

"아무리 예고 없이 왔다고 하지만, 손님 대접이 참으로 야박하군."

처음 듣는 목소리가 그녀의 행동을 막아섰다. 낮고 묵직하게 울리는 소리엔 기묘한 위압감이 녹아 있다. 짐승의 목울음 같기도 하고 동굴에서 울리는 소리 같기도 한.

이상하게도 음성 같지 않다고 느낀 순간, 그녀의 두 눈에 목소리의 주인이 비쳤다.

"세시오…… 데이브릭 공자?"

엔하르트 백작이 멍하니 중얼거렸다.

"오래간만에 보는군."

"말을……!"

"그건 백작의 손자도 알고 있는 일이니, 너무 놀랄 건 없고."

그는 방 한편의 소파에 다리를 꼬고 앉아, 태연히도 백작의 당혹감을 잘라 냈다. 그녀는 잠시 어떠한 말도 내뱉을 수 없었다.

당황스러운 건 아무렇지 않게 입을 여는 것뿐만이 아니었다. 백작에게 건네는 목소리는 당연하단 듯 하대였고, 그 표정과 분위기 또한 잠입해 들어온 사람 같지 않게 여유롭다. 그 일련의 모습들이 놀랄 만큼이나 생소했으나, 원래 그랬던 것처럼 자연스럽기도 했다.

그녀가 원래 알고 있던 세시오 데이브릭이란 사람이 통째로 가짜였다는 걸 알게 됐음에도.

"……공자의 사정을 묻는다고 답을 들을 분위긴 아니구려."

백작은 애써 평정을 되찾고 말했다. 그 분위기 때문일까, 그녀는 말을 다 놓지는 못했다. 백작저에 몰래 들어온 걸, 탓할 수도 없었다.

"대단한 비밀은 아니지. 필요할 때면, 내 입은 가벼워지니."

"여기엔 어쩐 일이시오."

"손자를 치료한 대가가 필요해."

"무슨 말이오, 그건 데이브릭의 기사들을 맡아 주는 것으로—."

"글쎄. 여기, 데이브릭의 기사가 절반은 남았던가?"

그 말에, 엔하르트 백작이 움찔 몸을 떨었다.

출신이 나쁘다는 것 외에는, 너무나 탐나는 기사들이기에 그녀는 야금야금 그들을 포섭하고 있었으니까. 왈릿으로 돌아가더라도, 많은 이들은 영지를 떠나 다시 엔하르트에 오기로 말이 된 상황이었다.

눈 가리고 아웅이라도, 그 정도면 테릴 리한과의 약속을 어긴 건 아니다. 그런데 이런 풋내기한테 속내를 들켰을 줄이야.

세시오가 웃었다.

"혈육이 앓을 때는 고쳐만 주면 뭐든 한다더니, 괜찮아지니 탐욕이 생기던가."

"……."

"괜찮아. 인간이란 게 다 그렇지. 기사라고 특별할 것 없지 않나."

노골적으로 저를 모욕하는 말이었으나, 항변조차 할 수 없었다. 수치심에 백작의 얼굴이 벌겋게 물들었다.

"황궁에 잠입할 길이 필요해. 대를 이어 근위기사단장을 지내 왔으니, 황궁의 비밀 통로쯤은 여럿 알겠지?"

천연덕스러운 말이 기가 막혀, 백작의 눈가를 일그러뜨렸다.

"지금 내게 황궁의 극비를 털라 말한 것이오?"

"역도에게 황궁이 넘어간 채로도 가만히 있으면서, 그건 싫단 말인가?"

"날 현혹할 생각은 마시오. 그런 걸 요구하는 공자 또한 역모를 획책하려는 게 아니오!"

"백작."

그는 무감한 목소리로 그녀를 불렀다. 깊이 침잠한 눈빛에 백작의 등골을 타고 소름이 돋았다. 다시 한번, 인간이 아닌 걸 상대하는 기분이 들었다.

"내가 어떻게 백작의 손자를 살렸다고 생각하나."

세시오 데이브릭이 후천적으로 발현한 신성력 때문이 아니던가. 답은 너무도 명확했으나, 세시오의 말은 마치 그게 진실이 아니란 듯 들렸다.

백작이 혼란스럽게 눈을 깜박였다.

"눈치도 없군. 나이도 있는 사람이니, 날 보고 떠오르는 얼굴이 있을 법도 한데."

그 말에 엔하르트 백작의 눈이 크게 흔들렸다. 그녀는 저도 모르게 세시오 데이브릭의 얼굴을 낱낱이 뜯어봤다. 오래도록 빛 좋은 개살구라 생각한 탓에, 그를 제대로 살핀 적은 없었다. 하나 지금, 그녀는 어렵지도 않게, 사내에게서 한 부부의 얼굴을 찾아냈다. 백작이 경악으로, 두 눈을 치떴다.

"설마……!"

"입 밖에 내진 말도록 해."

그 말에는 어떠한 울림이 느껴졌고, 그것이 그녀의 마나를 뒤흔들었다.

'언령!'

살아생전 목격한 적은 없지만, 그 존재조차 모를 리는 없다. 엔하르트는 건국 초기부터 제국과 명운을 함께해 온 가문이었으니까. 숨도 멈출 만큼 놀란 엔하르트를 보며, 세시오가 웃었다.

"이제 내가 백작에게 원하는 걸, 강제로 얻어 낼 수 있단 것도 알겠군."

"……그 힘이 있다면, 다른 능력도 가지고 계실 것이 아니오."

천리안을 일컫는 말이었다.

"황궁에는 이런저런 마법적 방비가 많아서 말이야, 사전 정보 없이 전부 들여다보기엔 힘의 소모가 크거든."

앞으로 무슨 일이 있을지 모르는 상황이니, 아직은 여유롭더라도 기적을 최대한 아껴야 했다. 그는 안타까운 듯 혀를 찼으나, 두 눈은 흉흉하리만치 싸늘하게 가라앉은 채였다.

"그러니 백작의 자의로, 알고 있는 모든 걸 털어놓으면 좋겠어. 그렇게 해 준다면 좋은 걸 알려주지."

"말하지 않는다면 어찌하시겠소."

"원하는 대로 평탄한 삶을 누리진 못할 거야."

"내 나이를 생각하면, 대단한 협박거리도 아니시군."

"그대의 손자도 같은 생각일까."

명백한 협박성 발언에, 백작이 세시오를 노려봤다. 그러나 어쭙잖은 위협으로는, 아무것도 얻을 수 없는 상황이다. 그녀는 분을 삭이며, 그가 한 말을 되새겼다.

'황궁 내 비밀 통로를 알려 달라고?'

무슨 짓을 할 생각이냐 묻고 싶었지만, 그러지는 않았다. 백작에게 형편 좋은 소리를 한대도 믿지 못할 거고, 설사 반역을 입에 담더라도 달라질 게 없는 상황이었으니까.

엔하르트에서 대대로 섬겨 오던 템그리아의 단일 황실은 이미 조각났다. 아직 타니타르가 즉위식을 치르지는 않았으나, 이미 그랬다. 지금의 황제인 로잘린느도, 그 선대인 에이빌로스도 타니타르의 꼭두각시였으니까. 파넬리오가 선대 타니타르의 역모로 죽었을 때, 카트리예가 그 가문을 용서하게 둔 것이 실책이었다.

하지만 뒤늦은 회한에는 아무런 의미도 없다. 더욱이 세시오 데이브릭의 목적이 반역이라면, 어쩌면 백작에겐 그편이 나을지도 모른다. 그가 정말 모나크와 아노비스 공작 사이에 난 자식이라면, 적어도 초대 황실의 계보는 이어질 테니까.

지켜야 할 걸 잃은 기사는 무른 희망을 품고, 힘없이 답했다.

"알겠소."

백작은 제가 알고 있는 궁내의 모든 비밀 통로를 낱낱이 털어놨다. 이야기는 제법 길고 복잡했으나 그는 한 번 되묻는 일 없이 그 말을 모두 주워듣고는, 잠시 고민에 빠졌다. 그러고는.

"뒤편으로 가야겠군."

세시오가 심드렁히 내뱉은 말 한마디에, 눈앞의 공간이 크게 일렁였다. 그 너머에 비치는 공간을 보고, 백작의 두 눈이 찢어질 듯 커졌다.

'엔하르트에 잠입한 것도 이런 식이었나.'

그 힘의 존재를 알고 있었다 한들, 직접 목격하기는 처음이었다. 숨 쉬듯 간단하게 포탈을 만들어 낸 사내는, 공간을 넘어가려다 문득 백작을 돌아보았다.

"그러고 보니, 값을 치르지도 않을 뻔했군."

"무슨……."

"가만히 웅크려만 있어도, 타니타르는 엔하르트를 내버려 두지 않아."

뜬금없는 화두에 백작이 눈가를 찡그렸다.

"천하의 근위기사단장도 나이가 들었어. 이미 소백작의 목숨이 노려졌다는 것도 모르는 걸 보면."

엔하르트 백작의 눈이 크게 흔들렸다.

"그게…… 무슨 말이시오."

"소백작이 너무도 허약하게 태어나, 어려서부터 신관의 축복을 받으러 다녔다지? 그런데도 몸은 꾸준히 나빠졌어. 말이 되나?"

"선천적인─."

"유약함이라도 최소한 현상 유지는 되어야지."

세시오가 말을 이었다.

"얼마나 간편한가. 소백작을 죽이면 엔하르트의 대는 끊어지고 홀로 남은 백작이야 천천히 처리하면 그만인 것을."

"그 말은…… 엔릴의 상태가 나빠진 게, 타니타르 때문이란 뜻이오?"

"소백작의 폐에 독이 숨어 있었다더군."

덜컥, 심장이 떨어져 내리는 기분에 그녀의 입이 벌어졌다.

"어떻게 그런……!"

"그대의 무능을 믿고 싶지 않다면, 좋을 대로 생각해."

거기까지 말한 세시오 데이브릭은, 더 설득할 생각은 없다는 듯 공간을 타 넘었다. 백작이 뒤늦게 손을 뻗어 봐도 그는 이미 사라진 뒤였다.

백작저를 나선 세시오가 다다른 장소는 본궁 뒤편의 비밀 통로였다. 종전에 비해 눈앞이 확 어두워져서, 그는 두어 번 눈을 깜박였다. 그래도 드문드문 벽에 걸린 램프 덕에, 어렴풋하게 앞이 보이긴 했다.

마나를 감지해 들어오는 이가 있을까 봐, 비밀 통로 내부에는 대체로 마법적 방비가 배치되지 않았다. 그 때문에, 나아가기 시작한 세시오의 걸음에 망설임은 없었다. 통로 안은 미로처럼 복잡했지만, 엔하르트 백작의 말을 되새기면 무리 없이 방향을 고를 수 있었다. 문제가 되는 건, 갈수록 점점 심장이 무거워진다는 것뿐이었다.

마침내 목적지에 도착해, 세시오가 걸음을 멈추었다.

'황소가 그려진 램프의 오른쪽으로 세 걸음. 그리고 바닥에서 두 뼘 정도 위에……'

백작의 말을 기억하며 고개를 수그리니, 석벽의 일부가 살짝 튀어나온 게 보였다. 그걸 누르자, 소리 없이 벽면이 밀리고 캄캄한 통로 안으로 빛이 확 들어왔다.

공용 도서관은 아니고, 누군가 ─황족이겠지만─ 개인적으로 마련해 둔 서재 같았다. 그는 혹 사람이 있지 않은가 주의하며 천천히 그 공간을 가로질러 서재를 나왔다. 그 맞은편에는 커다란 문이 있었다.

천리안으로 봤던, 테릴의 가짜 시신이 있는 방. 자물쇠로 잠겨 있고, 안쪽에도 마법으로 방비되고 있으나 하나쯤은 얼마든 감당할 수 있었다.

"열려."

조용히 내뱉은 말에, 마법이 멈추고 아무도 손대지 않은 문이 아가리를 벌린다. 발걸음이 점점 늘어지는 기분을 느끼며, 세시오가 그 안으로 들어섰다.

방은 황궁답게 화려했지만, 용도가 없는지 텅 빈 채다. 검은 천에 뒤덮인 하나의 관을 제하면.

'가짜…… 일 거야.'

이제 세시오의 손마저 떨리기 시작했다. 여기까지 왔으면서, 확인하지 않고 돌아가고 싶다는 충동이 끓어올랐다. 어차피 가짜일 테니까. 어차피 테릴은 죽지 않았을 테니까. 그러나 이상하게도 그의 두 다리는 느리게나마 점점 관에 가까워졌다.

불안이 그의 등을 떠민다. 보고 싶으나, 보고 싶지 않았다. 모순적인 기분에 저며진 채, 세시오는 두어 번 숨을 고르고 천을 걷어 냈다. 그리고 관에 누운 이를 본 순간, 그의 가슴팍이 크게 부풀었다.

힘없이 흘러내린 남빛 머리칼, 회색빛이 도는 살갗. 빈틈없이 맞물린 눈꺼풀과 바싹 마른 입술. 가슴팍은 오르내리지 않고, 입이나 코를 드나드는 숨결도 없다. 영락없이 죽은 이의 시신, 피부 위로 짙은 보랏빛 문양이 새겨지긴 했으나 그 외관을 그려내는 선과 색은 명백히 테릴 리한의 것이었다.

한순간, 눈앞이 어지러웠다. 숨을 들이켠 채 그대로 멈춰선 세시오의 얼굴이 창백하게 질렸다. 눈앞의 광경에서 눈을 돌리지도 못했다.

"……아니야."

그는 의미 없는 부정을 내뱉으며 손을 뻗었다가 유리로 된 덮개에 가로막혔다. 두어 번 헛손질하며 덮개를 열자, 죽음의 기운이 훨씬 확연히 느껴졌다. 그 시신이 테릴은 아니라 믿고 싶었으나, 그녀와 다른 점을 한 가지도 찾아낼 수 없었다.

세시오는 쓰러진 이의 한쪽 머리칼을 걷어 냈다. 목 쪽에 희미한 자국이 보여서 심장이 한 번 떨어지고, 흔들린 손에 닿은 살갗이 너무 차가워 손끝의 떨림까지도 멈추었다. 몸에 오한이 인 것처럼 차다.

"아."

테릴이 아닐 텐데. 아니어야 하는데.

"마법 용품을 써서, 만들어 낸 시신일 수도 있으니까."

그는 애써 그럴듯한 이유를 찾아내고, 천리안을 열었다. 여전히 테릴의 주변을 읽어 내는 건 어려웠으나, 전과 달리 불가능할 것 같지는 않았다. 시체를 조작할 때 그녀의 마나를 이용해 그 일부가 남은 걸까. 아니면 죽은 몸에서 마나가 빠져나가 이만큼만 남은 걸까. 시체 자체에 잔류한 마나는 다소 적었다.

일전에 타니타르를 엿볼 때처럼, 그는 고집적으로 능력을 풀지 않았다. 그리고 천리안은 찰나의 순간, 그에게 누군가의 손바닥을 보여줬다. 피부에 새겨진 문양에서 안개가 나와 눈앞의 시체를 감싸며 스며들었다. 그 손의 주인은······.

"······제몬."

더 이상 보지 못하고, 탁하게 초점이 풀렸다. 현기증이 치솟아 그는 관에 기댄 채, 무릎을 꿇고 주저앉았다. 시야가 까맣게 물들고, 그 때문에 제 숨소리가 더 크게 들렸다. 극심한 동요를 숨기지 못하고, 손을 움찔거리다가 다시 세시오의 손끝에 시신이 닿았다. 손을 타고 흘러드는 그 냉기가, 그에게 확신을 주었다.

"어째서······."

죽은 척은 전략이라 하지 않았던가. 실제로 죽을 일은 없을 거라고, 그저 위장일 뿐이라고. 그랬는데 왜.

"어째서."

그토록 강하던 이가 왜 눈을 감고 쓰러져 있단 말인가.

한때, 그녀가 한 말이 떠올랐다.

"그래도 당신 운이 좋진 않잖아."

테릴에게 그의 행운을 제대로 이야기한 순간, 그녀가 한 말이었다. 한 번에 그치지도 않았다. 세시오의 운이 화두로 오를 때마다, 그녀는 부득불 그걸 부정했다.

그런 모습을 보면서 웃었지만, 실상은 테릴과 생각이 다르지도 않았다. 그래, 세시오 아노비스도 실은, 오래전부터 그렇게 생각했다. 제가 행운이 있었으면 이런 삶을 살았을 리 없다고. 이토록 강대한 이조차, 시신이 되어 스러질 리 없다고.

그에게 있는 건 오롯한 불행뿐이다. 테릴이 그의 운을 그리 부정한 건, 어쩌면 이러한 날을 예감해서인지도 모른다.

세시오는 저도 모르게 소리를 내어 웃었으나, 그게 흐느끼듯 변하는 데는 오래 걸리지 않았다.

"아······."

그의 입에서 무거운 신음이 났다. 관을 부여잡은 양손에 단단히 힘이 들어가 새파란 핏줄이 섰다. 그 위로, 관의 위로, 시신의 위로. 멋대로 떨어진 눈물방울은 군데군데를 짙은 색으로 물들였다.

세시오의 입매가 양껏 어그러진다. 뭐가 신의 힘이고, 뭐가 기적이란 말인가. 세상에 태어나지 말았어야 할 벌을 이렇게 받는 것인가. 원해서 태어난 것도 아닌데, 왜 그 대가를 제가 치러야 한단 말인가.

"그럼 다른 일들은 어떤가. 세상에 내버려 둬서 좋을 게 사람의 마음뿐일까."

"사냥대회 날, 하늘은 비도, 천둥도 내리고 싶지 않았을지 모르지."

왈릿에서 테릴에게 그 말을 할 때, 실상 세시오가 내뱉고 싶은 본심은 좀 달랐다. 그녀에게 드러내지 않았으나, 그는 항변하고 싶었다. 삶이 이토록 불행할 줄 알았다면, 태어나고 싶지 않았다고. 그래서 그녀가 언령이 별거 아닌 듯 말했을 때, 언령을 쓰지 않아도 모든 일이 가능하다고 했을 때는 기쁨을 느꼈다.

그리고 그렇게 스스로의 삶을 합리화한 것이 무색하게도, 세시오는 사랑하는 이의 죽음을 끌어안고 있었다. 쌓아 온 시간, 차오른 기쁨의 끝에 엉망진창의 결말이 있었다.

"제몬."

그는 다시 한번, 조금 전 천리안으로 본 이의 이름을 입에 담았다. 그 목소리는 종전에 비할 바 없이 탁하고 진득했다. 세시오가 천천히 몸을 일으켰다. 어느새 그의 두 눈에는 초점이 돌아와 있었다.

제몬을 귀애하는 마음이 있었다. 벌써 수십 년이 지났고 그는 기억조차 못하지만, 제몬은 달란트의 아이였고 제 가족이었다. 테릴의 연인인 그를 시기한 적도 있고, 한때 살의와 비슷한 감정을 품기도 했으나, 마음 깊은 곳에 품은 미약한 애정은 끝내 지우지 않았다.

그러나 더는 그럴 수 없을 것 같다.

세시오는 제 눈에 맺힌 걸 거칠게 지워내고 관 위로도 손을 뻗었다. 다만 제 눈가를 쓸어 낼 때와 달리 테릴에게 묻은 눈물을 지워 내는 손길은 몹시도 섬세하고 조심스러웠다. 할 일을 마친 뒤 테릴에게서 빗겨 난 황금빛 눈동자에는 조금의 온기도 남지 않았다.

"제몬만이 아니지."

근본적으로 그의 손에 최상급 저주를 쥐어 준 타니타르 공작 역시도 내버려둘 수 없었다. 하나, 그냥 죽이는 걸로는 부족하다.

"제대로 된 선례를 만들어 두지 않으면 언제고 같은 일이 벌어질 거야."
"리한의 위상은 무너지면 안 돼."

세시오는 테릴이 한 말을 똑똑히 기억하고 있었으니까.

그는 관에 누운 시체를 조심스럽게 빼내고 끌어안았다. 덮개를 제자리로 되돌리고 검은 천을 덮은 뒤 왔던 길을 돌아갔다. 비밀 통로의 한구석에 테릴의 시신을 잘 뉘어 두고, 그는 떨리는 숨을 내뱉었다. 시신이 사라진 건 금방 눈치채더라도, 테릴이 여기에 있다는 건 바로 알지 못할 것이다.

"다시 올게, 테릴."

무겁게 인사를 건네고 세시오의 인영이 사라졌다.

"세시오 님?"

예고도 없이 나타난 주인을 보고, 파넬로 앵게스트의 두 눈이 커졌다. 그의 옆에는, 데이브릭 후작이 꾸며낸 오소리단의 단주가 아닌 진짜 케슬릿이 있었다. 대외적으로 오소리단은 암살단의 이름이었으나, 실상은 세시오가 자체적으로 길러 낸 모든 세력을 일컫는 이름이었다. 그렇기에 실상 케슬릿은 정보 조직의 수장이었다.

파넬로가 있는 곳으로 공간을 연결했을 뿐인데, 마침 필요한 때에 필요한 인물이 있었다. 그러나 더는 빈말로도 그걸 운이라 칭할 수 없었다.

세시오는 침잠한 눈으로 입을 열었다.

"3기사단을 동원해 수도의 성문을 막아. 아무도 오지 못하게 하고 아무도 나가지 못하게 해."

"그 말씀은……."

"2기사단과 오소리단은 나와 움직인다."

상황을 지켜본다고 말한 지 얼마 되지 않았기에, 파넬로는 잠시 당황한 기색이었으나 곧 고개를 끄덕였다.

"알겠습니다, 황궁으로 모시겠습니다."

"아니지, 힘이 더 많이 필요하거든."

세시오가 차게 웃었다. 곧바로 황궁을 습격할 생각은 조금도 없었다.

"전에 말했던 명부를 가져와, 케슬릿."

"알겠습니다, 세시오 님. 그런데……."

말끝을 흐리는 모양새에, 그가 눈가를 찡그렸다. 그 모습을 보고 케슬릿이 허겁지겁 물었다.

"조금 전부터 하늘이 이상하던데 혹 세시오 님이 하신 일입니까?"

의아함이 가득 담긴 말에, 세시오는 창밖을 내다보았다. 해가 저물었음에도 선명히 보일 만큼, 먹구름이 하늘을 뒤덮고 있었다.

황궁의 지하 감옥을 나온 뒤, 나는 바로 리한에서 만들어 둔 포탈로 향했다. 론타르 백작의 말대로라면, 리한의 기사들이 도착할 때까지는 아직 시간이 남았지만 나는 일부러 정신없이 달렸다.

사람을 죽일 때의 감각이 아직도 선명했다. 부정할 여지없이 심리가 불안정했고, 그런 모습을 다른 사람에게 보이고 싶지 않았다. 그래서 포탈에 도착한 뒤로도, 근처에 주둔하는 리한의 수하들을 부르지 않고 나는 가만히 기다리기만 했다. 겉으로나마 괜찮아 보일 수 있도록, 스스로를 달랠 시간이 필요했으니까. 마음이 혼란스러우니 세시오가 생각났지만, 그 얼굴을 떠올리자 어쩐지 가슴이 더 울렁여서 나는 애써 머릿속을 비웠다.

멍하니 앞을 바라보고 있었을 뿐인데 시간은 빠르게 지났고 하루는 금세 넘어갔다. 그리고 그 이튿날의 해가 떠오르기 조금 전쯤에.

"왔나."

포탈이 일렁거리기 시작했다. 나는 다시 한번 표정을 가다듬고 허리를 폈다. 머잖아, 한 무리의 기사단이 공간을 넘어왔다. 리한의 정예인 백설 기사단이었다. 그러나 그 선두에는 기사단의 단장이 아닌, 뜻밖의 사람이 있었다.

"……아버지?"

무섭게 웃고 있는 중년 사내는 분명 아버지였다. 왜 오신 거야. 나한테 타니타르를 맡기기로 해 놓고, 정작 끝낼 때가 되니 아쉬워지신 건가.

"아니, 성에 틀어박혀 죽은 척하시기로 해 놓고 갑자기 수도에 오시면 어떡해요."

"성의 세작은 전부 잡았어. 내가 여기로 온 건 아무도 모를 거다."

"그렇다고는 해도—."

아버지는 말에서 훌쩍 뛰어내리더니 나를 보고 양팔을 벌렸다.

"안겨라."

"……수상하게 왜 그러세요."

"백설 기사단 전원, 지시할 때까지 눈을 감고 마나로 귀를 틀어막아."

"예, 전하!"

"아니, 귀까지 틀어막으면 다음 지시는 어떻게 들으려고…….."

황당해하는 내 말은 끝까지 듣지도 않고, 아버지가 덥석 나를 끌어안았다. 연애 소설에서 이제는 부성애를 다루는 소설로 넘어가신 건가. 뜬금없는 정도를 넘어, 정말 어울리지 않는 행동이었다. 아버지에게 안겨 있다는 사실 자체가 소름 끼치게 어색해, 나는 당장 그의 품을 밀어내려고 했다. 그때.

"네가 사람을 죽인 게 처음이지, 아마."

"아……."

덤덤하게 내뱉은 한마디에, 온몸의 힘이 풀렸다. 단번에 목이 메어 왔다. 그러면서도 나는 애써 아무렇지 않은 척했다. 성인이었고, 뒤에 리한을 달고 있으니까. 울음을 삼킬 이유는 많았다.

"아니요, 괜찮아요. 어차피 언젠가는 해야 할 일이었고 죄 없는 사람을 해친 것도―."

"난 안 괜찮았어."

"네? ……아버지가요?"

"그래, 겉으로는 아무렇지 않은 척 허세를 부렸지만 꼴사납게도 악몽에 시달렸지."

너무 의외로운 말이라, 하마터면 거짓말이라 비난할 뻔했다. 그래, 아버지도 태어날 때부터 이렇지는 않으셨겠지.

나는 툭 튀어나오려는 말을 꾹 참고 온건하게 물었다.

"그래서 어떻게 하셨는데요."

"아버지께 그 꼴을 들켰다."

"할아버님께서, 아버질 이렇게 안아 주시던가요?"

"말도 안 되는 소리. 두들겨 맞다 보면 잡념은 사라지게 되어 있다면서 한 달간 죽으라고 패더군."

아버지, 인성의 비밀이 이렇게 드러나는구나. 가슴이 싸늘해졌다.

"……지금 두들기기 전에, 마음의 준비를 시키시는 거였군요. 알겠으니까 일단 타니타르를 잡은 다음으로 미뤄 주세요."

"틈만 나면 제 아비를 악마 취급이지. 그게 나쁘단 걸 아니까 이러고 있는 것 아니야."

"어머니께서 시키신 건 아니고요?"

"이즈는 아직 몰라. 내가 말하긴 무서우니, 나중에 네가 직접 말해라."

"무슨, 그런."

떠넘기는 말에 어이가 없어 웃으려 했으나, 그 대신 울음이 올라왔다. 입술을 꽉 물고, 나는 가늘게 숨을 내쉬었다.

"다시 물으마, 테릴. 괜찮으냐?"

"……하나도 안 괜찮아요. 기분이 너무 안 좋아요."

"이제야 솔직해졌군."

"이럴 거면, 도플갱어의 허물 같은 건 왜 주신 거예요."

"예기치 못한 상황에서 살인하는 것보단, 각오하고 하는 게 나으니까."

"거짓말. 거기까지 생각 안 하셨으면서."

"내가 밉냐?"

"네."

치미는 감정을 못 이겨 즉답했으나, 나는 곧 그것이 틀렸다는 걸 깨달았다. 어쩔 수 없이 나는 다시 입을 열었다.

"……아니요, 안 미워요."

머리 위에서 아버지의 웃음소리가 들렸다. 평소에는 얄밉기만 했는데, 지금은 그 소리가 따뜻하게 느껴졌다.

그는 한동안 아무 말도 없이 내 등을 도닥이셨다. 그 손길이 아주 어색해서, 처음 해 본 일이란 티가 팍팍 났다. 만약 내가 어릴 때부터 화이트폴에서 자랐다면, 조금은 익숙하셨을까. 의미 없게도, 그런 생각이 들었다.

"이제 클라이맥스 전이니 마음껏 울어. 황궁에서 정신없이 찌르고 베다 보면, 눈물 날 시간도 없을 테니까."

"아버지도 가실 거예요?"

"아니, 내 역할은 딱 위로까지야. 혹 내가 죽었다는 헛소문이 돌지는 않도록, 북부의 영지민들을 달래야 하니까."

내가 좀 진정된 걸 알았는지, 그는 나를 안았던 두 팔을 풀었다. 눈물범벅이 된 얼굴이 민망해 시선을 돌렸으나, 웬일인지 아버지는 비웃지 않았다. 오히려 그는 어린아이를 대하는 것처럼 손수건 ―아버지도 이런 걸 가지고 다닌다는 게 놀라웠다― 으로 내 얼굴을 닦아 주었다. 다 큰 성인이 아이 취급을 받는 게 창피했으나, 그렇다고 그 손길을 피하고 싶진 않았다.

내 눈물을 닦아 내고 아버지는 믿을 수 없이 자상한 목소리로 말했다.

"그리고 네가 벌인 일은 직접 수습해야지."

아버지를 향한 편견이 지나친 탓일까. 갑자기 불길함이 일기 시작했다.

"그게 무슨 말이에요?"

"난 오는 길에 들었다만, 넌 모르는 모양이군. 하기야 정신이 그리 혼란스러우니 다른 정보를 주워들을 여유도 없었겠지."

"아니, 불길하게 서론 늘이지 마시고요."

"네 미친 약혼자가 수도를 다 뒤집어 놓고 있다더구나."

내 미친 약혼……. 설마 세시오를 말씀하시는 건가?

"어디서 정신 나간 망아지를 주워 와서는. 그러게 그놈은 안 된다고 말하지 않았나."

아버지가 혀를 차면서 퍽 의기양양하게 말했지만, 그 어조는 귀에 들어오지도 않았다.

아니, 세시오가 왜? 지하 감옥에 끌려가기 직전에 눈인사도 나눴고, 내가 무슨 짓을 할지도 낱낱이 말해 주고 왔는데 뭔 일을 벌였다는 거야.

머릿속으로 별의별 생각이 다 떠올랐지만, 상상만으론 아무것도 확정 지을 수 없었다. 나는 판도라의 상자를 여는 심경으로 물었다.

"그게 무슨 말씀이세요?"

4권에서 계속.

신데렐라는 내가 아니었다 3

초판 1쇄 인쇄 2022년 9월 15일
초판 1쇄 발행 2022년 9월 28일

지은이 과앤
펴낸이 김선식

경영총괄 김은영
IP개발 심미리 **상품개발** 윤세미
엔터테인먼트사업본부장 서대진
웹소설1팀 최수아, 김현미, 심미리, 여인우, 장기호
웹소설2팀 윤보라, 이연수, 주소영, 주은영
웹툰팀 이주연, 변지호, 윤수정, 임지은, 채수아, 최하은
IP상품개발팀 윤세미, 송임선
디지털마케팅팀 김국현, 김선민, 김호애, 김희정, 이소영
지식교양팀 김선욱, 김혜원, 백지은, 석찬미, 염아라, 이수인
저작권팀 한승빈, 김재원, 이슬
재무관리팀 하미선, 김재경, 안혜선, 윤이경, 이보람 **제작관리팀** 박상민, 김소영, 김진경, 양지환, 이지우, 최완규
인사총무팀 강미숙 김혜진 황호준 **물류관리팀** 김형기, 김선진, 민주홍, 양문현, 전태연, 전태환, 한유현
외부스태프 크리에이티브그룹 디헌(디자인) 영수(일러스트)

펴낸곳 다산북스 **출판등록** 2005년 12월 23일 제313-2005-00277호
주소 경기도 파주시 회동길 490
전화 02-702-1724 **팩스** 02-703-2219 **이메일** dasanbooks@dasanbooks.com
홈페이지 www.dasan.group **블로그** blog.naver.com/dasan_books
종이 한솔피앤에스 **출력·인쇄** 민언프린텍 **코팅·후가공** 평창피앤지 **제본** 다온바인텍

ISBN 979-11-306-9378-1 (03810)

다산북스(DASANBOOKS)는 독자 여러분의 책에 관한 아이디어와 원고 투고를 기쁜 마음으로 기다리고 있습니다.
책 출간을 원하는 아이디어가 있으신 분은 다산북스 홈페이지 '원고투고'란으로 간단한 개요와 취지, 연락처 등을 보내주세요. 머뭇거리지 말고 문을 두드리세요.